주네브행
열차

안유환 장편소설

청어

차례

하나하나의 물결이 아름답게 굽이치는 것은 바로
그 앞의 물결이 자리를 비켜주기 때문이다.

—앙드레 지드

제1부

선한 목자로 칭송받던 담임목사는 용마산 산마루에서 밤새워 기도하다 숨졌다. 목자를 잃은 양 무리는 뿔뿔이 흩어지고, 교회당은 해가 바뀌도록 먼지 쌓인 빈집으로 남아있었다. 마을 사람들 사이에는 '목사가 여 집사를 범했다'는 말이 나돌았다. 소문은 꼬리에 꼬리를 물고 이웃 마을로 번져갔다. 신학교 졸업을 앞두고 잡초 우거진 '땅끝'만을 찾다가 후임으로 부임한 백형기도 오늘까지 살아 있는 것이 꿈만 같았다. 며칠 전 퇴원하고 돌아와 마음을 추스르고 늦어버린 새해 목회계획을 세우려고 책상 앞에 앉았으나 생각나는 것은 지난 일들뿐이었다. 백 목사는 아직도 트라우마에서 벗어나지 못하고 있었다.

1

'내가 무엇을 잘못했을까?' 어려움을 당하면 백형기는 늘 이런 생각에 사로잡힌다. 그때도 살아난 것이 기적 같았다. 한낮의 봄볕이 달구는 시멘트 포장 고속도로에는 아지랑이가 피어오르고 있었다. 하늘색 봉고차 룸미러에는 신나게 산을 올랐던 동료들이 뒤로 젖힌 의자에 몸을 기대어 곤히 잠들어 있었다. 조금 전까지만 해도 '삼대 적선을 해야 볼 수 있다!'는 천왕봉 일출의 감격을 늘어놓던 팀장도 조수석에서 고개를 뒤로 꺾은 채 조용하다. 백형기가 운전하던 봉고차가 지친 듯 한두 차례 비틀비틀했다. 차는 또 한 번 비틀하더니 왼쪽 중앙분리대를 쾅, 들이받고 오른쪽으로 튕기면서 한 바퀴를 굴렀다. 큰 양철판을 찢는 것 같은 굉음과 함께 길바닥엔 불꽃을 튀기며 시멘트 먼지가 연기처럼 일었다. 뒤따르던 SUV 한 대가 급브레이크를 밟았으나 뒤집힌 봉고차를 20여 미터나 밀고 나가 멈추었고, 잇달아 달려온 승용차들이 7~8중 추돌을 하며 길게 늘어섰다. 3·1절 연휴가 끝나는 월요일 오후, 부산 방향 남해고속도로에서 함안1터널을 벗어나자마자 일어난 사고였다.

사고를 당한 봉고차에 타고 있던 동료 7명 중 안전띠를 매지 않은 1명은 그 자리에서 숨지고 나머지는 크고 작은 부상을 입었다. 담뱃갑을 구겨놓은 것 같은 차 안은 순식간에 붉은 페인트 통을 터뜨린 것처럼 피범벅이 되었다.

잠시 후, 경찰차와 앰뷸런스가 경광등을 켜고 사이렌을 울리며 도착했다. 구급차는 다친 승객들을 부산의 한 대학병원으로 이송했다. 이 사람들은 대구 달성출판사 직원들로 오래전부터 계획했던 지리산 종주를 3박 4일 동안에 끝내고 곧바로 귀가하는 길이었다. 지난해 가을에도 백형기는 낚시를 좋아하는 친구를 따라 통영으로 바다낚시를 갔다가 욕지도 앞바다에서 낚싯배가 전복되는 사고를 당했었다. 해경의 구조가 늦어지는 바람에 15명 중 6명이 익사하는 대형 사고였다. 일행 세 사람은 가까스로 생명을 건졌다. 그때도 백형기는 '내가 무엇을 잘못했을까?' 생각하다 고향 교회의 일을 떠올렸다.

고등학교를 졸업하고 어려운 가정형편으로 대학진학의 꿈이 늦어지는 동안 백형기는 마을 교회로 이끌렸다. '대학은 무엇 하러 가는가?' '사람은 어떻게 살아야 하는가?' 교회는 처음 뜨악했던 그의 마음에 삶의 의미를 깊이 심어주었다. 그러나 교회와 가까워질수록 생기는 의문은 한두 가지가 아니었다. 이웃을 사랑하며 살아야 한다는 설교 말씀은 가슴에 와닿지만 '처녀 마리아가 아기를 낳았다.' '모세가 홍해 바다를 갈랐다.' '사람은 흙으로 만들어졌다.'는 말씀들은 도무지 믿어지지 않았다. 그때 읽었던 슈바이처의 『나의 생활과 사상에서』는 그의 잠자는 영혼을 흔들어 깨웠다. 슈바이처도 성경에는 이해되지 않는 것이 너무도 많다고 말했다. 그러나 "그리스도의 사랑 하나의 실천에만 일생을 다 바쳐도 부족하다"고 고백하며 아프리카 원시림 속의 작은 자들을 찾아갔다. 그는 사랑의 약속을 굳게 믿었다. 믿음이 깊어지면서 백형기는 그러한 사랑을 어려운 이웃에게 나누어주는 목회자가 되고 싶었다. 그러나 그 길은 멀리 있었다. 외로울 때 마음의 의지가 되었던 소꿉친구 설자는 부산으로 간 뒤 얼마 안 되어 소식을 끊고 말았다. 그도 마침내 대학에 들어가면서 고향을 떠났다.

경동대학 3학년 여름방학을 맞아 그는 대구에서 고향인 포항으로 돌아가고 있었다. 그때 송전마을은 이미 철거되고 포항제철단지가 한창 조성되고 있었다. 대구에서 포항으로 가려면 영천역에서 중앙선 하행열차를 바꿔 타고, 경주에서 또 한 번 갈아타는 불편을 겪어야 했다. 지루한 기다림 끝에 20분이나 연착한 열차에 올랐다.

- 여기, 자리 비었어요?

백형기는 혼자 앉아 있는 세일러복의 단발머리 여중생에게 물었다.

– 네, 앉으세요.

백형기는 캐리어를 선반에 올려놓고 자리에 앉았다.

– 학생은 어디까지 가는데?

– 방학을 맞아 울산에 사는 오빠 집에 놀러 갑니다.

– 나도 방학으로 집에 가는 길이야.

– 학생이세요? 저는 안동에 살아요. 정안여중 3학년입
니다.

– 나도 경동대학 3학년이야. 오빠는 뭘 하시지?

– 초등학교 교사예요. 지난봄에 태어난 조카가 더 보
고 싶어요!

– 부모님과 함께 가지 않고……?

거리낌 없이 얘기하던 그녀의 밝은 얼굴이 잠시 어두
워졌다.

– 아버지는 제가 초등학교 5학년 때 돌아가셨어요. 오
래도록 병석에 계셨지요. 어머니도 안 계시고 고등학생
인 오빠와 둘이 살았어요. 지금은 혼자서 자취하고 있습
니다.

백형기는 뜻밖에 그녀의 아픈 곳을 건드린 것이 미안
했다. 한창 부모의 사랑을 받아야 할 나이에 혼자서 자취
를 하다니! 어머니가 없다는 이유도 궁금했으나 화제를

돌려 방학엔 무얼 하며 보낼 거냐고 물었다.

— 특별한 계획은 없어요. 가능하면 오빠와 함께 제주도 구경을 하고 싶어요.

— 여행이란 많은 것을 느끼고 배우는 좋은 기회이지!

백형기는 그녀의 옆모습을 한 번씩 훔쳐보며 여행이 주는 좋은 점들을 말해주었다. 그녀는 고개를 끄덕이며 좋아했다. 그가 교회 얘기를 했을 때, 그녀는 친구 따라 성당에 몇 번 가본 적이 있다고 말했다. 두 볼에 홍조를 띠며 그녀는 친구 이야기도 재미있게 엮어 나갔다. 다른 사람들에게 두 사람은 아마 오빠와 동생처럼 보였을 것이다. 이야기를 나누는 동안 열차는 어느새 경주역에 가까워지고 있었다. 이름은 박정아. 형기는 정아가 혹시 물어보고 싶은 것이 있으면 편지를 할 수 있도록 그가 출석하는 교회의 주소를 적어주었다.

방학을 마치고 대구로 돌아왔을 때 정아의 첫 번째 편지를 받았다. 형기는 그때 대구에서 역사가 가장 오랜 제일교회에 출석하며 교회학교 고등부 반사로 학생들을 지도하고 있었다. 그렇게 자주 편지를 주고받지는 않았지만 한 달에 두어 차례 편지를 받고 답장을 보내며 백형기는 마치 상담자와 같은 역할을 했다. 사춘기의 고민은 그렇게 복잡한 것들이 아니었다. 그저 들어주기만 해도 문제는 풀리는 것 같았다. 그동안 사랑은 몰래 싹트고 있었다.

사랑스런 여학생으로부터 때때로 예쁜 편지를 받는 것은 타향에서 살아가는 외로운 젊은이에게는 생활의 활력소로 작용했다. 정아는 설자가 떠나간 빈자리를 어느 정도 메워주고 있었다. 어느덧 겨울방학이 지나고 이듬해 2월에 백형기는 논산훈련소로 입대를 했었다. 그는 맨 먼저 정아에게 입대 후의 소식을 전했다. 정아의 답장은 그의 어려운 병영생활에 더없는 힘이 되었다. 백형기가 첫 휴가를 나왔을 때는 고향의 부모님을 뵙기에 앞서 안동을 먼저 찾아갈 만큼 두 사람의 관계는 한동안 순항을 계속했다.

그러나 그 사랑은 오래가지 못했다. 그동안 고등학생이 된 정아는 체육 시간에 평균대 위에서 떨어져 다리를 다쳤으나 백형기는 병영에서 제때 그 소식을 접하지 못했고, 위로의 편지 한 장 보내지도 못했다. 요즘처럼 인터넷이나 편리한 스마트폰이 없었던 옛날의 이야기이다. 편지만으로는 서로의 뜻을 이해하고 받아들이는 데 한계가 있었다. 설자가 떠난 빈자리를 채워주었던 정아와의 사랑도 제대를 하기 전에 끝나고 말았다.

백형기는 응급실 침대에 누운 채 그곳이 부산이라는 말을 듣자 오래전 부산 외삼촌 집으로 간 뒤 소식이 끊긴 설자의 모습이 떠올랐다. 대학을 마치고 직장생활을 하는 동안 내내 고향 사람들과는 거의 연락이 닿지 않았다. 조상 대대로 살아온 땅은 모두 '제철단지'에 수용을 당하고 사람들은 뿔뿔이 흩어졌기 때문이다. 마음이 한가로우면 고향마을의 정경은 눈에 선하지만 어릴 적부터 함께 뛰놀던 친구들의 모습은 낙엽처럼 하나둘 떨어져 나갔다. 그러나 설자 얼굴은 추억의 벽에 액자처럼 고이 걸려 있었다.

2

아버지의 담배 심부름을 하고 나서 형기는 마루에 걸터앉아 건넌방에서 아버지의 친구들이 약주를 마시며 큰소리로 하는 이야기에 귀를 기울였다.

"……청송이면 두메산골이잖아. 얼마 전까지도 공비들이 출몰하여 주민들의 식량이나 옷가지를 약탈해 간다는 말을 들었어."

"교통도 몹시 불편하다고……, 버스는 하루 한 번 왕

래하고, 그 차를 놓치면 그다음 날에야 볼일을 볼 수밖에 없다니. 우리 작은아버지가 청송읍에서 좀 떨어진 청운리에 사시거든."

"일제 때 청송은 산판일을 하던 지역이지. 군청 소재지의 형편은 좀 낫지만 대부분 생활이 어려운 사람들이 몰려들어 생계를 이어간다잖아."

"그래, 산림회사를 통해 취업한 일꾼들은 명절 때만 겨우 휴가를 얻는다고 했어. 임금은 막노동보다 높은 편이지만 그들은 배운 지식이나 기술도 없고, 범죄자나 떠돌이 또는 도시로 나가지 못하는 산골 청년들이 대부분이야. 유배지와 같은 지역이지."

"그래도 인섭이는 영전이잖아! 아무나 갈 수 있는 곳이 아니야."

청송에 대해 모두가 부정적인 말만 늘어놓는 것을 긍정적으로 바꾼 사람이 있었다. 그는 면서기로 오래도록 일하고 있는 박정호 씨였다. 형기 아버지의 친구들 가운데 공직에 있는 사람은 그 한 사람뿐이었다.

"그렇기는 하지. 인섭이의 전근은 면서기 하는 자네가 면장 자리에 오르는 것에 비할 수도 있겠네."

술이 거나해진 아버지 친구들은 박정호 씨의 말에 동

조하고 있었다.

"인섭이는 등기소에서 일한 지 얼마나 되었어?"

"결혼하기 전부터 근무했으니까 15년쯤 될 거야. 큰 놈이 국민학교 6학년이니까. 내가 이번에 청송등기소 소장으로 가게 된 것은 전쟁 속에서 등기서류를 보존하려고 애쓴 것이 인정받은 것 같아. 그때 포항시는 초토화되었고 남아있는 건물은 적벽돌로 지은 포항제일교회당 하나밖에 없었어."

백인섭은 6·25 때 등기소를 지키기 위해 목숨을 걸었다.

낙동강 전선이 위협을 당하고 인민군이 대구, 영천을 거쳐 포항시 점령이 임박했을 때였다. 가족은 30리 밖 처가가 있는 오천면으로 피란을 가도록 하고, 그는 피란행렬을 거슬러 포성이 점점 가까워지는 포항으로 자전거를 타고 출근했다. 사람들의 재산을 보존하는 등기부가 전쟁통에 훼손되어서는 안 된다는 생각 때문이었다. 그가 퇴근을 서둘렀을 때는 여기저기서 총성이 울리고 집으로 돌아갈 길은 이미 막혀버렸다. 송전마을의 가족들은 그를 기다렸으나 어두워질 때까지 돌아오지 않았다.

마을 사람들은 거의 다 피란을 떠났다. 포항시까지의 거리는 불과 4킬로미터. 형산강을 사이에 두고 전투가 벌어지고 있는 곳과는 2킬로미터 밖에 안 되는 가까운 거리에 가족은 노출되어 있었다. 밤새워 기다려도 아들이 돌아오지 않자 형기 할아버지는 귀중품들을 밤새 뒤뜰에 묻어놓고, 가족들은 이튿날 아침 일찍 소달구지에 옷가지와 약간의 양식을 싣고 피란을 떠나게 했다. 밤새 잠잠하던 포성이 새벽녘에 다시 울리고 따발총 소리도 바로 담 너머에서 들리는 것 같았다. 할아버지는 아들이 돌아올 때까지 기다린다면서 홀로 집에 남았다.

"가족들이 맘 졸이다 피란을 떠난 얘기는 나중에 들었어. 나는 그때 소장과 함께 등기부 서류를 지하실로 옮기고 있었지. 피란 가는 것보다는 등기부가 더 귀하게 생각되었으니까. 어떻게 그런 생각이 들었는지 나도 몰라!"

백인섭은 그때 상황을 비로소 친구들에게 털어놓았다.

아버지 친구들의 얘기에 한참 귀를 기울이던 형기는 어머니와 할머니가 있는 아래채 방으로 건너갔다.

"어머니, 영전이 뭐예요?"

형기는 아버지의 친구들이 입에 올리던 말뜻을 물었다.

"아버지가 직장에서 더 높은 자리로 올라간다는 뜻이야."

할머니와 마주 앉아 마늘을 까고 있던 어머니가 대답했다.

"어른들 얘기를 들으니 아버지가 가실 청송이 그렇게 좋은 곳은 아닌 것 같아요. 어떤 이는 영전이라 말하고 다른 이는 유배지 같다고 하던데요?"

"인자 전쟁도 끝났으니 그짝도 차츰 좋아지겠지……?"

할머니가 한마디 거들었다. 어머니는 저녁 준비를 하러 일어섰다.

백형기는 자라면서 명절 때나 친지들이 함께 모이는 자리에서 아버지의 6·25 경험담을 여러 차례 들었다. 그날 형기 아버지는 가족을 남겨놓고 아침 일찍 수도산 가까이 있는 포항등기소로 달려갔다. 직원 7명 가운데 다른 이들은 벌써 가족과 함께 피란을 갔고, 등기소에는 소장과 차석인 백인섭 두 사람만 남았다. 퇴근 때는 이미 형산강 다리가 차단되고 집으로 가는 길이 막혔기 때문에 사무실에서 밤을 지새웠다. 조용하던 새벽에 갑자기 콩을 볶는 듯한 총성이 울렸다. 2층 사무실에 올라가 내다보니 인민군들이 연방 따발총을 쏘면서 건너편 벌거숭이 수도산 자락으로 개미 떼처럼 쏟아져 내려오고 있었다. 이윽고 시내에도 인민군들이 들어와 소장과 백인섭은 완전히 포위된 상태였다. 두 사람은 지하실로 숨어들어 가슴을 조이며 다시 날이 저물기를 기다렸다.

포항시를 벗어나는 길은 바다 쪽밖에 없었다. 밤이 되자 둘은 어둠 속에 몸을 숨기고 담장 옆으로 엎드려 기면서 가까스로 시가지를 벗어나 흥해 마을에 도착했다. 그곳에는 평소에 알고 지내던 사람의 집이 있었다. 그 마을에도 이미 한 차례씩 인민군이 나타나 의용군이란 이름으로 젊은이들을 끌어갔다. 그때 공무원들은 붙잡히면 현장에서 총살을 당하기 때문에 신분증과 가지고 있던 서류는 울밑에 파묻어 버리고 종일 헛간에 숨어지냈다.

　그 무렵 미 해병대와 오천 비행장에서는 인민군을 몰아내기 위해 포항시가지를 중심으로 일제 폭격을 감행했다. 4킬로미터나 떨어진 흥해 마을에서 보아도 포항시는 불바다처럼 시뻘겋게 화염이 치솟고 있었다. 백인섭은 소장에게 목숨을 건지려면 영일만 바다를 가로질러 호미곶으로 가야 한다고 말했으나 그는 가족 친지가 있는 서울 쪽으로 방향을 잡았다. 전쟁이 끝난 뒤에 그의 소식은 듣지 못했다. 사람들은 그가 전쟁통에 죽었거나 납북되었을지도 모른다고 말했다. 백인섭이 이른 새벽 혼자서 바닷가로 나갔을 때 호미곶으로 건너간다는 거룻배 한 척이 몇 사람을 태우고 막 출항하려고 계선줄을 풀고 있었다. 다행히 백인섭은 그 배를 얻어 탈 수 있었다. 그러나 계속되는 전쟁으로 인해 가족에게는 한동안 행방불명으로 남아있었다.

3

백인섭이 영전하여 새 임지 청송으로 떠나는 날은 형기에겐 오랜 세월의 외로움과 슬픈 기억이 시작되는 날이었다. 아직도 추위가 물러가지 않은 2월 하순, 아버지가 먼저 부임한 지 한 달이 지나 어머니는 이삿짐을 실은 트럭 앞자리에 네 살 난 동생을 데리고 오르면서 "형기는 점잖지!"라고 그의 마음을 달랬다. 할머니도 형기를 감싸안고 "암, 점잖고말고……."라고 몇 번이나 말하며 머리를 쓰다듬었다. 형기는 할머니의 손을 뿌리치고 어머니 옆자리에 함께 올라타고 싶었으나 눈에 그렁그렁한 눈물만 삼켰다. 반면에 형기보다 세 살이 많은 형진은 데면데면했다. 어린 형기도 얼핏 보기에는 형진이와 별로 다르지 않았다. 속으로 '나는 점잖다'라는 말을 되뇌고 있었기 때문이었다.

형기는 어릴 적부터 떼를 쓸 줄 몰랐다. 정확히 말하면 안 되는 일에는 억지를 부리지 말아야 한다는 것을 알고 있었다. 어른들이 덕담 삼아 형기를 칭찬하면 사실이 그런 것으로 곧이들었다. 꼭 갖고 싶은 장난감이 있어도 투정을 부리지 않았다. 그때는 모두 생활이 어려웠던 것 같다. 아이들을 여럿 키우는 집에서는 필요한 학습 도구를 하나씩 따로 사주지 못했다. 학교에서도 낡은 책을 물려받아 공부했지만 집에서도 쭈그러진 필통이나 형이 입던 옷가지는 동생의 차지였다. 추석과 설이 되면 새 옷을 한 벌씩 사 입히는 것 외에 거의 모든 것을 물려받았다. 형기는 어머니가 몹시 보고 싶었지만 다른 도리가 없었다. 건넌방 앉은뱅이책상 서랍에 들어 있던 어머니의 독사진을 몰래 꺼내어 들여다보며 '엄마!'를 불러보았다. 형기는 그해 새 학기에 국민학교 4학년이 되었고, 형진은 중학교 1학년이었다. 형기가 보기에는 형진은 부모님이 멀리 떠나있어도 아무렇지도 않은 것 같았다. 형기는 '형이 중학생이기 때문인가' 생각하며 자기도 어서 중학생이 되고 싶었다.

부모님이 떠난 뒤에 두 형제에게 두드러진 변화는 책과 멀어진 것이었다. 아버지와 함께 있을 때는 아침저녁으로 공부하는 흉내라도 내어야 했다. 형진이와 형기에게는 아버지가 참으로 엄했다. 한번 말씀한 것은 그대로 따라야 했다. 어기는 일이 한두 번 반복되면 반드시 종아리를 맞지 않으면 안 되었다. 부모님이 떠나고 한 가지 좋은 것은 어쩌다 잘못해도 꾸중을 듣지 않는 것이었다. 할아버지 할머니는 숙제를 확인하거나 공부하라는 말을 한 번도 하지 않았다. 어쩌면 할아버지 할머니는 그럴 마음의 여유가 없었는지도 모른다. 머슴을 둘이나 데리고 대농가를 이끌어가면서 아이들의 학습에 신경 쓸 줄은 몰랐다.

형기의 학업성적은 갈수록 떨어졌다. 어린 나이에도 지난날이 그리웠다. 형기는 국민학교 2학년 가을 학예회 때 연극에서 '맹꽁이 선생' 역을 맡았다. 맹꽁이 선생은 학교에서 아이들을 잘 가르치고, 소풍을 가거나 함께 노래를 부를 때도 지휘를 하며 이끌었다. 사람들은 맹꽁이 소리를 그저 우는 것으로 받아들였지만 그것은 맹꽁이의 아름다운 코러스였다. 맹꽁이 세계에도 4부 합창이 있었다. 맹꽁이 선생은 맹꽁이들의 노랫소리를 들으면서 잘못된 음정을 바로 잡아주고 박자를 맞춰 마침내 아름다운 합창을 만들어내는 것이었다. 형기의 연기는 학부모들과 교사들로부터 많은 박수를 받았다.

지금 생각하면 형기가 다른 아이들보다 특별히 연기를

잘해서 주인공 역을 맡은 것은 아닌 것 같았다. 담임선생은 공부 잘하는 아이에게 비중 있는 역을 맡겼고, 아이들은 각자 맡은 역을 잘 소화했던 것이다. 형기는 2학년 때 담임이었던 그 여선생님이 참으로 좋았다. 선생님도 형기를 특별히 사랑하는 것 같았다. 그러다 보니 더욱 열심히 공부했고 공부를 잘하다 보니 선생님의 사랑도 더 많이 받았다. 그때 형기는 그 여선생님보다 더 좋은 선생님은 없는 줄 알았다. '최상선 선생님!'. 그 후 다른 학교로 전근했으나 그 이름은 지금까지 잊히지 않았다. 선생님은 어머니보다 예뻤다. 할머니를 따라 일만 하던 어머니와는 비교할 바가 아니었다. 그 여선생님은 화장실에도 안 가는 천사처럼 보였다. 형기는 학교에 가는 것도, 공부하는 것도 늘 즐거웠다.

그러나 4학년이 되고 나서는 상황이 크게 달라졌다. 6·25로 인해 지난 한해를 어영부영 보냈고 학교 질서가 잡혀가는 이듬해부터 5학년의 학교생활은 형기에게 점점 힘겨워졌다. 엄하기만 한 남자 담임선생님을 대할 때면 천사 같은 그 여선생님이 더욱 보고 싶었다. 남자 선생님에게는 가까이 다가가기가 싫었고, 놀기에 바빠 숙제를 하지 못해 벌을 받는 아이들의 축에 들 때가 많았다. 부모님과 함께 살던 3학년 때까지만 해도 1~2위를 다투던 학급 석차는 6학년을 마칠 때는 13위로 처졌다. 할아버지 할머니는 형기의 석차에는 별로 관심이 없었고 형기도 심각하게 받아들이지 않았다.

  장마가 일찍 끝난 7월 초 어느 날 형기 할머니는 뒤뜰에서 장독을 씻고 있었다. 장터 입구에서 가게를 열고 있던 석준이 엄마가 헐레벌떡 달려와 "할머니-! 할머니-!" 다급하게 불렀다.

  "이 사람아, 자네는 오늘 바쁜 날인데, 웬일이고?"

  할머니가 앞마당으로 나오며 석준이 엄마를 맞았다.

  "할머니, 형진이가 친구들과 함께 지서로 잡혀갔어요!"

  석준이 엄마는 가쁜 숨을 몰아쉬며 말했다.

  "머라꼬?!"

  할머니는 영문을 몰라 다시 물었다.

  "학교에서 돌아오는 길에 형진이가 장터에서 남의 물건을 훔치다 잡혀갔어요."

  할머니는 그 말을 듣자 가슴이 철렁 내려앉았다. 엊그제도 친구를 때려 그 부모가 아이를 데리고 와서 항의하는 바람에 할머니가 빌다시피 하며 돌려보냈다. 오늘은

5일장이 열리는 날이다. 학교에서 돌아오는 길에 형진이는 마을장터에서 군것질을 하다 보따리장수가 펼쳐놓은 양말과 가죽 지갑을 훔친 혐의였다. 친구들 두세 명은 주인의 눈길을 다른 데로 돌리는 바람잡이를 하고 형진이는 그 틈을 타서 감쪽같이 지갑을 훔쳤다. 이때 맞은편에서 과일을 팔고 있던 장사꾼이 뒤에서 보고 달려와 형진의 뒷덜미를 잡았다. 몇 명은 달아나고 형진이와 친구 하나는 때마침 장터를 순찰하던 순경에게 인계되어 지서로 끌려간 것이다. 형기 할머니는 석준이 엄마의 말을 듣고 윗마을에 있는 지서로 가서 용서를 빌고 형진이를 데려왔다.

중학생인 형진이는 집에서도 할아버지 할머니의 말씀을 잘 듣지 않았다. 밤에는 무얼 하는지 이슥토록 놀다가 아침에는 늦잠을 자고 몇 번이나 학교에 지각했다. 해가 뜨거워지기 전에 새벽 일찍 할아버지가 머슴들과 함께 들에 나가고 나면 할머니는 아침 식사 준비를 하느라 형진이를 깨우지 못할 때가 많았다. 그러나 형기는 일찍 일어나 책가방을 미리 챙기고 할머니를 도와드릴 때도 있었다.

아들 내외가 연초에 청송으로 이사를 하고 난 뒤에 형진은 자주 말썽을 피웠다. 공터에서 축구를 하다 공이 담을 넘어가 옆집 장독을 깨기도 하고, 마을에서는 여학생들을 괴롭히는 아이로 낙인이 찍힐 정도였다. 방학이 되면 할머니는 더욱 마음이 놓이지 않았다. 오늘은 어느 곳에서 사고를 치고 문제를 일으킬까, 늘 걱정이 되었다. 요즘은 학원이 있고 태권도장도 아이들을 불러 모으지만 그때는 특별한 장난감이나 놀이터도 없었다. 그럼에도 불구하고 어떤 아이들은 스스로 공부를 해보겠다고 '공부방'을 마련하고 저녁에는 그곳에 모여 숙제도 했다. 그러나 별난 아이들에게는 그곳이 공부방이 아니라 은밀한 놀이를 모의하는 아지트였다. 그해 여름방학이 되었다. 과일가게에는 복숭아, 참외, 수박을 팔고 있어도 아이들에게는 그림의 떡이었다. 그래도 형진이와 형기는 할아버지 원두막에 가서 수박을 얻어먹은 것을 자랑할 수 있었다. 다른 친구들은 형진이의 이야기를 들으며 침만 삼켰다. 어느 비 오는 날이었다. 형진은 바람이 심하게 불거나 비가 오는 날 밤엔 할아버지가 원두막 가림막을 내려놓고 잔다는 것을 알고 있었다.

"야, 오늘 밤 내가 수박을 실컷 먹여줄까?"

형진은 공부방 친구들에게 말을 꺼냈다.

"수박이 어디 있는데?"

아이들은 이구동성으로 반응을 보이며 형진을 쳐다보았다.

"내 말만 듣고 따라오면 돼. 마댓자루가 몇 개 있으면 좋겠는데−."

형진의 말을 듣고 집이 가까운 한 아이가 달려가서 마대 둘을 가져왔다.

비바람이 치는 캄캄한 밤에 형진이가 친구들을 데려간 곳은 절집 뒤에 있는 할아버지 수박밭이었다. 호야등이 원두막 아래 걸려있으나 예상대로 가림막은 모두 내려져 있었다. 수박밭 모퉁이에 납작 엎드려 한참 동안 원두막의 동정을 살폈으나 할아버지는 잠을 자는 것이 틀림없었다. 형진은 친구들을 데리고 수박밭으로 기어들어가 귀를 기울여 수박을 두들겨보고 크고 잘 익은 것만을 하나씩 골라 땄다. 그러면서도 형진은 원두막을 주시하고 있었다. 언젠가 형기와 함께 원두막에서 잘 때 할아버지가 아래로 내려가서 수박밭을 이리저리 둘러보는 것을 보았기 때문이다. 아니나 다를까. 등불 빛에 할아버지가 원두막에서 내려오는 모습이 비쳤다.

"엎드려!"

형진은 속삭이듯 말하며 손으로 신호를 했다.

형진의 손짓에 따라 친구들은 수박 넝쿨 위에 납작 엎드렸다. 우의 위에 떨어지는 빗방울 소리가 더 크게 들렸고 가슴은 쿵쾅쿵쾅 빠르게 뛰고 있었다. 발판목을 밟고 내려온 할아버지는 원두막 아래 선 채로 비가 쏟아지는 수박밭을 바라보았다. 그리고 요강에다 소변을 보고 다시 위로 올라갔다. 원두막에서는 멀리까지 수박밭이 보이지 않으나 밭두렁에서는 원두막의 움직임이 뚜렷이 보였다. 형진이와 친구들은 그날 밤 훔쳐 온 수박을 공부방 벽장에 숨겨놓고 며칠 동안 실컷 먹었다.

"올해 수박 농사는 다 망쳤어!"
이튿날 아침 원두막에서 돌아온 형기 할아버지가 부엌에 있는 할머니에게 말했다.
"와, 수박 농사 다 망쳤다 카능교?"
할머니가 영문을 몰라 물었다.
"도둑놈들이 지난밤에 수박밭을 난장판으로 만들어 뿌렸어. 철이 든 놈들은 그렇게 하지 않을 낀데……. 분명히 어린놈들 장난인 것 같애."
할아버지는 아침 식사를 하면서도 같은 말을 몇 차례나 되풀이했다.

형진이는 마치 할아버지가 들으라고 하는 말 같았다. 형기는 아무것도 몰랐다. 형진은 부모님이 쓰던 방을 혼자서 쓰고 형기는 할머니와 아래채 방에서 함께 잠을 자기 때문이다. 형진은 때로 포켓에서 과자를 꺼내어 먹으며 형기에게 나눠주기도 했다. 평소 아이들은 과자를 자주 먹어볼 수 없었다. 형기도 일 년에 한두 번씩 서울에 사는 병규 아저씨가 올 때나 아버지가 함께 있을 때 생일 선물로 사다 주는 과자를 먹어볼 수 있을 뿐이었다. 형기는 형진에게 과자가 어디서 났느냐고 물어보지 않았다. 따져 물어보다가 과자를 얻어먹지 못하면 자기만 손해라는 생각이 들었기 때문이다. 아이들에겐 용돈이 없어서 가게에서 파는 과자를 보며 침만 삼킬 때가 많았다.

돈이 귀하기는 어른들도 마찬가지였다. 생필품을 사기 위해서는 추수를 끝낸 뒤 마을의 '쌀장사'를 불러다 찧은 쌀을 팔아 돈을 마련했다. 그러다 돈이 모자라면 할머니는 할아버지 몰래 한 말씩, 두 말씩 쌀을 팔아 필요한데 썼다. 할아버지는 언제나 할머니에게 가용을 넉넉히 주지 않았기 때문이었다. 형기는 형이 자주 과자를 먹고 있는 것을 보면서 혹시 쌀을 내다 파는 것이 아닌가, 하는 생각이 들었다. 간혹 친구들로부터 아버지의 용돈을 훔

치거나 쌀을 점방집에 퍼다 주고 과자와 바꿔먹었다는 얘기를 들은 적이 있었다.

어느 날 오후, 할아버지 할머니는 들에 나가고 없는데 형기 혼자 방에서 숙제를 하고 있었다. 그때 방 뒤 쌀도장 문이 삐거덕 열리는 소리가 났다. "누구요!" 하고 말해도 아무 대답이 없었다. 형기가 뒷문을 열어젖히자 형진이가 무엇이 담긴 자루 하나를 들고 대문 밖으로 줄행랑쳤다. 형진이가 쌀을 훔쳐 점방 집에 갖다준다는 것을 눈치챘지만 형기는 할머니에게 아무 말도 하지 않았다. 걸핏하면 다른 친구들과 싸움질을 잘하는 형으로부터 얻어맞을까 겁이 났기 때문이다. 며칠 후 저녁때 또 쌀을 퍼내다가 밭에서 일찍 돌아온 할머니에게 들켰다. 그래도 할머니는 "과자를 사면 형기와 노나 묵어라." 하고 할아버지에게 일러바치지 않았다. 이처럼 형진은 이리저리 말썽을 피워 할머니를 성가시게 했다. 형진이가 공부를 열심히 하지 않으니 형기도 공부와 점점 멀어지고 있었다. 때로는 아이들이 학교에 가지도 않고 도시락만 까먹고 돌아왔다는 말을 형진이 친구 어머니가 다른 사람들에게 말했다. 할아버지 할머니는 아무리 친손주라도 부모 없이 아이들을 키우기가 참으로 어려웠다. 수고는 수

고대로 하고 나중에 자식들로부터는 좋은 소리를 듣지 못하는 경우가 많다는 생각이 들었다. 할머니는 그해 추석에 아들 내외가 왔을 때 며느리에게 형진에 대해 자초지종 애기를 했다. 형진은 그다음 해 중학교 3학년이 되면서 아버지의 새 임지인 의성으로 전학을 갔다. 아버지 어머니가 고향을 떠난 지 3년 만이었다.

4

'정말 나는 뚝다리 밑에서 주워온 아이인가?'

형제 중에 형기만 할머니 집에 혼자 남겨지자 어릴 때 자기를 놀리던 친척 아저씨 생각이 났다. 형기는 그 아저씨가 '주워온 아이'라고 놀릴 때마다 울면서 항변했으나 아버지 어머니는 그 말을 듣고 미소만 지으며 아무 말도 하지 않았다. 아버지가 말썽을 피운 형진이를 데려간 것은 할머니 집에 그대로 두면 장래를 망칠 것 같았기 때문이었다. 하지만 형기는 어린 마음에 자기는 주워온 아이이기 때문에 부모님이 형진이만 데려갔다고 생각했다. 친척 아저씨가 그렇게 놀려도 부모님이 '그렇지 않다'고 한마디도 말해주지 않은 것이 그것을 입증하는 것 같았다. 형기는 좀 더 자라서는 그 아저씨가 자기를 귀엽다고 놀리는 말이란 것을 알았다.

처음에 형기는 부모님이 어린 동생 하나만 데리고 떠난 뒤에 형과 함께 지내는 것이 참으로 좋았다. 형진은 심술 궂은 친구들로부터 동생을 보호해주었기 때문에 형기에게 는 든든한 의지가 되었다. 그러나 어머니가 형을 데리고 간 뒤부터 형기에게는 고아처럼 외로움이 몰려왔다. 형기 도 형진이처럼 학교에도 잘 가지 않고 말썽을 피우면 어머 니가 데려갈지도 모른다고 생각했으나 심성이 점잖은 형 기는 그렇게 하지 않았다. 그는 누구보다도 어머니가 몹 시 보고 싶었다. 그때마다 형기는 어머니의 사진을 꺼내 보며 '엄마'를 불러보았다. 그러나 외로움은 더 크게 밀려 왔고 입맛도 떨어지고 학교에도 가고 싶지 않았다.

어느 날, 형기는 온몸이 열에 펄펄 끓어 학교에 갈 수 없었다. 할머니는 형기 이마에 차가운 물수건을 올려 열 을 식혀주고 무엇이 먹고 싶으냐고 물었다. 형기는 아무 것도 먹고 싶은 것이 없었다. 할머니는 전복죽을 만들어 간장에 찍은 김을 얹어 먹여주었다. 요즘은 어떤 김이라 도 그때 먹었던 김만큼 맛이 나지 않았다. 할머니는 입맛 이 떨어진 형기에게 감자떡을 만들어주고, 할아버지 밥상에만 주로 오르던 생선도 먹게 해주었다. 할머니는 참 솜씨가 좋았다. 밥을 찧어 콩고물을 묻혀 즉석 떡을 만들어주고 잔칫집에 다녀올 때는 봉지에 음식을 싸 와서 형기에게 내놓았다. 때로 형기가 좋아하는 단술과 함께 떡볶이와 김밥도 만들어주었다.

할아버지도 형기에게 많은 관심을 쏟았다. 여름방학 때는 수박밭에 형기를 데리고 가서 잘 익은 수박을 골라 따서 먹여주었다. 한동안 형기의 다리에 종기가 나서 잘 낫지 않았다. 할아버지를 따라 수박밭을 돌아보았는데 이상하게도 수박에 종기처럼 썩은 흠집이 많이 생겼다. 그래서 형기는 종기가 다 나을 때까지 수박밭에 갈 수 없었다. 가을걷이를 끝내고 농한기가 되면 할아버지는 물푸레나무 가지를 꺾어 와서 새총을 만들어주고 방패연과 얼레, 참나무를 깎아 팽이도 만들어주었다. 형기는 형진이와 함께 있을 때보다 할머니 할아버지로부터 더 많은 사랑을 받았다. 장난감도 많이 생겼고 먹을 것도 풍성했다. 학교에 다녀오거나 친구들과 놀다 집에 들어올 때 "할머니, 뭐 좀─." 말만 하면 어디서 꺼내오는지 할머니는 맛있는 것을 내놓았다. 그러나 그리운 어머니와 아버지를 만나려면 추석이나 설을 기다려야만 했다. 형기는 친구들과 노는 시간보다도 할머니와 함께 지내는 시간이 더 많았다. 할머니가 절 뒤 밭에 갈 때는 꼭 따라갔다. 할머니는 절 앞을 지날 때는 정성스럽게 두 손을 모아 부처님께 기도를 올렸고 형기도 할머니를 따라 조그만 손을 합장했다. 두 손을 모으면 부처님 얼굴에 설자 모습이 겹쳐지곤 했다.

신설자는 승려의 무남독녀였다. 마을 뒤쪽에는 대처승이 주지인 사찰이 하나 있었다. 어릴 때 형기는 절 이름은 모두 '대웅전'으로 알았다. 사택으로 쓰는 요사채와 창고 하나가 부속 건물로 있을 뿐 사찰은 대웅전 하나밖에 없었다. 송림으로 둘린 절 뒤쪽에는 웬만한 농장 크기의 넓은 밭이 있고 형기의 할아버지 할머니는 철 따라 밀보리와 채소를 재배하고, 여름철에는 수박과 참외를 심어 할아버지는 원두막에서 지냈다.

형기 할머니는 그 마을에서 '보살님'으로 통했다. 사월 초파일이나 동지가 되면 절에서 건대(시주봉투)를 한 아름 가져다 집집마다 돌렸다. 건대를 받은 집들은 쌀과 팥을 가득 담아 시주하여 행사를 치렀다. 형기 할머니가 설자네집과 특별히 가까이 지내는 것은 그 절에다 부모님의 위패를 모셨기 때문이다. 죽은 뒤에는 아들로부터 제삿밥을 얻어먹어야 한다는 관습이 지배하던 시대에 할머니 집엔 딸 다섯밖에 없었다. 장녀인 형기 할머니는 부모님의 기일이 돌아오면 손자를 데리고 절에 가서 제사를 지냈다.

"형기야, 절을 많이 하면 돌아가신 할아버지 할머니도 기뻐하시겠지만 니 소원도 이루고 복을 많이 받는단다."

할머니는 제사를 지낼 때마다 형기에게 말했다.

그때 형기와 설자는 둘 다 국민학교 3학년이었다. 형기는 얼굴도 모르는 할머니의 부모님을 기쁘게 해드리는 것보다는 객지에 계시는 어머니가 더 보고 싶었다. 또한 가지 소원은 설자와 친하게 지내는 것이었다. 한밤중 제사를 끝마치고는 설자네 식구와 함께 교자상에 둘러앉아 밤참을 먹었다. 설자는 아버지도 어머니도 닮지 않고 부처님 식구처럼 얼굴이 하얗고 말씨는 그윽한 노랫소리 같았다. 달처럼 둥근 얼굴에 쌍까풀이 선명하고 형기 앞에서는 언제나 미소 짓는 모습이 사랑스러웠다. 형기는 할머니와 함께 제사를 지내러 갈 때가 가장 즐거웠다. 사월 초파일에 할머니가 연등을 달러가거나 절에서 동지 팥죽을 나눌 때도 꼭 할머니를 따라갔다. 사람들이 붐비면 형기는 설자 방에서 동화책을 읽으며 둘이서 재미있게 놀았다.

가을이 깊어지면 절 마당 한켠에 서 있는 감나무에서 홍시를 따서 나누어 먹었다. 설자가 오리나 되는 학교에서 돌아오는 길에 "우리 집에 또 홍시가 달렸다"고 자랑하면 형기가 가서 함께 따먹고 다음 홍시를 기다렸다. 할머니가 뒷밭에 콩잎을 따러 갈 때나 채소밭을 가꿀 때면 형기도 함께 가서 절 뒤의 굽어진 팽나무에 올라가 설자를 보려고 절 마당을 기웃거렸다. 형기는 절집에 가까이 가는 것이 좋았다. 절을 많이 하면 복 받고 소원을 이룬다는 말도 솔깃하지만 무엇보다 설자의 모습이 부처님을 닮은 것이 자랑스러웠다. 국민학교 저학년이면 남학생과 여학생이 까닭 없이 서로 다투고 해코지할 때도 많지만 형기와 설자는 한 번도 그런 적이 없었다. 다른 친구들은 초파일이나 동지에 그들의 할머니나 어머니를 따라 오는 일이 없어서 형기 혼자 설자와 가까이 지내는 기회를 얻을 수 있었다. 친구들은 형기가 '설자를 좋아한다'는 말을 퍼뜨렸고 설자의 친구들도 그것을 인정하기에 이르렀다. 친구들은 '내가 못 먹는 포도는 시다'는 격으로 설자를 '중의 딸'이라고 놀려댈 때도 있었지만 형기는 전혀 개의치 않았다. 둘이는 사랑한다는 말이나 편지 한 장 주고받은 적이 없으나 중학생·고등학생이 되면서 서로의 마음은 약속처럼 사랑으로 다져지고 있었다.

형기는 일찍부터 영검한 분에게 의지하는 것을 좋아했다. 다른 아이들은 부모님을 통해 모든 일을 해결할 수 있지만 형기는 그렇게 할 수 없었다. 부모님은 멀리 객지에 계시고, 그러다 보니 가슴 한쪽은 텅 비어 늘 허전했다. 형기는 부처님 앞에 절을 하면서 빈 가슴이 조금씩 채워졌고 그를 부처님께로 이끌어간 할머니가 어머니 대신 어린 가슴에 들어앉았다. 형기는 자라나면서 집에서도 할아버지로부터 제사상을 차리고 절을 하는 법도를 잘 배웠다. 부모님이 멀리 의성에서 설이나 추석 명절을 쇠러 와서 차례를 지낼 때 형기는 아버지로부터 늘 칭찬을 받았다.

"아버님, 형기는 저보다 제사법을 더 잘 아는데요!"

형기가 할아버지 앞에서 아버지의 칭찬을 들을 때는 세 살 위인 형보다 우쭐한 기분이 들었어도 가슴속의 외로움은 떨어버리지 못했다. 2~3일 명절 기간이 지나면 부모님과 형제들이 함께 떠나가고 형기만 할아버지 집에 혼자 남기 때문이었다. 외로움은 형기의 마음을 더욱 설자에게로 데려갔다.

5

아들과 며느리가 청송으로 떠난 뒤 할머니는 혼자서 대농가의 부엌일을 다 떠맡았다. 처음엔 너무 힘들어서 친척 집에서 딸아이 하나를 도우미로 데려왔다. 시키는 대로 일은 잘했지만 몸이 약해 병치레를 하다 자기 집으로 돌아갔다. 할머니는 몇 년이 지난 뒤에 젊은 시절의 일을 다음과 같이 회고했다.

"그때는 앉아서 마음 놓고 밥 묵을 새도 없었다. 시부모님과 남편, 일꾼 두 사람 밥상까지 채려주고 밥 묵을라꼬 앉으면 물 가져와라, 상 내가라, 부르고. 어떨 때는 밥바가지를 부뚜막에 두고, 들며 밥 한술 떠묵고, 숭늉 갖다주러 나가면서 반찬 집어묵고 했지. 지금 생각하면 어떻게 다 해냈는지 알 수가 없어! 다른 집 일꾼들까지 놉을 해서 나락을 베거나 타작할 때는 몸이 열 개라도 모자랄 지경이었다. 남정네가 거들어주는 숭이라도 내주면 좀 나으련만 일꾼들도 자기 묵은 밥상을 그 자리에 두고 일어서거든. 아침 묵자마자 들에 가져갈 새참 준비를 하고, 일이 많을 때는 이웃끼리 품앗이도 하지만 농번기는 집집마다 바쁘니까 어려움이 많았지. 전장에 나가는 사람도 그보다는 덜 할꺼야. 여자들의 치다꺼리는 일로 쳐주지 않았어. 왼종일 쓸고 닦고 집안일 하다 보면 해가 저물고, 매일 직장에 출근하거나 바깥일 하는 남편들은 여편네보고 하는 소리가 '종일 집구석에서 머했노!'라며 나무랬지."

친척집 딸아이가 자기 집으로 돌아간 뒤에는 이웃 마을에 수소문해서 일 잘한다는 한 아줌마를 데려왔다. 한 달쯤 지나 가을걷이가 한창일 때 남편이란 사람이 찾아와서 아내를 데려갔다. 그 여자는 남편의 주벽과 의처증 때문에 매를 맞고 견디다 못해 집을 뛰쳐나온 것이었다. 할머니는 너무 힘들어서 며느리라도 불러들이고 싶었지만 객지의 아들과 아이들 뒷바라지하는 고충을 알면서 그럴 수도 없었다. 할아버지의 기력도 옛날과는 달랐다. 그럼에도 불구하고 이른 아침부터 일꾼들을 데리고 들일을 하려면 할아버지가 앞장서야 했다. 할아버지는 농사가 힘에 부친다면서 이듬해 설에 아들이 왔을 때 의논을 하고 소유한 논밭의 대부분을 소작으로 내어주었다. 그리고 총각 머슴 하나를 데리고 소일삼아 농사를 지었다.

할머니도 집안일을 조금씩 줄여나갔다. 나이 들면서 할머니는 고질병인 어지럼증이 심하게 나타나고 며칠씩 자리에 누워 일어나지 못했다. 이럴 때는 경주에 사는 고모가 시어머니 허락을 받고 송전동으로 와서 어머니를 돌보곤 했다.

"엄마는 어지럼증만 없으면 별로 아픈 데는 없잖아요. 언제부터 어지럼증이 생겼어요?"

고모는 자리에 누워있는 할머니의 이마를 짚으며 물었다.

"너거들 낳고 키우다가 골병 들었제. 8남매를 낳았어도 겨우 너희 둘만 붙들었어. 요즘도 그렇지만 일이나 좀 많았나. 모내기할 때는 부지깽이도 쓰일 만큼 일손이 달렸다. 농번기엔 아이 놓고도 몸 추스릴 새가 없었어. 한번은 태아를 흘려버리고 하혈이 심했으나 이틀 만에 들에 나가지 않으면 안 되었다. 저녁때 모내기를 끝내고 다리를 씻는데 동여맨 무릎에서 흥건히 고여 있던 피가 쏟아졌어. 제대로 묵지도 않고 몸조레도 못해 어지럼증이 생긴 것이지. 그래도 오늘까지 살아있는 게 용하지."

할머니는 출산의 고통을 딸에게 털어놓았다.

할머니가 몸이 아프다는 소식을 듣고 포항에 산다는 '고모'도 병문안을 왔다. 형기는 고모가 한 사람뿐인데 포항 고모는 어떤 관계인지 알지 못했다. 아이들은 어른들이 고모라 부르라면 고모로, 이모라 부르라면 그대로 따

라 했다. 그런데 포항 고모는 송전마을 뒷각단에 어머니
가 따로 있었다. 그 할머니는 형기 할머니가 가장 가깝게
지내는 친구로 절에도 열심히 다니고 있었다. 그 할머니
의 불심은 형기 할머니 못지않았다. 볼일을 보러 바삐 절
앞을 지나갈 때도 정성스레 합장하여 기도하는 모습을 보
면서 사람들은 칭송을 늘어놓기도 했다. 포항 고모의 오
빠는 서울에 사는 김병규 아저씨라는 것을 나중에 알았
다. 형기는 백씨와 김씨 사이가 어떤 관계인지 알지 못했
다. 병규 아저씨와 고모라 부르는 그의 여동생과는 닮은
얼굴이 아니었다. 이마가 넓고 콧날이 오뚝한 포항 고모
의 얼굴 윤곽은 형기 할아버지를 많이 닮았다. 포항 고모
가 다녀간 날 저녁 형기는 할머니가 경주 고모에게 하는
말을 잠결에 들었다.

"병규네는 젊을 때 살기가 참으로 어려웠다. 그때는 농
토가 없으면 다 그랬어. 남편은 머슴살이로 멀리 가서 몇
달 만에 한 번씩 집에 오는 형편이었지. 병규 엄마는 처
녀 시절부터 한마을에서 가깝게 지냈는데 시집도 같은 마
을로 와서 어렵게 사는 모습이 보기가 딱했다. 내가 쌀
말이라도 여다 주며 정을 베풀었고 바쁠 때는 우리 집안
일도 거들어주었다. 그 집은 니도 알다시피 절 뒤 우리

밭으로 나가는 뒷각단에 있잖아. 어느 초겨울 영감이 그
해 머슴살이를 마치고 돌아왔다는 소식을 듣고 너거 아부
지가 그 친구를 만나러 그 집에 가서 술잔을 나누기도 했
었지…….”

인물이 좋은 형기 할아버지는 젊을 때 마을 아낙네들
의 입에 오르내렸다.

그때 형기 아버지 백인섭은 소학교 3학년, 김병규는 1
학년이었다. 백인섭의 아버지는 밤새 원두막을 지키다
집으로 돌아올 때 수박이나 참외를 뒷각단 병규 어머니
집에 가져다주기도 했었다. 마을에서는 인섭이 아버지가
병규 엄마 집에 자주 드나든다는 소문이 나돌았다. 형기
할머니도 그 말을 들었어도 속만 끓였다. 그 후 병규 아
버지는 심한 노동 때문인지 병을 얻어 세상을 떠나고 말
았다. 그즈음에 병규 여동생이 태어났다. 형기 할머니는 병
규네가 외롭고 어려웠기 때문에 병규 엄마의 구완을 도왔
고 남편이 알게 모르게 미역과 쌀을 갖다주기도 했다. 할
머니는 남편의 외도를 다 알고 있었지만 먹을 것도 없이
아기를 낳고 고생하는 옛 친구를 모른 체 할 수 없었다.
그 아이가 ‘포항 고모’였다.

지금 생각하면 백형기는 그런 일을 묵묵히 참아낸 할

머니가 천사 같다는 생각이 들었다. 병규 어머니가 그처럼 절에 열심하게 된 것도 형기 할머니가 이끌어주었기 때문이었다. 사월 초파일이나 동지가 다가오면 형기 할머니가 따로 병규네 몫으로 찹쌀과 팥을 담아서 함께 절에 데리고 갔다. 병규 어머니는 형기 할머니와 친하게 지내면서 많은 깨달음을 받았다. 병규 어머니는 마을 사람들의 입에 오르내렸던 허물을 씻어버리려고 절에 열심히 다녔는지도 모른다. 아들 병규가 군에 입대하고는 외아들을 위해 100일 불공을 드릴만큼 불심도 깊어졌다. 그로 인해 형기 할머니와는 옛날 처녀 시절처럼 가까워졌고 형기네 집에도 자주 놀러 왔다. 형기 할아버지는 젊을 때는 기생집에 드나들며 바람을 피울 때도 많았지만 할머니는 영감을 탓할 수도 없었다. 그 시절에는 그렇게 하지 못하는 남편이 오히려 못난 사람으로 치부되었다.

중학생인 형기가 어느 날 학교에서 돌아왔다. 할머니 친구들 여럿이 모여앉아 쑥떡을 나누어 먹으며 이야기꽃을 피우고 있었다. 물론 '뒷각단 할매'도 함께 있었다. 할머니들의 얘기는 모두 영감들의 흉을 보는 것이었다. 그러나 형기 할머니는 영감 흉을 보는 일은 거의 없었다.

"얼마 전 내가 집에 들렀을 때 성님은 없었어. 형기 할

배가 혼자 대청마루에서 목침을 베고 누웠다가 일어나며, 나에게 냉수 한 그릇을 떠다 달라 카잖아. 부엌에 들어가 물을 떠다 드리니 물은 마시지 않고 어슬렁어슬렁 마당을 걸어 나가 대문을 잠그는 거야."

"그래서 어떻게 했어?!"

할머니 친구들은 뒷각단 할머니 말에 이구동성으로 물었다.

"어떻게 하긴, 내가 뒤쫓아 가서 잠그는 대문을 밀치고 나가버렸지!"

할머니들은 그 얘기를 듣고 모두 딱따그리 웃었다. 할아버지가 옛날 생각이 났던 모양이었다. 그게 어디 웃기만 할 일인가? 그럼에도 불구하고 형기 할머니는 함께 따라 웃었다. 지금 생각하면 부처님이라도 그럴 수 있을까 싶었다. 형기가 4~5학년 때였던 일로 기억된다. 할머니도 기력이 떨어지고 논밭은 거의 다 소작으로 내어주었을 때였다. 식구는 언제나 할아버지와 할머니, 그리고 형기 세 사람뿐이었다. 할머니는 힘든 농사일에서 놓여났으나 자주 까닭 모르게 몸이 좋지 않았다. 할아버지는 익모초를 달여 먹이고, 부자를 넣은 보약으로 기력을 되찾게 하려고 백방으로 애를 썼으나 할머니는 삼시 세끼도 챙기기 어렵게 몸이 쇠약해졌다. 어지럼증도 다시 나타나 몸을 가누기도 힘든 형편이었다. 아들 며느리는 멀리 있고 할머니가 집안일은 제대로 하지 못하니 할아버지는 어느 날 낯선 아주머니 한 사람을 데려왔다. 동구 밖 주막집에서 손님들의 술 심부름도 하며 일을 돕던 여인이었다.

할아버지는 그 여인이 주막에서 받던 보수보다 더 주기로 하고 몸이 아픈 아내를 돕도록 한 것이다. 형기가 보기에는 할머니보다 10년도 더 젊어 보였다. 형기가 '작은할머니'라 부르던 그 여인은 집안일을 도맡아 했다. 넓은 집안에 식구가 한사람 더 늘어나 네 사람이 되었다. 할머니는 본채와 떨어진 아래채에서 형기와 함께 잠을 자고 작은할머니는 할아버지와 함께 큰방에서 지냈다. 그 작은할머니는 누룽지를 자주 만들어주었다. 간식이 별로 없던 때라 형기는 누룽지를 즐겨 먹었다. 작은할머니는 석 달쯤 함께 살다가 고향으로 간다면서 집을 나가버렸고, 형기가 고등학생이 되었을 때 할아버지는 73세에 노환으로 세상을 떠났다. 꼬랑팔십이란 말처럼 몸이 약한 할머니는 팔십 세가 넘도록, 형기가 결혼하여 첫아들을 낳을 때까지 살았다. 그동안 백인섭은 의성에서 경주 법원으로 임지를 옮겼다.

6

백형기의 머릿속에는 지금도 출근한 아버지를 두고 가족들만 피난하던 일들이 동영상처럼 선명하다. 약간의 생필품과 노약자들을 태운 소달구지를 앞세운 피란행렬은 줄을 이었다. 콩을 튀기는 것 같은 총소리와 이따금 지축을 울리는 포격 소리가 십 리 밖에서 뒤쫓아와도 아이들은 어른들처럼 두려워할 줄 몰랐다. 한길 옆 논들에는 아직도 모내기를 못 한 사람들이 못자리에서 뽑은 모를 다뤄놓은 논바닥에 이리저리 마구 흩뿌리는 모습도 보였다. 석 달 뒤 피란에서 돌아왔을 때는 뿌려놓은 모들이 심은 것 못지않게 잘 자라 어느 정도 수확을 할 수 있었다. 사람의 손이 가지 않은 고추밭엔 빨간 고추가 가지에 무겁게 달렸고 채소도 벌레가 먹지 않고 무성하게 생기를 띠고 있었다.

형기네 가족은 외갓집에서 짐을 풀고 다른 사람들에 비해 그렇게 어렵지 않은 피란살이를 하고 있었다. 어머니는 소식 없는 아버지 걱정으로 머리를 싸맸으나 아이들은 그렇지 않았다. 형기와 형진이는 외사촌들과 함께 냇가에서 고기잡이도 하고 멱을 감으며 재미있게 놀았다.

외할머니가 삶아주는 감자로 간식을 하며 학교 숙제나 공부를 다그치는 사람도 없어 더욱 즐거웠다. 추석이 가까워질 때는 앞산에 올라가 알밤을 줍고, 산골짜기로 조금만 들어가면 어름과 다래를 따 먹을 수 있었다. 피란살이 한 달이 지났지만 형기 아버지 소식은 듣지 못했다. 수소문하며 백방으로 안테나를 곤두세웠으나 백인섭의 소식은 걸려들지 않았다. 여태껏 소식이 없는 것을 보면 가족들은 백인섭이 저승 사람이 되었을 것이라 낙담하고 있었다. 간혹 미군과 국군을 가득 태운 트럭이 먼지를 날리며 마을 앞을 지날 뿐 어디를 가려면 걷는 것이 유일한 교통수단이었다. 형기는 아버지가 전쟁터에서 돌아가셨을지도 모른다고 생각하면서도 어른들과 함께 걱정할 줄 몰랐던 지난 일이 너무나 부끄러웠다.

전선은 피란 마을 쪽으로 점점 가까워지고 있었다. 오천 비행장에서 이륙한 폭격기가 외가 마을 앞산을 넘어가면 잠시 뒤엔 산을 뒤흔드는 폭음과 함께 검은 연기가 뭉게구름처럼 하늘로 치솟았다. 형기가 바위벽의 오목한 자연 동굴에 아들을 기다리다 늦게 합류한 할아버지와 함께 은신해 있을 때였다. 할아버지 귓전으로 유탄이 날아들어 벽에 박히는 아찔한 순간을 겪기도 했다. 할머니와 어머니는 아들과 남편의 생사를 알지 못해 식음을 전폐하다시피 했다. 그러나 아이들은 골목 옆 감나무 아래서 땅따먹기를 하며 놀이에 빠져있었다. 그때 멀리 동구 밖에서 흰 남방셔츠를 입고 밀짚모자를 쓴 남자가 약간은 절뚝이며 외갓집 쪽으로 다가오고 있었다. 자기 차례를 기다리다 무심코 고개를 들어본 형기는 훤칠한 키에 걸음걸이 모습이 아버지 같다는 생각이 들었다. 잠시 후에 저만치서 땅따먹기를 하는 아이들을 보고 "형기야!" 부르는 소리가 들렸다. 백인섭은 아이들을 부를 때 맏이인 형진이보다 습관적으로 형기의 이름을 불렀다.

"아빠—!"

깜짝 놀란 형기는 손을 털고 달려가 아버지의 품에 안겼고, 형진이는 집으로 뛰어 들어가 "아버지가 오셨습니다!" 소리쳤다. 가족들은 맨발로 뛰어나와 백인섭을 맞았다. 그것은 죽었던 나사로가 무덤에서 걸어 나오는 것보다 더한 꿈같은 일이었다. 백인섭은 몰골이 초췌한 어머니를 얼싸안고 기쁨의 눈물을 흘렸고 가족들은 잠시 할 말을 잊었다.

"당신의 퇴근을 기다리느라 우리는 그날 피란을 떠나지 못했어요. 하마나, 하마나, 하다가 날이 저물었지요.

아버님이 먼저 떠나라 말씀하셨지만 어른을 혼자 남겨두고 우리만 떠날 수도 없었습니다."

형기 어머니가 마음을 가다듬고 포항이 적군의 손아귀에 들어가던 날의 얘기를 꺼냈다.

"피란행렬은 이미 포항을 벗어나고 있는데 거슬러 등기소를 찾아갔으니 모닥불에 뛰어드는 메뚜기 같았다고 할까. 시가지가 점령당하기는 순식간이었어! 소장과 둘이서 공포에 떨며 밤을 지새우고 흥해로 빠져나가 이튿날 새벽, 막 호미곶으로 떠나려는 거룻배를 얻어 탈 수 있었어요. 다행히 파도가 그렇게 크게 일지는 않았지만 말 그대로 일엽편주였지. 부지런히 노를 젓고 있는데 난데없이 미군 비행기 한 대가 날아와 머리 위로 돌며 인민군인지 아군인지를 확인하는 것 같았어요. 그때 배 주인이 미리 준비해두었던 태극기를 흔드는 것을 보고 비행기가 돌아갔어요. 불바다 속을 벗어나서 이곳까지 온 것은 천우신조지요. 어머님이 저를 낳을 때도 불공을 드렸다고 말씀하셨지만 모든 것이 부처님의 은덕이라 생각합니다."

형기 할머니는 아들의 얘기를 들으면서도 '나무아미타불, 관세음보살'을 암송하며 자주 한숨을 쉬었다. 백인섭이 살아 돌아온 과정은 부처님의 도우심이 아니고는 무어라 설명할 수 없었다. 극적으로 배를 얻어 탄 것도 보이지 않는 손길이 이끈 것 같았다. 그는 한나절이나 걸려 영일만을 가로질러 건너서 오랫동안 한 번도 찾아뵙지 못한 당숙 댁을 물어물어 찾을 수 있었다. 당숙은 그 마을의 유지였다. 고대구리를 하는 그 집은 큰 배를 두 척이나 갖고 있었다. 다음날 포항 쪽 상황을 알아보았으나 가족들이 피란하는 처가댁 지역까지 이미 전쟁터가 되어서 그쪽으로는 아무도 갈 수 없다는 것이었다. 가족들은 백인섭이 불바다가 된 포항에서 죽었을 것으로 생각했고, 백인섭은 가족들의 생사를 몰라 애를 태웠다.

여느 때라면 마을 이장댁에 있는 전화로 급한 연락은 주고받을 수 있었다. 멀리서 전화가 걸려오면 이장은 스피커를 통해 "○○댁 전화 왔습니다."라고 방송을 했다. 그러나 전쟁통에서는 이웃 마을에조차 연락할 수 없었다. 당숙 댁에서 한 달 동안 지내며 이리저리 수소문해 본 결과 오천 쪽은 비행장과 군부대가 바로 옆에 있어서 적의 손아귀에는 들어가지 않았다는 것이었다. 백인섭은 당숙 댁을 떠나 가족을 찾아 걷기 시작했다. 구룡포까지 왔을 때 통행이 통제되어 그곳에서 몇 날을 보냈다. 차량은 말할 것도 없고 달구지 하나 얻어 탈 수 없었다. 음식을 파는 곳도 없어 며칠 동안은 구걸로 연명했다. 마침내 발이 부르트도록 걷고 또 걸어서 식구들이 피란하는 처갓집까지 찾아올 수 있었다.

백인섭은 석 달 동안의 피란살이 속에서도 국민의 재산권이 달린 등기부의 보전을 생각했다. 포항이 완전히 수복된 것은 그해 10월 초였다. 백인섭은 식구들과 함께 피란에서 집으로 돌아와 이튿날 바로 자전거를 타고 등기소로 향했다. 형산강의 유일한 다리인 형산교를 확보하기 위해 혈전을 벌인 흔적은 곳곳에 그대로 널려있었다. 다리를 건너가자 신작로 옆 적의 진지가 있었던 강 언덕에는 여기저기 몇 구의 인민군 시체가 나뒹굴고, 포탄에 맞아 떨어져 나간 다리 하나는 군화를 신은 채로 서 있었다. 백인섭은 미풍에 실려 오는 시체 썩는 냄새에 숨이 막혔다. 멀리서 바라보아도 초토화된 포항시에는 붉은 벽돌조 포항제일교회당 만이 높이 솟아 있었다. 주거지로 숨어든 인민군을 소탕하기 위해 미군 폭격기 조종사들이 제일교회당 건물만 남겨놓고 시가지 전체를 무차별 폭격했기 때문이다. 등기소 건물도 담장이 무너지고 서류

보관창고도 반파되어 등기부들이 여기저기 바닥에 널려 있었다. 사무실에는 책상을 모아 인민군들이 숙식한 흔적이 남아있고 외벽과 천장 여기저기에 총탄 자국이 어지러웠다.

포항을 되찾은 지 일주일이 지났지만 돌아온 등기소 직원은 차석인 백인섭 한 사람뿐이었다. 며칠을 더 기다려도 서울 쪽으로 갔던 소장은 돌아오지 않았다. 직원들이 돌아오기 전 처음 한 달 동안 그는 혼자서 사무실과 서류 창고를 정리하고 국민의 소중한 재산목록인 등기부들을 살뜰히 정돈하여 상급 기관인 대구지방법원에 결과를 보고했다. 그로부터 3개월이 지나자 뜻밖에 청송등기소장으로 승진발령을 받았다. 오지인 청송등기소도 전쟁으로 인해 큰 피해를 입었다. 인민군들은 땅문서를 멋대로 나누어주고 토지를 분배하며 주민들에게 환심을 사려했었다. 이런 것들을 제자리를 찾아 정리하려면 그와 같은 성실하고 유능한 일꾼이 필요했던 것이다.

7

고향을 잃어버리는 순간에 비로소 알아볼 수 있는 것

이 고향이라는 사실은 누구나 다 잘 아는 터이다.[1] 소를 먹이러 앞산에 오르면 400여 호의 남향한 초가마을과 영일만 푸른 바다가 한눈에 들어온다. 마을 뒤로 길게 늘어선 아름드리 소나무 숲은 해풍을 막아주고 마을 앞에는 자갈길 신작로가 하얗게 깔려있다. 이 마을은 예로부터 소나무가 많아 송전마을로 불렸다고 한다. 이따금 지나가는 트럭이 뿌얀 먼지를 날려도 아낙네나 노파들은 수양버들 아래 돗자리를 깔고 앉아 더위를 식혔다. 아이들은 여름철이면 바다가 놀이터였다. 마을을 둘러싼 송림을 벗어나면 갈대숲 사이로 바다로 이어지는 샛강이 흐른다. 팬티로 수영복을 대신하고 얕은 강물에 엎드리면 강바닥에 손이 닿는다. 엉금엉금 기어가면서 바닥을 긁어 재첩을 움키고, 운이 좋으면 붕어나 꼬시락이 손에 잡힐 때도 있었다.

여름방학이 돌아오면 윗마을의 아이들까지 몰려와 하루를 바다에서 살았다. 요즘처럼 수영객을 보호하거나 위험지역을 설정하여 통제하는 바다 경찰은 없었다. 중학교 3학년인 마을의 형이 형기 친구들을 데리고 해수욕

---

1) 알베르 카뮈 『결혼·여름』 (김화영 역, 2011, 책세상) p.48

장으로 나갔다. 마을에서 첫째가는 부잣집 외아들인 그 형은 과자를 사줄 때도 있어 아이들이 잘 따랐다. 나이에 비해 조숙한 그는 어린아이들에게 돈을 주고 자기의 페니스를 빨도록 했다는 좋지 않은 소문도 나돌았다. 그 형은 다른 아이들보다 수영을 잘했다. 그날도 수영 솜씨를 뽐내려고 멀리까지 헤엄쳐 나갔다가 다리에 쥐가 나서 물속으로 가라앉았다. 살려 달라 손을 내저었으나 아무런 도움을 주지 못하고 얕은 물에서 놀던 아이들은 "살려주세요—! 살려주세요—!" 고함만 질렀다. 어른들이 그 소리를 듣고 달려왔어도 손을 쓰지 못했다. 그 후로 마을에서는 물놀이는 반드시 부모님과 함께 가도록 아이들을 단속했다. 형기는 그 여름 내내 바다에 가고 싶어도 갈 수 없었다.

형기가 국민학교 6학년이 되던 해 추수가 끝난 뒤 면서기 박정호 씨가 형기 할아버지를 찾아왔다. 박 씨는 형기 아버지가 청송등기소로 부임할 때 다른 친구들과는 달리 긍정적인 말로 격려해주던 사람이었다. 그는 윗마을교회의 집사였다.

"아버님, 평안하시지요. 인섭이 소식은 종종 듣고 있습니까?"

박정호 씨는 손에든 술병을 내려놓으며 할아버지에게 정중히 인사했다.

"어서 오게. 얼마 전에 청송에서 의성으로 전근을 했다는 소식을 전해왔어."

할아버지는 아들의 근황을 박 씨에게 알렸다.

"축하드립니다. 인섭이는 어디서든 자기 능력을 인정받는 일꾼이지요!"

"그래, 아버지는 요즘 건강이 어떠신가?"

"조금씩 기동은 하십니다만 회복이 참 어렵네요. 형기는 착하고 공부도 열심히 하지요?"

"즈그 아바이가 형진이를 데려간 뒤 한동안 마음을 못 잡고 있더니 이제는 많이 좋아졌어."

"형기는 우리 집에도 한 번씩 놀러 옵니다. 우리 재원이와 친하게 지내지요."

"그런데, 자네는 오늘 웬일로……."

"예, 농한기 동안 집 앞에 있는 논을 좀 빌릴 수 있을까 해서요. 적절한 사용료를 드리겠습니다."

형기네 집 앞에는 백 평쯤 되는 문전옥답이 있었다. 겨울이면 아이들이 몰려와 거기서 공차기를 하며 놀았다.

"논을 빌려서 머할라꼬? 면에서 사용할 건가?"

"아닙니다. 논에다 천막을 치고 겨울방학에 교회 청년들이 마을 아이들 공부도 가르치고, 얼마동안 예배 처소로도 이용하고 싶습니다."

"부모들이 아이들에게 신경 쓸 새가 없는데 공부를 갈치는 거는 좋은 일이지. 겨울 동안은 비어있으니 내년 봄까지 그대로 사용하게. 좋은 일에 내가 다른 것은 도와줄게 없고……."

박정호 씨가 사용료를 드리려 했으나 형기 할아버지는 끝까지 사양했다. 그는 몇 번이나 머리를 깊이 숙여 감사를 표했다. 박 씨는 말을 꺼내기 전에는 다소 어려울 것으로 생각했으나 일은 너무도 쉽게 풀렸다. 형기 할아버지는 교회 일은 잘 모르고 '청년들이 아이들 공부를 가르친다'는 것만 생각했기 때문이다. 윗마을교회는 작년부터 송전마을에 교회당을 세우기 위한 계획을 두고 기도해왔다. 우선 면려 청년회를 통해 아이들을 가르칠 청년들을 모으고 건축헌금도 계속하고 있었다. 그리고 지난해 봄 노회 때는 개척교회 설립청원서를 제출해놓았다. 때를 맞춰 경동노회 선교부가 미국 선교사를 통해 오천 비행장의 미군 부대에 교섭하여 야전훈련 때 사용하던 대형천막을 지원받을 수 있었다. 천막 2개 가운데 하나는 어른들

의 예배 처소로 쓰고, 또 하나는 교육관으로 아이들 예배
와 공부방으로 이용할 수 있도록 시설을 마련했다. 형기
네 집 앞에 천막 교회가 세워지자 마을의 아이들은 너도
나도 교회로 몰려들었다. 어른 교인은 박 씨 가족과 진주
에서 이사 왔다는 한 가정까지 합해 7명뿐이었다. 그러나
초중등 아이들은 50명이 넘게 모여 천막이 비좁을 정도
였다. 처음에는 아이들이 모두 함께 예배를 드렸으나 한
달이 지나서는 중등부를 따로 분리했다.

아이들이 그처럼 많이 모여든 것은 다른 곳에는 이렇
다 할 놀이터가 없었기 때문이었다. 게다가 학교에서만
볼 수 있는 풍금도 있고, 성경 이야기를 할 때는 신기한
융판도 사용했다. 낙타나 양, 사람 모양을 오린 그림을
융판에 붙이면서 선생님들은 재미있게 성경 이야기를 들
려주고, 놀이시간에는 색깔 사탕을 나누어 주었다. 형기
가 처음 들었던 요셉 이야기는 더욱 솔깃했다. 요셉은 아
버지 야곱의 심부름으로 멀리 가서 양을 치는 형들에게
먹을 것을 갖다주고 그들의 안부도 알아보기 위해 집을
떠났다. 평소 형들은 이상한 꿈 얘기만 하며 아버지의 사
랑을 독차지하는 요셉을 하나같이 미워했다. "우리가 밭
에서 곡식 단을 묶고 있을 때 내 단은 우뚝 일어서고, 형

들의 단은 내 단을 둘러서서 절하였어요."(창세기37:7) 또 한 번은 꿈을 꾸었는데 해와 달과 열한 별이 그에게 절하 더라는 것이었다. 형들은 멀리서도 요셉의 모습을 알아 보고, 그가 오면 죽여 버리자고 미리 음모를 꾸몄다.

"야, 저기 꿈꾸는 녀석이 온다. 저 녀석을 죽여 버리고 아버지에게는 사나운 짐승에게 물려죽었다고 말씀드리 자. 그러면 요셉의 꿈이 어떻게 되는지 두고 보자."

맏형 르우벤의 설득으로 죽이는 대신에 물이 없는 구 덩이에 던져진 요셉은 이집트로 가는 상인들에게 노예로 팔렸다. 바로의 신하인 경호대장 보디발의 집에서 일하 게 된 요셉은 정직하고 성실하게 일했다. 하루는 보디발 의 아내가 용모가 준수한 요셉과 동침하자고 유혹했다. 요셉은 하나님 앞에서 죄를 짓지 않으려고 그 요구를 거 절하다 억울한 감옥살이를 하게 되었다. 그는 감옥에서 도 하나님을 원망하지 않고 부지런하고 정직했으므로 마 침내 이집트 총리의 자리에 오르게 되고, 오랜 흉년으로 굶주려 죽어가는 부모 형제를 살려낼 수 있었다. 요셉은 외로움과 억울함 속에서도 하나님을 믿는 믿음을 지키며 살았으므로 마침내 그에게 영광의 날이 찾아왔다.

형기는 요셉의 이야기를 가슴에 새겼다. 부모와 떨어

져 외롭게 살아가는 그에게는 한없는 위로가 되었다. ― '무덤에서 살아나온 나사로' '물이 변해서 포도주로' '물맷돌 하나로 골리앗을 이긴 다윗' '홍해 바다를 건넌 모세'― 등등, 성경 이야기는 들으면 들을수록 신기하고 재미있었다. 처음 배웠던 찬송은 부를 때마다 희망을 안겨주었다. 형기는 혼자서도 그 찬송을 흥얼거렸다. ― 예수께서 오실 때에 그 귀중한 보배/ 하나라도 남김없이 다 찾으시리/ 샛별 같은 그 보배 면류관에 달려/ 반짝반짝 빛나게 비치리로다 ―

아이들은 틈만 나면 천막 교회에 가서 놀았다. 저녁에는 청년 선생님들로부터 학교 공부를 배웠다. 성탄절에는 형기가 요셉 역을 맡아 어려움을 이기고 애굽의 총리가 되어 멀리 가나안 땅에서 양식을 사러 온 형들을 대하는 성극으로 교회에서 찬사를 받았다. 그러나 할아버지 할머니는 천막 교회가 바로 집 앞에 있지만 한 번도 그곳에 가보지 않았다. 마을에서 큰 보살로 통하는 형기 할머니는 불교를 믿는 사람이 다른 종교를 기웃거려서는 안 된다고 생각했다. 그럼에도 불구하고 형기는 계속 교회에 다녔고, 집에서는 성탄절에 연극을 했다는 얘기는 하지 않았다. 할머니는 형기가 교회에서 연극을 했다는 말을 얼마 후에 친구들에게 들었다.

"성님아, 형기가 교회에 나가는 것 좀 말려라."

어느 날 놀러 온 할머니 친구가 말했다.

"와? 아이들 놀 데도 없는데 천막에서 모여 놀기도 하고 청년들이 공부도 갈쳐준다 카는데 고맙잖아!"

형기 할머니는 대수롭잖게 여겼다.

"보살님 손자가 교회에 열심한다는 말을 사람들이 들으면 머라 카겠노?"

"어느 집이라도 종교는 하나를 믿어야지, 식구들 마음이 흩어지면 안 좋은 기라."

"절에도 열심하고 교회도 열심히 하면 양쪽에 다 도움을 받아 좋잖아. 좋은 기 좋다고!"

할머니는 형기가 늘 점잖고 착하지만 교회에 열심한다는 친구들의 말이 마음에 걸렸다.

"할멈, 형기 얘기 들었나? 장천 댁 손자가 예수 믿는다는 소문이 마을에 다 퍼졌다는데-."

저녁에 형기가 교회에 간 뒤에 할아버지가 물었다.

"낮에 친구들이 놀러 와서 하는 얘기를 들었지만, 에미애비 떨어져 사는 아가 교회에 재미 붙이는 거를 우짜겠능교?"

"그래도 우리 집은 다르지. 자식 여섯을 다 잃고 불공 드려 낳은 남매만 겨우 건졌는데, 부처님 은혜를 잊으면 되겠나……."

그 후로 할머니는 형기에게 놀러 가거나 공부하러 가는 것은 좋지만 예배할 때는 교회에 가지 말도록 일렀다. 형기는 할머니의 말씀을 듣고도 몰래 예배에 참석했고, 머릿속에는 '다윗 왕' '삼손' '기드온' '모세' 이야기들이 늘 맴돌았다.

8

그러나 형기는 천막 교회에 계속해서 다닐 수 없었다. 그를 지극히 사랑하는 할머니의 말씀을 거역하지 못했기 때문이다. 그 대신 할머니는 형기를 자주 절에 데리고 다녔다. 해가 바뀌고 할머니는 정초 백일기도를 시작했다. 형기 할머니는 백일기도를 통해 객지에 있는 며느리와 손주들이 평안하고 아들의 직장생활이 순조롭고 형통하기를 빌었다. 형기는 백일동안 매일 저녁 할머니를 따라 절에 갔다. 할머니는 추위도 아랑곳하지 않고 부엌에서 목욕재계하고 절에 가서는 정화수를 떠 놓고 촛불을 밝히고 기도를 드렸다. 스님(설자 아버지)이 목탁을 치며 송경(誦經)을 한 뒤에 할머니는 하루 100배씩 절을 하고 꿇어 엎드려 오래도록 기도했다. 백일동안 일만 배를 작정한 것이다. 첫날에는 형기도 할머니를 따라 기도에 동참했으나 그다음 날부터는 설자 방에서 함께 숙제하며 할머니의 기도가 끝날 때까지 기다렸다.

설자 어머니는 딸과 함께 공부하는 형기에게 맛있는 떡과 과일을 내다 주었다. 절집에는 참으로 먹을 것이 많아 보였다. 불공을 드리거나 제사를 하는 사람들이 음식 일부는 가져가고 일부는 절집에 남겨주기 때문이었다. 형기는 천막 교회에 가는 시간보다 설자와 함께 놀며 공부도 하고 간식도 얻어먹는 것이 차츰 즐거워졌다. 무엇보다 형기가 부러워하는 것은 설자의 방이었다. 널따란 앉은뱅이책상 위에는 참고서와 함께 세계 명작동화가 나란히 꽂혀있고 창문에는 그림 동화책에서나 볼 수 있는 예쁜 분홍색 커튼이 드리워져 있었다. 설자는 깨끗이 정돈된 방에서 열심히 공부하고 싶은 생각이 절로 날 것 같았다. 그러나 형기는 오늘까지 할머니와 한방에서 잘 뿐만 아니라 그가 사용할 책상도 없었다. 형기는 책을 읽거나 숙제를 할 때는 방바닥에 엎드는 것이 습관처럼 되어 있었다. 형기는 설자와 나란히 앉아 공부하는 것이 좋으면서도 둘이서만 얘기하는 것이 약간은 쑥스러웠다. 그러나 설자는 아무렇지도 않은 것 같았다. 어느 날 설자는 자기 마음을 털어놓았다.

"형기는 형진이가 있어서 참 좋겠다! 나도 언니나 동생이 있으면 얼마나 좋을까."

"형이 함께 있을 때는 언제나 내 마음에 의지가 되는 것 같고 말썽쟁이 친구들로부터도 보호를 받았는데, 지금은 나도 혼자잖아."

"그래도 명절이나 방학 때는 서로 만날 수 있지만 나는 그렇지 않거든……."

"나는 부모님이 형을 데려가고부터 우리 집 앞에 있는 천막 교회에 열심히 나갔어. 사탕도 얻어먹고 친구들과 함께 공부도 하고. 지난 성탄절에는 연극도 할 수 있어서 정말 재미있었다. 그런데 지금은 할머니가 교회에 나가지 말라고 말씀하셨어."

"우리 친구들도 교회에 놀러 간다는 얘기를 들었지만 나는 한 번도 가보지 못했어."

설자는 교회에 대한 궁금증을 드러냈다.

"우리 할머니가 한 집에서 두 가지 종교를 믿으면 좋지 않다면서 절에 오실 때는 꼭 나를 데리고 온단다."

"우리도 둘이서 재미있는 놀이를 만들면 되지. 추위도
이제 물러갔으니 우리집 화단에 꽃씨를 뿌릴 때가 되었
어. 형기가 도와주면 안 될까?"

설자는 절 마당의 화단을 가꾸는 데 형기의 도움을 청
했다.

형기는 그다음 토요일 밭에 가는 할머니를 따라가서
설자와 함께 이미 수선화가 노랗게 피어있는 화단 한쪽
을 정리하고 나팔꽃, 채송화, 코스모스 꽃씨를 정성스레
뿌렸다. 절 둘레에는 온통 벚꽃이 활짝 피어 밤에도 눈이
온 것처럼 환했다. 할머니가 기도를 마치고 함께 집으로
돌아오면 형기는 설자 어머니가 떡과 과일을 내주던 얘
기를 했다. 그 말을 들은 할머니는 밭두렁에서 캔 쑥으로
떡을 만들어 절집에 갖다주고 형기와 설자가 함께 나눠
먹도록 해주었다. 형기는 절에 갈 때마다 설자의 동화책
을 몇 권씩 빌려다 읽었다. 형기가 선생님에게 듣던 동화
를 책으로 직접 읽기는 처음이었다. 형기는 학교에서 돌
아오자마자 방바닥에 엎드려 빌려온 안데르센 동화집을
읽었다.

안데르센은 한없이 슬픈 이야기를 아름다운 환상으로 이끌어 놓았다. 형기는 「성냥팔이 소녀」를 읽으며 피할 수 없는 죽음을 이러한 환상 속에서 맞을 수 있다면 죽음이 그렇게 두렵고 슬픈 것만은 아닐 것이라는 생각이 들었다. 그는 「인어공주」「벌거벗은 임금님」「백조왕자」「완두 다섯 알」 등을 읽으며 아름답고 정직한 희망의 씨앗을 가슴 속에 고이 뿌리고 있었다. 『그림 동화집』의 「라푼젤」「백설 공주」「헨젤과 그레텔」을 읽고도 많은 감명을 받았다. 형기는 부모 없이 고아원에서 생활하던 소녀가 가족을 얻고 어른이 되어가는 과정을 그린 「빨간 머리 앤」에서는 자기모습을 떠올렸다. 할머니와 함께 살고 있지만 부모형제와 떨어져 사는 자기가 흡사 고아처럼 보였다.

"빌려준 동화책 잘 읽었어. 설자는 '빨간 머리 앤'을 어떻게 생각해?"

형기는 어느 날 저녁 설자 방에서 동화책을 보다가 물었다.

"어렵고, 슬프고, 외롭고 힘든 상황에서도 용기를 잃지 않고 꿋꿋이 살아가는 모습이 참 아름다웠어! 나는 빨간 머리 앤이 자기를 놀리며 괴롭히던 길버트와 화해하고 그를 길러주고 공부시켜준 마릴라 아주머니와 함께 살기 위해 자기의 꿈을 포기하는 모습이 감동적이었어."

"이웃 사람들을 사랑하고 서로 도우며 믿음을 갖고 살아가는 것이 얼마나 행복한 일인가를 깨닫게 해주는 것이지."

형기는 설자와 독후감을 서로 나누면서 앤과 길버트와의 관계가 그 후엔 어떻게 되었을까, 생각하고 있었다. 설자와 둘이 있는 것이 처음에는 어색했으나 동화책을 통해 생각의 깊이를 더해가는 얘기를 나누면서 한결 자연스러워졌다. 형기는 설자와 친하게 지내면서 자주 '백설 공주'를 그려보았다. 사람들이 '형기야, 형기야, 세상에서 누가 제일 예쁘냐?'고 묻는다면 '설자가 제일 예쁘다!'고 대답하고 싶었다. 사람들이 왜 그런 말을 내게 물어오지 않을까? 형기는 동화책을 읽으며 '인어공주' '백설공주'의 모습에 설자의 얼굴을 올려놓았고, 자기를 대하는 그녀의 마음은 빨간 머리 앤처럼 아름다워 보였다. 형기는 동화 속의 주인공 가운데 제일 예쁘고 마음씨 착한 여자아이가 등장하면 그 주인공이 꼭 설자처럼 보였다.

어느 토요일 저녁 할머니를 따라 절에 갔을 때 설자가 보이지 않았다. 형기는 설자가 외할머니 집에 다니러 갔다는 말을 듣고 어둑해지는 툇마루에 혼자 앉아 있었다.

"형기야, 할머니가 불공을 마칠 동안 설자 방에 들어가 있어라."

설자 어머니는 형기를 방에 들여보내고 과일도 내다 주었다. '설자는 외할머니댁에서 무얼 하고 있을까?' 형기는 책상 앞에 앉아 이런저런 생각을 하다 새로운 동화책을 찾아 읽어보고 싶었다. 책꽂이에는 하얀색 표지를 입힌 책이 하나 눈에 띄었다. '무슨 동화책일까?' 궁금해서 그 책을 뽑아보니 설자의 일기장이었다. 망설이다 첫 페이지를 열어보았다. 이제 5학년이 되었으니 열심히 공부하며 중학생이 될 준비를 단단히 해야겠다는 다짐과 함께 그날그날의 일들이 기록되어 있었다. 몇 장을 넘겨도 비슷한 일상의 반복처럼 보여 최근에 기록한 페이지를 펼쳐보았다. 「형기가 할머니를 따라 정초 백일기도에 와서 함께 놀았다. 할머니 기도가 끝날 때까지 내 방에서 형기와 함께 숙제를 했다. 형기는 참 공부를 잘하는 것 같았다.」, 「화단을 정리하고 형기와 함께 꽃씨를 뿌렸다.」, 「형기는 참으로 마음씨가 착해 보인다. 나도 형기와 같은 오빠나 동생이 있으면 좋겠다.」는 말들이 쓰여있었다.

형기는 설자의 일기장에서 자기의 얘기를 읽을 때 얼굴이 달아오르고 가슴이 두근거렸다. 남의 일기장을 훔쳐보는 것이 잘못이라는 생각이 들어 얼른 일기장을 제자리에 꽂아놓고 거실에서 어른들이 무슨 얘기를 하는지 귀를 기울였다.

"⋯⋯우리도 형기 같은 아들이 하나 있으면 좋겠지요!"

"아이가 참 점잖고 착한 것 같아. 설자와 사이좋게 지내는 모습도 귀엽고."

설자 부모가 거실에서 주고받는 얘기였다. 창호문 하나를 사이에 둔 그 말은 어쩌면 형기에게 하는 말 같기도 했다. 형기는 설자 부모의 말을 들으면서 본의 아니게 설자의 일기장을 보게 된 것이 죄지은 것 같은 생각이 들었다. 얼른 집으로 돌아가고 싶었으나 할머니의 기도는 아직 끝나지 않았다. '형진이는 지금쯤 무얼 하며 지낼까? 동생은 얼마나 자랐는지 보고 싶다. 어머니 아버지는 나를 잊은 것인가?' 형기는 오랜만에 아버지와 어머니의 얼굴을 떠올렸다. 형기는 설자처럼 형제들이 없어도 어머니 아버지와 함께 살고 싶었다. 높이 뜬 둥근달은 할머니와 함께 집으로 돌아오는 형기의 얼굴을 다정하게 비추었다. 쳐다보는 달은 어머니의 얼굴이 되기도 하고 예쁘게 웃는 설자의 얼굴 같기도 했다. 형기는 할머니의 백일불공이 끝나지 않고 오래오래 계속되면 좋겠다는 생각을 하고 있었다.

9

형기는 할머니의 백일 불공에 따라다니면서 집 앞에 있는 천막 교회에는 거의 발걸음을 하지 않게 되었다. 그러나 마을의 아이들은 공부를 가르치는 청년 선생님들로부터 사탕이나 과자를 얻어먹으며 교회로 많이 모였다. 면서기인 재원이 아버지는 처음 천막 교회를 세울 때 석 달을 약속했으나 농사철이 시작되기까지 두 달을 더 넘겨 사용했다. 그동안은 마을 한가운데 있는 빈 집터에 교회당을 건축하고 있었다. 교회는 먼저 부지를 구하기 위해 여러 곳의 공터들을 알아보았다. 시세보다 땅값을 더 주겠다는 말에 매매가 이루어질 것 같다가도 그 자리에 교회당이 들어선다는 말이 나면 그 계약은 곧 무산되고 말았다. 불교가 성한 마을에 교회가 들어서는 것은 흉조가 된다는 이유로 이웃의 반대가 심했기 때문이었다.

천막 교회 교인들은 교회부지를 위해 마음을 모아 기도하고 있었다. 지난해 윗마을교회는 낡은 목조 교회당을 철거하고 벽돌조 교회당을 신축했다. 그리고 송전마을에 부지를 매입하면 철거한 그 자재를 이용해 교회당을 세우기로 계획하고 있었다. 마을에서는 이곳저곳이 교회

부지로 결정되었다는 말이 나돌고 있었으나 소문뿐이었다. 형기 할아버지는 교회부지를 위해 함께 걱정하고 있었다.

어느 날, 면서기 박정호 씨가 형기 할아버지를 찾아왔다. 마을 한가운데 빈집을 매입하려고 서울에 있는 그 집 아들과 연락을 주고받았으나 여기서도 이웃 사람들의 반대로 성사되지 못했다고 말했다. 그 집 주인은 형기 할아버지와 친구였고 논이 가까이 있어서 농사철이면 더욱 친하게 지냈다. 3년 전 그가 세상을 떠나자 심한 관절염으로 출입이 불편하던 그의 아내도 영천에 사는 딸네 집으로 옮겨갔다. 육군 장성에서 퇴역한 그 집 아들이 지난 설에 고향 사람들에게 인사차 내려와 형기네 집을 방문했을 때 형기 할아버지는 빈집을 교회에 팔도록 설득했다. 그는 형기 할아버지가 힘이 되어 준다면 이웃의 반대가 있어도 집을 팔겠다고 말했다.

윗마을교회는 송전마을 한가운데 공동우물 옆 그 집을 사들이고 마침내 교회당을 건축하게 되었다. 그 뒤로 재원이 아버지는 마을 일에 더욱 헌신하여 사람들의 칭송을 받았다. 신축된 목조 교회당은 천막 교회보다는 좋았으나 장마철이면 비가 새고, 낡은 대용유리로 된 창문은 바람이 불면 먼지가 들이쳐서 마룻바닥에 쌓였다. 교회는 매일 새벽종을 치며 열심히 기도해도 빈자리는 채워지지 않았다. 예배 인도는 주일과 수요일 저녁에만 오는 신학생이 맡았다. 전통적인 마을에서 교회가 성장하기는 참으로 어려웠다.

백형기가 고등학교 1학년 때부터 교회는 차츰 활기를 띠기 시작했다. 그것은 교회설립 이후 처음으로 개최한 부흥회의 영향 때문이었다. 마을의 담벼락 여기저기 심령부흥회 포스터가 나붙었고 큰길에서 교회로 들어가는 골목 입구에는 대형 현수막이 내걸렸다. 「아무나 오시오, 심령 대부흥회. 강사: 강창도 목사(포항제일교회)」 포항제일교회 목사가 부흥회 강사로 온다는 광고는 마을 사람들의 관심을 끌었다. 지난 ·전쟁 때 포항시는 초토화되었지만 제일교회당은 유일하게 폭격을 당하시 않고 시가지 한가운데 우뚝 서 있는 것을 보았기 때문이었다. 전쟁의 참화를 이겨낸 교회의 목사가 와서 말씀을 전한다는 소식에 마을 사람들은 그가 어떤 기적이라도 가져다줄 것 같은 기대를 걸었다. 평소 교회를 외면하던 사람들도 호기심에 함께 교회당으로 몰려들었다. 형기도 그러한 분위기에 끌려 부흥회에 참석했다. 그동안은 설자와 가까이 지내면서 교회와는 거리를 두고 있었다.

형기는 천막 교회에서 신나게 불렀던 찬송을 되새겨보았다. '–주를 사랑하는 아이, 이 세상에 살 때 주의 말씀 순종하면 참 보배로다–' 형기의 가슴에는 이미 '보배'라는 말이 깊이 새겨져 있었다. 부모님과 떨어져 할머니와 함께 살아도 예수님을 따라가면 반짝반짝 보배처럼 빛난다는 그 말씀이 힘을 더해주었다. 국민학교 5학년 때 3개월 동안 천막 교회에 다녔던 형기는 부흥회가 전혀 낯설지 않았다. 강사 목사는 '믿음 소망 사랑'을 강조했다. '소망'은 '희망'과 같은 말이었다. 소망에는 성취가 전제되어 있다는 것이다. 소망의 줄을 꼭 잡고 따라가면 그 끝에는 이 땅에서와 하늘나라에 바라는 것들이 기다리고 있다는 말씀이었다. 예수를 믿는 믿음과 이웃 사랑이 우리를 거기까지 이끌어준다는 것이다. 어릴 때부터 '점잖은' 형기는 목사님의 말씀을 그대로 받아들였다. 바라는 것들이 많았던 형기는 소망의 줄을 꼭 잡고 싶었다. 그의 교회 출석은 이렇게 다시 시작되었다. 부흥회 후에 10여 명의 마을 사람들이 새 가족으로 교회에 나왔다. 형기는 여 집사님들의 사랑이 어머니처럼 가깝게 느껴졌고, 친구들을 한 사람씩 교회로 데려올 때마다 더 많은 칭찬을 받았다.

형기 할아버지가 세상을 떠날 때 백인섭은 경주법원에 근무하고 있었다. 외아들인 그는 달포동안 휴직을 하고 집에서 노환으로 자리에 누운 아버지의 병상을 지켰다. 윤유월 스무닷샛날 아버지가 세상을 떠나고 백인섭은 굴건제복으로 장례를 치르느라 더위를 먹어 많은 고생을 했다. 형기는 오랜만에 부모님과 함께 지낼 수 있었으나 생각과는 달리 거리감을 느끼고 있었다. 백인섭은 지난해 설 명절에 차례를 지낼 때 형기가 교회에 열심하는 것을 비로소 알게 되었다. 남자들은 모두 제사상 앞에서 절을 하는데 형기는 그대로 서 있었기 때문이었다. 형기는 예수 믿는 사람은 우상 앞에서나 제사를 지낼 때 절을 해서는 안 된다는 제2계명을 따르고 있었다. 아버지가 함께 절을 하도록 일렀으나 형기는 그 말씀을 따르지 않고 믿음을 지켰다. 그것 때문인지 신앙인이 되고부터는 제사 때 아버지의 칭찬을 받지 못했다. 평소 아침마다 불경 '정구업진언(淨口業眞言)'을 암송하는 어머니도 아들이 교회에 나가는 것을 못마땅하게 생각했다. 형기는 식구들과 함께 있을 때도 늘 혼자 있는 것 같은 외로움을 느꼈다.

할머니는 초하루 보름, 절에 갈 때 형기를 데려가려 했으나 응하지 않았다. 설자를 생각하면 함께 가고 싶었지만 '절을 많이 해야 복 받는다'는 말씀은 따를 수 없었다. 교회에서는 설자의 어린이 동화책보다 격이 높은 세계문학전집과 다른 책들을 많이 접할 수 있었다. 신학생 이현복 전도사는 학생들에게 독서를 권장했다. 교회당 별실에는 청소년들과 어린이들이 즐겨 읽을 수 있는 책들이 벽면 책장을 가득 채우고 있었다. 형기는 세계문학전집, 위인전 등을 틈나는 대로 부지런히 읽었다. 『돈키호테』 『장발장』 『헬렌 켈러』 『마하트마 간디』 『에이브라함 링컨』 등에는 꿈과 용기를 주는 아름다운 세계가 가득 들어 있었다. 그것들은 모두 어려움을 극복한 발자취였다.

그 책들은 형기의 가슴에 잔잔한 파문을 일으켰다. 백형기가 위인전기와 문학작품을 읽으면서 뒤늦게 깨달은 것은 귀한 일에 헌신하려면 부지런히 공부해야 한다는 것이었다. 그때가 고등학교 2학년 때였다. 학원이나 가정교사도 없는 시골이지만 백형기는 부지런히 공부하면 길은 반드시 열릴 것이라 믿었다. 그리고 신앙생활도 게을리하지 않았다. 그의 텅 빈 가슴에 용기를 심어준 것은 이 전도사님의 설교에서 들은 빌립보서 4장6절-7절 말씀이었다.

「아무것도 염려하지 말고 다만 모든 일에 기도와 간구로, 너희 구할 것을 감사함으로 하나님께 아뢰라. 그리하면 모든 지각에 뛰어난 하나님의 평강이 그리스도 예수 안에서 너희 마음과 생각을 지키시리라.」

백형기는 두 손을 펴보고 주변을 돌아보았다. 가진 것은 아무것도 없었고 할머니의 따뜻한 사랑만이 그를 지탱하고 있었다. 믿음이 깊어지고 부지런히 공부하면 부모님과 가족에게 더욱 사랑받아야 하겠지만 백형기는 교회 생활과 공부를 열심히 하면 할수록 가족으로부터 외면당하는 것 같았다. 그가 할 수 있는 것은 오직 하나님께 기도하는 것이었다. 구하고, 찾고, 두드리면 반드시 닫힌 문은 열릴 것 같은 생각이 들었다. 이런 믿음이 공부에 열중하도록 그를 이끌어 갔다. 백형기는 부지런히 공부해서 대학입시에 응시했으나 원하는 국립대학에는 낙방했다. 2차로 사립대학에 합격은 했으나 그는 대학생이 될 수 없었다. 공무원인 아버지의 적은 월급으로는 두 아들을 동시에 뒷바라지할 수 없었기 때문이다. 형기는 1년 재수한 형진이가 졸업하기까지 2년을 더 기다리지 않으면 안 되었다.

그렇다고 낙담할 처지는 아니었다. 당시 송전마을의

선배들 가운데 대학생은 통틀어 2~3명밖에 없었기 때문이다. 고등학교를 졸업한 친구들은 직장을 얻어 고향을 떠나든지 부모를 도와 농사를 지었다. 그러다 때가 되면 육군에 입대하거나 공군이나 해병대에 지원했다. 또래들 가운데는 일찍 병역의무를 마친 친구들도 있었다. 그러나 형기에게는 입대 영장도 까닭 없이 늦어지고, 자원입대를 한차례 시도했으나 그것도 뜻대로 되지 않았다. '그처럼 열심히 기도했는데—.' 형기는 길을 찾고 문을 두드렸으나 문은 꽉 닫혀 있었다. 어디에도 도움의 손길은 보이지 않았다. 형기는 신앙생활로 인해 마을의 친구들과도 어울리지 못했다. 그때 마을에는 일곱 살에 초등학교에 들어간 아이들은 거의 없었다. 친구들은 형기보다 나이가 1~2살 많았고 그들은 교회와는 거리가 멀었다. 그러므로 그들과 어울리려면 술 마시고 담배 피우는 데도 함께해야 했다. 그들은 농한기인 겨울에는 화투를 치다 닭서리를 하고, 여름이면 수박 서리를 하면서 마을을 어지럽히고 있었다. 형기는 스스로 그들과 다르다고 생각했고, 노력하면 삶 속에서 그런 증거를 나타낼 수 있을 것이라 믿었다.

10

선한 삶을 추구하는 것은 괴로움만 더했다. 백형기는 어느 날 자기도 다른 사람들과 다르지 않다는 것을 어렴풋이 깨닫게 되었다. 찰나의 즐거움을 외면하고 참되게 살아 보려는 노력이 차츰 허물어져 갔다. 그는 다른 친구들과 어울려 좀 더 자유롭게 살고 싶었다. 친구들과 함께하는 삶은 어려운 일이 아니었다. 특별히 애를 쓰지 않아도 되고 방법을 물을 필요도 없었다. 술을 마시면 넘어갔고 닭서리는 그들의 뒤를 따라다니며 도우미 역할을 했다. 친구들은 월중 행사처럼 한 달에 한 번씩 군부대 가까이 있는 별동네로 원정하는 일이 있었다. 저녁이면 어두컴컴한 그 마을 골목에는 집집마다 별 등이 하나씩 내걸렸다. 가까이 지나는 사람도 서로 얼굴을 알아볼 수 없어 누구나 자기 신분을 감출 수 있었다. 한 친구가 포주와 의논을 하고 일곱 명의 친구들은 모두 방을 하나씩 배정받았다. 형기도 마지막 일곱 번째 방으로 들어갔다.

붉은빛 알전구 아래 속살이 비치는 슬립을 입은 아가씨가 요염한 웃음을 지으며 들어왔다. 우두커니 앉아 있는 백형기에게 아가씨는 "어서 옷을 벗으세요"라고 장난처럼 말을 걸었다. 가슴이 두근거리고 숨이 가빠졌다. 할 말을 찾았으나 아무것도 생각나지 않았다. 형기는 "화장실에 좀 다녀오겠다"고 말하고 방을 빠져나왔다. 그리고 십리나 되는 밤길을 줄행랑치듯 집으로 돌아왔다. 용기를 내지 못한 자기모습이 부끄러웠으나 호기심은 더욱 끓어올랐다. 형기는 며칠 동안 친구들을 만나지 않았다. 한 주간이 지나고 친구들을 다시 만났을 때는 별동네 얘기가 나왔고, 그날 홀로 도망친 형기를 놀려댔다. 그는 부끄러움을 술로 이겨내려고 주는 대로 잔을 받아마셨다. 밤늦게 비틀거리며 집으로 돌아와서는 겨우 아래채 자기 방으로 들어갔다. 할머니는 큰방에서 그때까지 잠을 이루지 못하고 뒤척이다 형기가 들어오는 소리를 듣고 순옥에게 말했다.

"오늘도 늦은 거 보이 술 묵고 들어온 모양이다. 니가 가서 잠자리 좀 봐주어라."

순옥은 지난봄부터 심부름하는 아이로 먼 친척 집에서 데려다 놓았다. 예쁘고 착한 순옥은 형기를 '오빠'라고 불렀다. 그녀는 자기가 올 때와는 달리 몇 달 새 교회와도 멀어지고 자주 술만 마시고 다니는 오빠의 모습이 안타까웠다. 이날도 할머니와 함께 늦게까지 돌아오지 않는 오빠를 기다리다 잠이 들었으나 할머니가 깨워서 심부름하게 된 것이다. 순옥은 몸을 가누지 못하는 형기를 부축하며 윗옷을 받아 걸고 이부자리를 폈다. 형기는 취한 눈으로 순옥을 훑어보며 지난 주간에 있었던 별동네의 일을 떠올렸다. 그렇지 않아도 늘 사랑스럽게 보이던 순옥이 오늘 밤은 마치 속살이 비치는 잠옷을 입고 '어서 옷을 벗으세요' 라고 말하던 아가씨처럼 보였다. 형기는 순옥을 쓰러뜨리고 치마를 걷어 올렸다. 순옥은 거부하는 몸짓이었으나 소리치지는 않고 눈물만 흘렸다.

며칠 후, 순옥은 어머니가 몸이 아프다는 연락을 받고 병간호를 위해 자기 집으로 가고 나서는 돌아오지 않았다. 그 일은 시간이 흐를수록 죄책감을 더했다. 백형기는 매일 집안에 들어박혀 있었다. 친구들을 만나기도 싫었고 모든 일을 털어버리고 교회로 돌아갈 용기도 없었다. 만사가 귀찮아졌다. 연기처럼 조용히 사라질 수 있다면, 그것보다 더 좋은 일은 없을 것 같았다. 할머니는 까닭 없이 괴로워하는 손자의 모습이 안타까워 한 번씩 절에 가서 늦게까지 기도를 하고 돌아오곤 했다. 그다음 주일 오후에는 이현복 전도사가 심방을 왔다. 교회에 열심하던 백형기가 최근에는 한 번도 모습을 보이지 않았기 때문이었다.

"형기야, 교회 전도사님 오셨다."

할머니는 방문을 열고 전도사를 안내했다.

"전도사님, 어서 오세요. 바쁘실 텐데……."

형기는 펴놓았던 자리를 개키며 이 전도사를 맞아들였다.

"백 선생님, 몸이 몹시 안 좋으신가 봐요?"

이 전도사는 초췌한 형기의 모습이 걱정스러웠다.

"괜찮습니다. …… 산다는 것이 참 어렵네요!"

"대학 등록 문제는 어떻게 결론이 났습니까?"

"뜻대로 되지 않아 입대하려고 했는데 그것도 맘대로 안 되네요."

"최선을 다하고도 바라는 결과를 얻지 못하는 것은 하나님께서 더 좋은 계획을 갖고 계시기 때문일 수도 있습니다."

"간절히 기도했는데, 내 기도가 부족한 것이겠지요."

"인간이 생각하기에 좋은 것과 하나님이 기뻐하시는 것은 다를 수 있습니다. 이사야 55장 9절에는 '하늘이 땅보다 높음같이 내 길은 너희의 길보다 높으며 내 생각은 너희의 생각보다 높음이니라'는 말씀이 있습니다. 하나님은 반드시 우리를 더 좋은 길로 이끌어주십니다."

"전도사님 참 이상하지요. 제가 교회에 열심하는 것 때문에 어머님과 멀어지고 아버지의 관심에서도 벗어나고 있는 것 같아요. 명절에 차례를 지낼 때는 제가 절을 하지 않는 것 때문에 아버님으로부터 미움을 받는 것이 아닌가, 하는 생각이 듭니다. 이번 대학입학 등록도 아버지가 마음만 먹으면 충분히 가능할 것 같은데, 그렇게 하지 않은 것은 제가 부모님의 말씀을 순종하지 않는 것 때문이란 생각이 들기도 합니다."

"그럴 리가 있겠습니까? 열 손가락 깨물어 안 아픈 손가락이 없다는 것이 부모님의 마음입니다. 하지만 세상에서는 그런 일이 있을 수 있습니다. 예수님은 이 땅에 오셨을 때 '그들이 까닭 없이 나를 미워하였다'고 말씀했습니다. 오늘날 크리스천들도 세상 사람들로부터 이렇다 할 이유도 없이 미움을 받고 있습니다. 그 미움은 신앙인이 이겨내야 할 시련입니다." 이 전도사는 애굽으로 팔려간 요셉에 대한 성경 말씀으로 위로했다.

형기는 이 전도사의 말씀을 들으면서 10년 전 천막 교회 주일학교에서 들었던 '요셉 이야기' 생각이 났다. 미움 받던 요셉이 노예로 팔렸을 때 그의 인생은 끝난 것 같았지만 그 길은 하나님의 계획이 시작되는 출발점이었다. 요셉은 유혹을 물리친 것 때문에 2년이나 억울한 옥살이를 했다. 형기는 대학에 합격하고도 입학하지 못한 것이 억울하기는 하지만 요셉에 비하면 아무것도 아니었다. 부모님이 할아버지 할머니의 '말동무'로 자기를 고향에 남겨놓은 것이지 미워하시는 것은 결코 아닐 것이라고 마음을 고쳐먹었다. '어쩌면 그것은 내가 너무 점잖은 성격 탓인지도 모른다. 내가 철없이 떼를 썼다면 나를 혼자 남겨놓지는 않았을 것이다. 형이 졸업할 때까지 조용히 기다리자. 억울함을 견딘 요셉의 믿음을 본받아야 한다.' 형기는 그날 이 전도사에게 다시 교회에 나가겠다고 굳게 약속했다. 그다음 주일은 부활절이었다.

다음날, 형기는 대구에 있는 상준이로부터 편지 한 통을 받았다. 고등학교 1학년 때부터 친하게 지낸 그는 대학진학은 일찌감치 포기하고 친척의 건설회사에 들어가 기술을 배우기 시작했다. 그 친구도 부모님이 일찍 돌아가시고 할머니와 함께 어렵고 외롭게 살았다. 형기와는 마음이 통하고 서로의 처지를 잘 알기에 위로를 주고받을 수 있었다. 그 편지는 석 달 동안에 중장비 포클레인 기사 자격증을 따고 며칠간 휴가를 얻었다면서 오는 일요일에 청하 보경사에 놀러가자는 내용이었다. 형기는 친구의 소식이 반가웠다. '그런데 하필이면 내가 다시 교회에 나가겠다고 전도사님과 굳게 약속한 부활주일에 놀러 오는가?' 친구와 함께하면 전도사님과의 약속을 지키지 못하여 죄송하고, 그렇다고 모처럼 찾아오는 친구의 제안을 외면할 수도 없었다. 전도사님께 양해를 구하지도 않고 예배에 불참한다는 것은 말이 안 되었다. 형기는 하나님께 예배하는 것과 친구 만남을 두고 저울질하는 자신이 부끄러웠다.

부활주일 아침이 되었다. 점심때쯤이면 상준이가 도착할 것이다. 형기는 생각을 정리했다. '일단 교회에 가서 전도사님께 오늘 약속을 지키지 못하게 되었다는 말씀을 드리고 돌아와서 친구를 만나자.' 형기는 서둘러 교회로 향했다. 주일학교 아이들이 예배를 마치고 예쁘게 색칠한 부활절 달걀을 하나씩 들고 밖으로 나오고 있었다. 마침 이현복 전도사가 교회당 문 앞에서 아이들의 머리를 일일이 쓰다듬어주며 오후 시간에도 교회에 나오라고 당부하고 있었다.

"전도사님, 오늘 갑자기 일이 좀 생겨서, 죄송합니다. ......"

백형기는 망설이다 이 전도사에게 다가가 말을 꺼냈다.

"아－, 백 선생님 어서 오세요."

이 전도사는 형기의 말은 아랑곳하지 않고 반갑게 악수하며 그를 예배당 안으로 이끌었다.

"오늘 일이 좀 있어서……."

출입문 입구에서 머뭇거리며 형기는 다시 말했다.

"괜찮습니다. 오셨으면 됐습니다."

"형기 씨, 반갑습니다!"

여자 반사들이 형기를 보고 인사를 건넸다.

"오빠! 오셨어요. 우리 주일학교 좀 도와주세요."

형기 친구의 여동생인 정미가 말했다.

"백 선생, 어서 와. 오늘 부활주일인데 올 줄 알았어."

교회 사택에 사는 양인자 집사가 형기를 반갑게 맞았다. 형기는 예배당 안으로 이끌려 들어가면서도 오랜만에 대구에서 찾아오는 친구와 약속이 있다고 말했다.

"백 선생님, 예배 마치고도 얼마든지 친구를 만날 수 있잖아요."

이 전도사는 방석에다 형기를 앉혀놓고 예배 준비를 위해 사무실로 돌아갔다. 형기가 예배를 마치고 나왔을 때 상준이가 교회 마당에서 어슬렁거리며 그를 기다리고 있었다.

"상준아! 내가 교회에 있는 거 어떻게 알았어?"

형기는 반갑게 다가가 손을 내밀며 물었다.

"할머니가 교회에 갔다고 일러주었어. 주일날엔 네가 교회에 가는 것을 내가 모를까."

형기는 상준이와 함께 집으로 돌아와 대학입시를 비롯한 그동안의 얘기를 나누었다.

"사실은 얼마 동안 교회를 쉬었어. 오늘부터 작정하고 새롭게 시작하는 날인데, 네 편지를 받고 망설였어. 버스 정류장까지 마중하지 못해 미안해."

"오늘이 부활절인데 교회에 빠져서 되겠나. 허허허."

"너는 그동안 어떻게 지냈어?"

"기술이 제일이라는 숙부님의 말씀을 따라 3개월 만에 포클레인 기사 자격증을 따고, 맨 먼저 네가 보고 싶었어. 두어 달 연수를 거치면 정식 기사로 대우받을 수 있을 거야."

"잘 됐어! 오늘은 늦었으니 우리 집에서 지내고 내일 아침 일찍 포항으로 나가는 첫차를 타면 오전에 보경사에 들어갈 수 있을 거야."

백형기는 오랜 방황 끝에 부활절을 맞아 다시금 믿음

의 자리를 되찾았다.

11

　할머니는 여전히 절에 열심하며 설자네와 가깝게 지냈다. 그럼에도 불구하고 형기는 절 행사는 물론 절 제사에도 할머니를 따라가지 않은 지가 오래되었다. 백형기는 단 한 번 친구들을 따라 별동네에 간 것이 엉뚱한 아이를 욕보이고 설자에게도 큰 죄를 지은 것 같았다. 그로 인해 한 주일에 한 번씩은 설자를 만나던 일도 한동안 뜸해지고 말았다. 설자도 집에서는 형기 말을 꺼내지 않았다. 언젠가는 형기를 외동딸의 좋은 배필로 기대하던 설자 어머니는 둘 사이가 멀어지고 있는 것을 텔레파시로 느꼈는지 모른다. 사월 초파일을 지난 다음 날 형기는 오랜만에 설자 생일에 초청을 받았다. 설자는 웃으며 "내 생일은 늘 음력이야." 라고 말했다. 형기는 '축하 인사'를 했지만 설자 생일이기보다는 부처님 생일 뒤풀이 같았다. 석가탄일 때문에 무남독녀의 생일이 빛을 발하지 못하고 있었다. 둘이 늘 가깝게 지내기를 바라는 설자 어머니는 물었다.

"그동안 왜 보이지 않았어?"

형기는 "일이 좀 있었습니다"라며 주억거렸다.

분위기는 쉬 밝아지지 않았다. 마을 친구들과 어울려 다닌 일 때문인지 할 말이 별로 없었다. 식사를 끝내고 설자의 방으로 자리를 옮겨 의자에 마주 앉았다.

"형기는 왜 대학에 가지 않아?"

설자는 커피를 타면서 물었다. 형이 대학을 졸업하기까지 기다려야 한다고 말하고 싶었지만 형기는 아버지의 무관심이 더 큰 것 같아 망설였다.

"……우리 둘이 함께 대학생이 되면 얼마나 좋을까?"

형기는 설자는 왜 대학에 가지 않나, 라고 되묻고 싶었으나 이렇게 얼버무렸다.

"아직도 어른들은 여자를 대학에까지 보낼 필요가 없다고 생각하는 것 같아. 내 친구들은 고등학교를 마친 아이도 몇 명 안 되잖아. 나는 아마 부산의 외삼촌 집에 가서 일할 것 같아."

형기는 그의 무관심이 설자를 떠나게 하는 것이 아닌가, 하는 생각이 들었다.

"외삼촌이 무얼 하시는데?"

"병원. 삼촌이 내과 의사야. 얼마 전 설자를 좀 보내주시면 우리 집 일도 좀 도와주고 간호사가 되는 길을 알아 보겠다고 아버지와 얘기하는 것을 들었어."

"누구나 고향을 벗어나야 새로운 일을 할 수 있을 거야. 믿음의 조상 아브라함은 고향과 친척과 아버지 집을 떠나 하나님이 지시하시는 땅을 찾아가면서 많은 복을 받았지."

"아브라함 링컨 말이냐?"

성경을 알지 못한 설자는 아브라함 이란 이름을 듣고 링컨 대통령을 떠올렸다. 형기는 무심코 성경 얘기를 꺼낸 것이 미안했다.

"성경에 나오는 인물이야. 간호사가 되어 몸이 아픈 사람을 돌보아주는 일은 참으로 귀한 일이지. 20세기 성자 슈바이처 박사의 아내 엘렌은 간호사였어."

"요즘 교회에 다니더니 마치 목사가 된 것 같아! 우리 친구 동생 정미도 교회에 열심이라고 하던데–."

"최근에는 여자 청년들이 몇 명 더 늘었어. 현순이도 요즘은 우리 교회에 나와."

"현순이는 윗마을에서부터 교회에 다녔잖아. 형기는 교회에서 어떤 일을 하는데?"

"주일학교 반사, 아이들을 가르치고 있어. 나는 교회가 그렇게 재미있는 줄은 몰랐어!"

형기는 대답하고 나서 곧 후회했다. 설자와의 대화에는 전혀 어울리지 않는 말이었기 때문이다. 설자도 자기가 사랑하고 있는 형기가 다른 사람으로 비치고 있는 것 같았다. '절과 교회가 나란히 걸어갈 수 있을까? 형기와 내가 어디까지 함께 갈 수 있을까?' 설자는 형기에게 무언가 서운함을 느꼈다. 이웃을 생각하는 마음은 아름답지만 다른 종교의 이름표를 달고 있는 형기를 보면 한편으로 안타까웠다. 형기는 더욱 가까이 지내고 싶었으나 설자는 형기에게 보이지 않는 차단막이 쳐진 것 같은 느낌을 받았다.

그로부터 한 달 후에 형기는 설자가 부산에서 보낸 편지를 받았다. 외삼촌 병원에서 원장실 비서로 일하고 있다는 간단한 소식이었다. 형기는 설자가 고향을 떠난 것이 자기가 새로운 공기를 호흡하는 것처럼 후련함을 느꼈다. 설자는 대도시 부산에 있다는 것이 한동안 어리둥절했다. 그녀가 일하는 방 한쪽 벽면의 책장에는 외국어 원서들이 가득 꽂혀있고 책상 위에는 두꺼운 성경책도 놓여 있었다. 설자는 형기를 생각하며 성경책을 펼쳐보았다.

목차에는 〈구약성경〉 창세기, 출애굽기, 레위기, 민수기, 신명기, 여호수아라는 글자가 보였다. 창세기, 출애굽기는 들어보았으나 다른 것은 처음 대하는 성경 이름이었다.

「태초에 하나님이 천지를 창조하시니라. ……」(창세기1:1)

설자는 성경 첫 페이지를 살펴보았다. 어릴 때부터 스님의 딸로 자라난 설자는 '하나님'이란 말이 낯설게 들렸다. 걸핏하면 사람들이 '아이고 하느님!', '하느님도 무심하시지' 등등, 힘들고 어려울 때 내뱉는 말을 듣긴 했지만 그 '하느님'이 천지를 창조했다는 말에 거부감을 느꼈다. 설자는 만약 세상이 만들어진 것이라면 부처님이 하셨을 것으로 생각했다. 그만큼 사람들은 기독교에 대해 제대로 알지 못했고 유교나 불교를 조상들로부터 이어받아 섬기며 살아왔다. 사람들은 교회에 대한 말이 나오면 '예수쟁이들'이란 한마디로 모든 것을 덮어버리고 말았다. 설자는 거부감을 느끼면서도 호기심이 조금씩 고개를 들어 틈나는 대로 성경을 읽어 보았다. 한 줄을 읽고 나면 그 다음 일이 궁금했다.

「하나님이 빛이 있으라 하시니 빛이 있었고……」(창세기 1:3) 하나님이 하늘과 땅을 세우고, 그 위에 동식물을 만들고, 맨 나중에는 사람도 흙으로 만들었다고 했다. 설자는 페이지를 넘기면서 에덴동산의 아담과 하와의 사랑을 보았다. 아담은 그의 아내를 두고 '이는 내 뼈 중의 뼈요 살 중의 살이라' 말했다. 이 말은 무언가 최고의 사랑을 표현한 것 같았다. 사람들의 수명도 그때는 몇 백 년을 살았다고 했다. 가장 오래 산 사람은 969세를 산 므두셀라이며 방주를 지었다는 노아라는 이름도 나왔다. 창세기 12장에서는 고향과 친척과 아버지 집을 떠났다는 아브라함이란 이름도 보였다. 설자의 외삼촌과 외숙모는 불교 신자이고 사무실 벽면에는 보리달마상 그림이 걸려있었다.

"외삼촌은 불교 신자인데 성경책을 가까이 두고 있네요?"

설자는 어느 날 외삼촌에게 물었다.

"성경은 자기의 종교와 상관없이 누구나 읽어야 하는 책이지. 불경은 우리가 그 뜻을 잘 알 수 없지만 성경은 읽기만 하면 그 속에서 진리를 찾아낼 수 있거든. 세계명작 등 서구의 문학작품을 읽어봐. 아마 성경과 연관되지 않은 작품은 거의 없을 것이야. 앙드레 지드의 순결한 사랑을 담은 소설『좁은 문』은 그 이름부터가 성경에서 나온 것이잖아."

외삼촌은 '좁은 문'이라는 제목이 나온 성경 구절을 찾아 읽어주었다. 「좁은 문으로 들어가라 멸망으로 인도하는 문은 크고 그 길이 넓어 그리로 들어가는 자가 많고 생명으로 인도하는 문은 좁고 길이 협착하여 찾는 이가 적음이라.」(마태복음7:13-14)

외삼촌의 성경책에는 여기저기 빨간 밑줄이 그어져 있었다. 처음에는 호기심으로 몇 페이지를 부지런히 읽었지만 차츰 어렵기도 하고 별재미를 느끼지 못했다. 설자는 그다음부터는 외삼촌이 밑줄을 친 곳만 찾아서 읽었다. 어느 날 우연히 다음과 같은 말씀을 읽게 되었다.

「3.또 그들과 혼인하지도 말지니 네 딸을 그들의 아들에게 주지 말 것이요 그들의 딸도 네 며느리로 삼지 말 것은 4.그가 네 아들을 유혹하여 그가 여호와를 떠나고 다른 신들을 섬기게 하므로 여호와께서 너희에게 진노하사 갑자기 너희를 멸하실 것임이니라.」(신명기7:3-4)

설자는 '혼인'이란 단어에 눈길이 끌려 그 부분을 자세히 읽어보았다. 설자는 그것이 무슨 뜻인지, 왜 외삼촌이 빨간 줄을 쳐놓았는지 궁금했다.

"외삼촌, 성경에 '또 그들과 혼인하지 말고 네 딸을 그들에게 아내로 주지 말라'는 말은 무슨 뜻입니까?"

설자는 그날 저녁 식사를 하며 외삼촌에게 물었다. 외숙모는 삼광사 신도회 일로 외출하고 없었다.

"그것은 이스라엘 백성들을 애굽에서 이끌어낸 모세가 이스라엘 백성들의 자녀와 이방 나라 백성의 자녀들과 결혼을 시키지 말라는 말이야. 결혼하면 이방 신을 섬기는 자녀들이 하나님의 자녀들에게 다른 신을 믿게 할까 봐 경계한 것이지. 하나님의 큰 사랑을 받고 부귀와 영화의 복까지 누렸던 솔로몬 왕도 많은 이방 여인을 후궁과 첩으로 두었는데, 그 여인들이 솔로몬 왕의 마음을 돌려 다른 신들을 섬기게 하였으므로 타락하여 많은 죄를 짓게 되었어."

"외삼촌은 어떻게 그렇게 성경을 잘 알고 있습니까?"

"처음에는 내가 목사님 딸과 결혼하려고 애를 쓰고 성경 연구도 많이 했는데 도무지 믿어지지 않았어."

설자는 외삼촌의 말을 들으면서 사랑하는 형기를 떠올렸다. 그렇다면 기독교인인 형기는 나와 결혼할 수 없단 말인가?

"어떤 종교든지 신실하고 정직하게 믿기만 하면 되는 것 아닌가요?"

"나도 같은 생각이야. 그런데 기독교인들은 그렇게 생각하지 않는가 봐. 삼촌이 의대에 다닐 때 설자처럼 예쁜 여학생을 사랑했지. 그녀는 시골교회 목사님 딸이었어.

아버지는 기독교인이 아닌 사람에게는 딸을 줄 수 없다는 것이야. 그녀도 아버지의 엄한 신앙교육을 받고 자라났기에 사랑보다는 신앙을 앞세우는 것 같았어. 내가 거짓으로라도 '예수 믿겠다'고 약속하면 결혼할 수 있을 것이란 생각이 들었지만 왠지 기독교가 내 체질에 맞지 않았어. 실제로 나도 부지런히 교회에 따라다니며 신앙을 익혀갈 시간도 나지 않았거든. 그러면서 우리는 차츰 멀어졌어. 그녀가 졸업한 뒤에는 연락이 끊어졌어. 진실한 기독교인들은 자기 신앙이 훼손당하기보다는 순교를 선택한다고 하잖아."

설자는 부산으로 오고 나서도 일주일에 한 번씩 형기와 편지를 주고받고 했으나 외삼촌의 말을 듣고부터는 편지 보내기를 중단했다. 진실한 기독교인들은 신앙을 지키기 위해 순교를 택한다는 말을 들으면서 교회에 열심인 형기의 믿음을 생각했다. 내가 기독교인이 되지 않는다면 형기와는 도저히 결혼할 수 없게 될 것이라는 생각이 점점 가슴 밑바닥에 자리를 잡았다. 형기는 회답이 없는 설자에게 몇 차례나 편지를 썼으나 나중에는 수취인 부재로 편지가 되돌아왔다. 무슨 까닭인지 알아보고 싶었지만 길은 어디로 숨어버렸다. 지난날 설자를 사랑하는 마음은 외로운 형기에게 모든 것을 충족시켜주었다. 그런데 이제는 그 모든 것을 다 잃어버린 것 같았다. 그녀는 한마디 말도 없이 떠나버리고 말았다. 그렇다고 부처님 가족 같은 설자를 미워할 수도 없었다. 백형기는 무엇으로도 그 빈자리를 채울 수 없었다. 그는 홀로 빈들에 내던짐을 받은 것 같았다. 형기는 처음으로 실연의 깊은 충격에 빠졌다. 그때 설자 아버지는 황달에 걸려 어려운 투병 생활을 하고 있었다.

12

찾아갈 곳은 교회밖에 없었다. 백형기는 어쩌다 한 번씩 나가던 새벽기도회에 계속해서 참석하기 시작했다. 설자로 인해 입은 상처도 차츰 아물어 들고 있었다. 장년 60~70명인 교인 가운데 새벽기도회에 나오는 사람은 10여 명에 불과했다. 하루의 첫 시간을 하나님께 바치고 조용히 자기를 돌아보며 소원을 아뢰는데 새벽 기도회만 한 시간은 따로 없었다. 종소리를 듣고 새벽안개를 헤치고 예배당에 나와 찬송하고 말씀을 묵상하고 기도하고 돌아갈 때면 덕지덕지 때 묻은 몸이 말갛게 씻긴 것 같았다.

그 마음 그대로라면 천사처럼, 성자처럼 살아갈 수 있을 것 같았다. 한 걸음 더 나아가 형기는 주님의 음성을 들어보고 싶었다. '나도 하나님을 만나볼 수 있을까?'

형기는 지난주일 「야곱의 씨름」이란 제목의 설교를 들었다. 형기는 하루라도 새벽기도를 쉬는 것은 야곱이 씨름하던 천사를 놓아주는 것과 마찬가지라고 생각했다. 야곱이 천사를 놓아주었다면 이스라엘의 열두 지파를 거느리는 족장이 되지는 못했을 것이다. 비가 와도 눈이 내려도 형기는 새벽기도를 쉬지 않았다. 그는 야곱처럼 반드시 새 이름을 받고 새사람이 되고 싶었다. 열심히 기도하면 악하고 추한 모든 생각이 다 사라지고 선하고 깨끗한 마음으로 변화되리라는 것을 의심하지 않았다. 그러나 한 달이 가고 두 달이 지나도 형기는 더욱 악하고 추한 생각에 사로잡혔다. 밤늦게 술 취해서 돌아온 날 밤 착한 순옥이를 욕보인 일, 친구를 따라 별동네에 발을 들여놓았던 것도 큰 죄로 보였다. 닭서리에 따라다니며 그들을 돕던 일들이 '이어 떨어지는 물방울'처럼 그를 괴롭혔다. 아무리 기도해도 형기의 마음은 정결해지지 않았다. 할머니가 '삼사순례'를 떠난 날부터 사흘간 꼬박 금식하며 기도해도 소용이 없었다. 형기는 하나님이 자기를 택하지 않으신 것 같았고, 믿음을 소중히 간직하지 못했기 때문에 버림을 받았다는 생각에 빠졌다.

형기는 주일 저녁 예배를 마치고 윗마을 집으로 돌아가려는 이현복 전도사와 사무실에서 마주 앉았다. 형기는 야곱처럼 열심히 기도했는데도 하나님이 원하시는 천사처럼 살아갈 수 없다면 차라리 모든 것을 포기하고 싶었다. 형기의 고민을 다 들은 이 전도사는 다른 말은 하지 않고 성경 로마서 7장 15절 이하의 말씀을 찾아 읽었다. 「내가 행하는 것을 내가 알지 못하노니 곧 내가 원하는 것은 행하지 아니하고 도리어 미워하는 것을 행함이라. ……그러므로 내가 한 법을 깨달았노니 곧 선을 행하기 원하는 나에게 악이 함께 있는 것이로다.」

"백 선생님, 이것은 사도 바울의 유명한 고백입니다. 성자의 반열 첫 번째 자리를 차지할 바울 사도도 백 선생님과 다르지 않은 마음으로 고민한 흔적이 여기 있습니다. '내가 원하는 바 선은 행하지 아니하고 도리어 원하지 아니하는바 악을 행하는 도다. 만일 내가 원하지 아니하는 그것을 하면 이를 행하는 자는 내가 아니요, 내 속에 거하는 죄니라.' 금식기도를 하고 성령 충만을 받는다고 해서 하루아침에 성자가 되는 것은 아닙니다. 원치 않는 죄와 싸워서 이길 힘을 얻는 것이지요. 만약 기도하지 않는다면 우리의 선한 의지를 지키지 못하고 죄의 종이 될 수밖에 없을 것입니다."

"네……!!"

'사도 바울도 나처럼 선악의 갈등으로 고민했다니─' 땀을 뻘뻘 흘리며 고갯길을 오르던 무거운 짐을 옹달샘 곁에 내려놓았다. 어깨는 날아갈 듯이 가벼워졌다. 두 손으로 생수를 움켜 한껏 들이켰다. 뱃속으로 고요히 흐르는 생수의 강! 구름 한 점 없는 파란 하늘로 날아오르는 천사의 아름다운 날갯짓이 보였다. 멍에를 벗어버린 백형기의 몸과 마음에는 봄바람을 타고 하늘하늘 꽃눈(雪)이 날리고 있었다. 일순 신기한 체험이었다!

"백 선생님, 혈기 왕성한 청년들에게 일어나는 성적 욕구는 건강하다는 증거입니다. 아무리 마음에 유혹이 다가오더라도 하나님이 주신 것들을 선하게 사용하는 지혜가 필요하지요."

"전도사님, 감사합니다. 예수 믿고 처음으로 참된 평안을 맛보는 것 같습니다!"

형기는 오래도록 그를 억누르던 무거운 짐에서 벗어났다. 그 후로 교회 생활의 즐거움을 회복했다. 주일예배가 기다려지고 찬송하는 것이 그렇게 즐거울 수가 없었다. 약간의 거리감을 느끼던 성도들과도 다시 가족처럼 가까워졌다. 온 성도들이 형기만을 환영하는 것 같았다. 어느 주일 오후 이현복 전도사가 백형기를 사무실로 불렀다.

"백 선생님, 올해 여름성경학교 교사 강습회에 좀 참석할 수 있을까요?"

이 전도사는 어리둥절하고 있는 백형기에게 기간과 참석 방법을 설명하고, 비용 일체는 교회에서 지원한다고 말했다. 자기의 몸만 바칠 수 있다면 아무것도 염려할 것이 없었다. 형기는 뭔가 교회를 위해 일하고 싶던 차에 용기를 내고 4박 5일 동안 경주에서 열리는 강습회에 참석했다. 돌아와서는 7월 초부터 준비에 들어갔다. 반사들과 함께 마을 곳곳에 포스터를 그려 붙이고 주일학교에서는 친구들을 인도해오면 '달란트'를 지급하는 시상제도를 운영하기로 했다. 저녁 시간에는 반사들을 모아놓고 함께 교육을 받고 온 고명완 집사가 전달 강의를 했다. 모든 교사는 두 주간동안 매일 저녁 시간에 참석하여 교육 내용을 익혔다. 나이 많은 집사들은 수고하는 교사들에게 과일과 음료를 풍성하게 제공했다.

여름성경학교는 대성공이었다. 교회당이 가득 찼고 모인 인원은 평소의 두 배가 넘었다. 교사들은 아이들을 가르치고 예배를 인도하는 데 집중했고, 성도들은 교사들의 식사와 뒷바라지를 위해 총력을 기울였다. 형기는 여름성경학교를 개최하면서 신앙이 한 단계 올라선 것 같았다. 어른 예배 때는 공중기도를 인도하는 자리에까지 이르렀다. 처음에는 기도를 어떻게 해야 하는지 알지 못해서 하나님 앞에 편지를 쓰듯 기도문을 작성하고 읽어나갔다. 여름성경학교가 끝난 뒤에는 새벽종을 치겠다고 자원하고 교회용 알람시계를 집으로 가져갔다. 어떤 날은 알람소리를 듣지 못하고 늦게 잠이 깨어 헐레벌떡 달려갔고, 늦더라도 새벽종을 치면 사택의 양인자 집사가 뛰어나와 종을 쳤다고 말할 때도 있었다.

그때 새벽기도회는 신앙 연륜이 오랜 남자 집사들이 돌아가며 인도했다. 주중에는 이현복 전도사가 신학교에 가기 때문이었다. 어느 날 새벽에는 노인 집사님 한 분이 찬송하고 성경 한 장을 교독하고 주기도문으로 새벽기도회 인도를 마쳤다. 그리고 각자 개인 기도를 하고 집으로 돌아갔다. 아쉬움을 느끼던 교회 제직회에서는 수요일 새벽에는 형기가 기도회를 인도하도록 의견을 모으고,

이 전도사가 형기에게 부탁을 했다. 겨울이 되면 주일과 수요일 예배에는 장작을 때는 난로가 있지만 새벽 기도회에는 난로를 사용하지 않았다.

형기는 새벽기도회 설교 준비를 위해 한 주간 내내 애를 썼다. 아무리 기도하며 머리를 짜보아도 이 전도사처럼 말씀을 준비할 수 없었다. 형기는 여름성경학교 때 아이들 앞에서 동화와 설교를 했던 것처럼 쉬운 말로 새벽기도회를 인도했다. 그날 저녁 수요예배를 마치고 나서여 집사들은 "백 선생, 새벽기도회 말씀에 은혜 많이 받았어!"라고 입을 모았다. 격려의 말이지만 기분이 좋았다. 형기는 새벽마다 기도할 제목이 많았다. 할머니에게 전하는 성경 말씀이 깨달음이 되도록 성령의 도우심을 구했다. 아버지 어머니, 형과 동생들까지도 형기에게는 모두가 제1차 전도 대상자들이었다.

백형기는 그에 대한 아버지의 관심이 점점 멀어짐에도 불구하고 미래의 꿈을 접지 않았다. 어릴 때 어른들에게 꿈 이야기를 하면 '아이들 꿈은 개꿈'이라는 말을 들었을 뿐이었다. 그러나 형기가 예수님을 영접하고부터는 그의 가슴속에 선한 사마리아 사람을 닮고 싶은 꿈이 자라나고 있었다. 형기는 그것을 위한 기도에 많은 시간을 보냈다. 이듬해 봄이 돌아왔을 때는 무릎이 근지러웠다. 바깥에 있다가 따뜻한 방에 들어가면 가려움이 더 심했다. 잠자리에 들기 전에 속옷을 내려 보니 무릎에 벌겋게 동상이 걸렸다.

13

오래도록 고향을 떠나있던 민정우 씨가 교회에 나왔다. 그는 서울에서 대학을 마치고 사법고시를 준비하다 건강을 잃고 귀향했다. 송전마을 사람들이 소위 출세한 사람으로 입에 올리는 인물은 교회부지의 주인이었던 예비역 장성과 민 씨 두 사람이었다. 민 씨는 고시 공부를 열심히 할 뿐만 아니라 믿음도 깊어 성경도 많이 알고 인문학적으로도 상당한 소양을 갖고 있었다. 민 씨와 백형기는 대화가 통했다. 그는 형기와 함께 이웃 사랑에 대해 깊은 이야기를 나누었다. 그다음 주일에 민 씨는 슈바이처의 『나의 생활과 사상에서』란 책 한 권을 형기에게 선물했다. 매스컴에서는 아프리카 랑바레네에서 흑인들을 위해 헌신하고 있는 슈바이처 박사를 '20세기 성자'로 추앙하고 있었다. 형기는 그날 밤 자정이 훨씬 넘기까지 그

책을 다 읽었다. 페이지를 넘길 때마다 가슴은 뜨겁게 요동쳤다. '슈바이처처럼 살아갈 수는 없을까?' 이튿날 잠자리에서 일어나자마자 빨강 볼펜으로 밑줄을 친 몇몇 곳을 다시 읽어보았다.

'내 주위에 있는 많은 사람들이 고통과 근심으로 시달리고 있는데 나만 행복한 생활을 하고 있다는 것은 나로서는 생각할 수 없는 일이었다.'

'우리는 도움을 필요한 사람들에게 비록 적은 일에라도 사랑을 나타내지 않으면 안 된다. 그리하여 우리는 진정한 인간이 된다.'

'그리고 배가 오고웨 강을 거슬러 올라가며 하마 떼 사이를 지나가고 있을 때 돌연 생명경외(生命敬畏)라는 말이 마음속에 떠올랐다.'

'삶의 긍정이란 의미 없는 생활을 그만두고 삶에 참다운 가치를 부여하기 위해 경외하는 마음으로 헌신하는 정신적인 행위이다.'

'성령을 받은 최고의 증명은 사랑이다.'

'인간은 자기의 고통뿐만 아니라 다른 생명의 고통에 대해서도 함께 괴로움을 느낀다. 나는 이러한 괴로움을 갈

이하는 자리에서 벗어나기를 조금도 바라지 않는다. 우리
는 세계에 부여된 괴로움에서 우리 몫을 짊어져야 한다.'

   대부분의 사람들이 자기만의 행복을 추구하는 세상에
서 슈바이처는 다른 사람의 행복을 생각하고 있었다. 도
움이 필요한 사람들에게 작은 것이라도 나누어 주어야 한
다. 그리하여 인간이 된다. 슈바이처는 선한 사마리아 사
람이었다. 백형기는 의미를 부여하는 긍정적인 삶을 살
자고 다짐하며 '우리는 세계에 부여된 괴로움에서 우리의
몫을 짊어져야 한다'는 말을 가슴 깊이 새겼다. 슈바이처
박사는 교수, 의사, 세계적인 오르간 연주자 등에서 자기
를 위한 영광은 취하지 아니하고 그리스도의 사랑을 실
천하기 위해 그 모든 것을 바쳤다. 백형기는 비로소 삶의
의미를 발견했다. 가슴은 뜨거워지기 시작했다.

   백형기는 알베르트 슈바이처의 약자인 A.S.를 그의 책
이나 소중한 도구에 암호처럼 써놓을 만큼 슈바이처를
흠모했다. '애프터서비스'의 약자도 되는 A.S.를 평생 남
을 섬기며 살아가겠다는 다짐의 기호로 삼았다. 그리고
엔도슈사쿠의 『침묵』『위대한 몰락』도 읽었다. 존 번연의
『천로역정』은 "잠자지 않으면서도 꿈을 꾸고 싶지 않으십

니까?"라는 질문을 던지고 있었다. 밤새워『파우스트』를 읽을 때는 마침내 선의 승리를 보면서 하염없이 눈물을 흘려 베개를 적셨다. 신앙서적을 읽으면 읽을수록 목회자가 되어야 한다는 생각이 더욱 뚜렷했다. 그리스도의 사랑을 실천하려면 그 길밖에 다른 길이 없었다. 주일학교 교사, 새벽기도회 인도, 예배당 청소를 즐겨 하고, 교회 절기가 되면 강단장식 글자판도 모두 만들어 붙였다. 틈나면 성도들의 집안일도 찾아다니며 도와주었다. 그해 봄 당회장이 순방하여 교회 제직을 세울 때는 백형기가 가장 많은 표를 얻어 총각 집사가 되었다. 그때는 서리 집사도 투표로 선출했다.

14

송전교회에는 신학생 이현복 전도사가 사임하고 문진성 전임전도사가 새로 부임했다. 이때까지 교회 사택을 지키고 있던 양인자 집사는 다른 곳으로 이사하고 문 전도사 가족이 입주했다. 새벽종은 여전히 백형기가 맡아 쳤고, 그동안 여러 가지 사정으로 신앙이 느슨해졌던 교인들도 새 전도사 부임과 함께 다시 열심을 내고 있었다.

형기는 교회일 뿐만 아니라 도우미도 없이 일하는 할머니를 많이 도왔다. 할머니도 형기의 착한 마음을 알기에 함께 교회에 나가도록 권유하면 "오냐, 오냐."라고 말했다. 형기가 언제쯤 교회에 나갈 수 있을지 약속하자고 손가락을 내밀면 할머니는 웃으면서 "그래, 알았다."라고만 대답했다.

"할머니, 우리 교회에 새 전도사님이 오셨어요. 이참에 교회 구경이라도 한번 해보세요."

형기는 새벽마다 할머니를 졸랐다.

"할미는 8남매를 낳았다. 그런데 다 잃어버리고 너거 아부지와 고모만 붙들었다. 오늘까지 우리가 부처님 은덕으로 살아왔는데, 내가 우째 다른 종교를 믿노?"

할머니는 했던 말을 또 했다. 손자의 권유를 받아들이고 싶어도 부처님이 앞을 가로막았다.

문진성 전도사는 전교인 가을 대심방을 시작했다. 심방 대원으로는 백형기와 여 집사 몇 명이 동행했다. 문 전도사는 심방 예배를 드리기 전에 백 집사가 먼저 기도하게 했다. 형기는 누구보다 성도들의 가정형편을 잘 알고 있었기 때문이었다. 형기네 집을 심방할 때였다. 할머니는 큰방에 방석을 깔아 심방 대원을 맞을 준비를 미리

해놓았다. 그러나 할머니는 방에 들어오지 않고 손님처럼 마루에 걸터앉아 있었다.

"할머니, 들어오세요. 우리는 할머니를 만나기 위해 왔습니다."

문 전도사가 가방에서 성경책을 꺼내며 말했다. 형기는 마루로 나가 할머니의 손을 잡아 이끌어 방안으로 모셨다. 할머니는 형기 옆에서 전도사를 외면하여 비스듬히 앉았다. 여 집사들은 할머니의 불심과 마을 사람들에게 끼치는 영향력에 대해 모두 한마디씩 늘어놓았다.

문 전도사는 요한복음 3장16절 말씀으로 설교했다.

「하나님이 세상을 이처럼 사랑하사 독생자를 주셨으니 이는 그를 믿는 자마다 멸망하지 않고 영생을 얻게 하려 하심이라.」

문 전도사가 설교하는 동안 할머니는 여전히 옆으로 비스듬히 앉아 '나무아미타불, 관세음보살'을 입술로 암송하고 있었다. 할머니가 교회에 나가기만 하면 형기에게는 다른 소원이 없을 것 같았다. 형기는 저녁이면 할머니의 어깨와 팔을 주물러드리고 나서 성경을 펴놓고 말씀을 나누었다. 난치병이 나은 사람들, 위험에서 구사일생으로 생명을 건진 기적 같은 일들, 설교 말씀에서 들었던 예화들을 들려드렸다. 할머니는 죄가 무엇인지, 구원이 무엇인지 전혀 알지 못했다. 다만 사랑하는 손자의 한결같은 자세가 할머니의 마음 문을 조금씩 열어가고 있었다. 천국과 지옥이 있다는 것을 확신하게 된 형기는 사랑하는 할머니만은 꼭 천국으로 인도하고 싶었다. 천국에서도 할머니만 곁에 있으면 다 될 것 같았다.

"니가 그렇게 소원이라면 이다음 주일에는 나도 교회에 가야겠다."

문 전도사가 대심방을 다녀가고 얼마 지난 어느 날 새벽 할머니가 말했다. 형기의 마음은 날아갈 듯이 기뻤다. 아침 식사를 하고 나서 마루의 먼지를 훔치던 할머니가 갑자기 심한 기침을 하기 시작했다. 감기가 들린 것도 아니고 음식을 잘 못 먹지도 않았는데 쉴 새 없이 기침이 나왔다.

"나무아미타불! 관세음보살! 내가 잘못했습니다. 아이고, 교회에는 안 가겠습니다."

할머니가 마루에서 크게 하는 말이 방에까지 들렸다. 형기는 교회에 가려는 할머니의 마음을 마귀가 흩트려 놓고 있다는 생각이 들었다.

"형기야, 내가 교회에 나갈라 카이 부처님이 노하신 모양이다. 이렇게 기침이 나오네…….”

교회에 나가려던 할머니의 생각은 다시 제자리로 돌아
갔다. 할머니는 근심, 걱정, 어려움이 있을 때마다 ‘나무
아미타불’을 암송했다. 그럼에도 불구하고 형기는 새벽기
도회를 마치고 돌아오면 할머니와 토론 아닌 토론을 했
다. 마침 절에서도 설자 아버지가 봄부터 황달로 고생을
하면서 불자들은 불공을 제대로 드리지 못하고 있었다.
할머니가 형기의 말에 귀를 기울이게 된 것은 절을 통하
면 만사형통이라 믿었던 마음이 흔들리고 있었기 때문이
다. 심한 기침 때문에 교회에 가겠다는 약속을 어긴 날로
부터 한 달쯤 지나 할머니는 교회에 나가기로 단단히 작
정했다. 그날은 5월 둘째 주일 어버이주일이었다. 형기는
주일학교예배를 마치고 얼른 집으로 와서 할머니를 모시
고 갈 준비를 했다.

“형기야, 니가 먼저 가거라. 내가 곧 뒤따라 가끄마.”

할머니는 마을 사람들이 보는 데 형기와 나란히 교회
에 가는 것이 부끄러웠다.

“할머니, 오늘은 약속을 꼭 지키셔야 합니다. 손잡고
같이 갑시다.”

형기는 할머니와 함께 가려 했으나 할머니는 혼자서도

찾아갈 수 있다고 말하며 뒷골목으로 들어갔다. 교회에 먼저 도착한 형기는 할머니가 오기를 기다렸다. 오전 11시 예배 시간이 가까워 할머니는 교회 앞에 모습을 나타냈다. 다른 청년들도 부모님을 초청했기에 할머니는 절에 다니는 몇 사람들과도 얼굴을 대하게 되었다.

문진성 전도사의 「네 부모를 공경하라」는 어버이주일 설교는 형기 할머니와 몇몇 노인들에게 큰 공감을 불러일으켰다. 그들은 설교를 들으면서 연신 고개를 끄덕였다. 특히 부모님께 효도하면 그 자식이 땅에서 잘 되고 장수한다는 말씀이 마음 깊이 새겨졌다. 돌아가신 부모님에게 제사를 지내지 않는 기독교에는 효도가 없는 줄 알았는데, 죽은 부모가 아니라 생전의 효도가 귀하다는 말씀에 감동을 받았다.

"죽은 부모에게 효도하는 자식은 삽짝마다 있다고 하지만 살아생전 효도하는 자식은 찾아보기 어렵제."

할머니는 교회에 다녀와서 형기에게 소감을 털어놓았다. 죽은 뒤에 제사를 잘 지내고 이웃 사람들을 초청하여 대접하고 칭찬을 듣는 것보다 쓴 나물 한 가지라도 살아 있을 때 효도하는 것이 옳다고 말했다. 송전마을의 큰 보살이 교회에 나간다는 말이 온 마을에 퍼지면서 불자들은 큰 충격을 받았다. 이때까지 마을의 전통적인 불교 신앙의 판도는 크게 흔들렸다. 형기 할머니는 절에 쏟았던 정성을 교회로 돌렸다. 주일날 교회에 갈 때면 꼭 찬물에 머리를 감고 옷을 단정하게 차려입었다. 주일날뿐만 아니라 수요일 밤 예배에도 형기와 함께 참석했다. 형기는 틈나는 대로 할머니께 찬송가를 가르치고 성경 말씀을 풀어서 쉽게 설명했다.

제2부

내가 이대로 신학 공부를 계속할 수 있을까? 출판사에서 저녁 늦게 돌아와 책을 펴면 문장은 모두 피로에 지쳐 허물어진다. 교정지에도 오자가 많이 나온다는 지적을 받았다. 생각은 바람에 날려가는 민들레 홀씨처럼 흩어지고 있다. 히브리어 '쪽지 시험'에는 한 문제도 답을 쓰지 못했다. 차라리 직장인으로 되돌아가 버릴까? 네 개의 침대는 고요히 잠들어 있다. 보조 침대의 백형기는 한숨도 자지 못하고 새벽기도회에 참석했다. 목구멍에서 솟구쳐 오르는 이상한 소리를 주체할 수 없어 입을 틀어막고 채플 실을 뛰쳐나와 까치동산에 올랐다. 다시 입을 열자 밀물처럼 터져 나오는 기도, 기도, 기도……. 그것은 방언 기도의 홍수였다.

1

마침내 형진이가 서울 현세대학을 졸업하는 해에 형기

는 대구 경동대학 국문학과에 합격했다. 형기가 마을을 떠나던 그해 봄부터 송전마을은 해수욕장 개발을 시작했다. 마을 유지들은 꿈에 부풀었다. 마을 뒤 해변은 부산의 해운대 해수욕장보다 풍취가 좋았고 선유도의 명사십리보다도 더 아름다운 휴양지가 될 수 있을 것이었다. 그러나 형기는 해수욕장 가는 길을 내기 위해 마을을 둘러싸고 있는 소나무를 베어내는 것이 마음 아팠다.

그동안 경주법원에서 근무하던 형기 아버지는 5·16 군사혁명으로 공직에서 물러나 고향인 포항에 돌아와 법무사 사무소를 열었다. 송전마을은 해수욕장 개발이 중단되고 인근 마을까지 모두 한데 묶어 포항종합제철단지가 조성되었다. 포철의 중심은 백형기의 고향인 송전마을이었다. 지금도 포항제철을 견학하는 사람들은 1968년 마을이 철거되기 전의 사진을 영상에서 볼 수 있다. 검푸른 송림이 400여 호의 마을을 둘러싸고 있는 흑백사진에는 하얗게 밀려오는 영일만 파도와 멀리 호미곶도 선명하게 나타나 있다. 마을 앞으로 하얀 신작로가 지나가고 중심에 미루나무가 줄지어 서 있는 그 옆의 기와지붕이 형기네 집이다. 맨 처음 송전마을에 교회가 들어올 때 천막 교회를 세운 자리가 미루나무 앞에 있는 논이었다. 형기 할아버지는 교회에 나간 적은 없지만 천막교회의 터전으로 농한기의 문전옥답을 내어주었다. 마을 사람들은 고향을 떠나 동서남북으로 흩어지고 집들은 다 철거되었다. 그리고 350만평 부지에 포항제철이 들어서기 시작했다. 한창 마을이 헐릴 때 백형기는 군에서 제대한 뒤 복학을 앞두고 송전교회를 찾아간 적이 있었다. 교회당 문을 열자 강단 벽에는 '終結禮拜(종결예배)'란 붓글씨가 보였고 마룻바닥에는 먼지만 가득 쌓여 있었다. 교인들은 이미 한 달 전에 마지막 예배를 드리고 뿔뿔이 흩어졌다.

2

백형기가 30개월 군 복무를 마칠 즈음에 떠나버린 사랑의 빈자리는 그 무엇으로도 메울 수 없었다. 그 사랑은 소명을 흐리게 만들었다. 한 여인을 사랑하는 마음이 '이웃 사랑'을 밀어내어버린 것이다. 백형기는 슈바이처를 흠모하던 자기가 싫어졌다. 그렇게 살아갈 힘을 잃어버렸다. 그는 마음을 바꾸어 졸업예정자로 대구 계산동에 있는 달성문학사에 입사했다. 대학을 졸업하면 목회자가 되려던 꿈이 회사원으로 탈바꿈했다. 아직도 그는 정아에 대한 그리움에서 벗어나지 못했다. 회사는 월간 종합 문예지 『달성문학』을 발행하고 시집이나 소설집도 출판했다. 형기는 취재와 편집을 겸하고 있었고, 대표 이사는 서울에서도 이름이 널리 알려진 시인이었다. 형기는 잡지사 일이 즐거웠다. 시인·작가·화가를 비롯한 예술인과 저명인사들을 만나 취재하고 책이 나오면 지인들로부터 글을 잘 읽었다는 찬사를 들었다. 퇴근길에는 동료들과 어김없이 염매시장 '마산집'을 찾아 술잔을 기울였다. 술에 취해 하숙집으로 돌아오면 그는 사랑의 일기장을 들여다보며 아픈 가슴에 울었다.

그러나 자고 나면 새 일이 기다리는 것이 고마웠다. 백형기가 빼놓지 않고 거의 매일 들리던 곳은 당시 문단의 중심이었던 향촌동 골목이었다. 다방이나 술집에서 원로 문인들과 자리를 같이할 때면 지난날을 그리워하며 그들은 추억담을 늘어놓았다. 1950년 한국 전쟁이 나면서 향촌동, 북성로 일대에는 시인 박두진, 구상, 작곡가 김동진, 화가 이중섭 등 한국을 대표하는 문화예술인들이 피난살이를 위해 모여들었다. 작가들이 향촌동 일대에서 문학과 예술의 르네상스를 이루었던 그 흔적들은 70년대까지도 남아있었다. 구상 시인의 '초토의 시'가 출판된 꽃자리 다방, 전쟁 당시 외신들이 "폐허에서 바흐의 음악이 들린다."고 타전했던 르네상스 음악감상실, 김광섭, 조지훈, 박목월 등 종군 문인들의 합숙소나 다름없었다는 감나무집(술집) 등등……

지금은 상가들이 오밀조밀하고 좁다란 옛 상업은행 골목길이 그때는 이른바 '향촌동 시대'를 풍미하던 주무대였다. 구상 시인이 단골로 묵던 화월여관 골목 앞에 화가 이중섭이 드나들던 백록다방이 있었고, 북성로 쪽 모퉁이에 이효상의 출판기념회가 열린 모나미 다방이 있었다. 그 맞은편에는 그랜드피아노를 비치한 음악다실 백조, 그리고 르네상스 남쪽 골목 끝에 젊은 작가들의 문화살롱으로 이용되던 녹향이 있었고 그 2층에 곤도주점이 자리했다. 피란 시절 음악감상실과 다방에 앉아 잿빛 시름을 피워 올리던 문인들은 해거름이면 단골 술집에 모여 앉아 막걸리 향연을 벌였다. 향촌동 일대의 술집은 물론 종로초등학교 옆 감나무집, 동성로의 석류나무집, 향교 건너편의 말대가리집 등은 문인들이 매일같이 들러 술을 즐기던 고향집 같은 곳이었다. 누가 먼저랄 것도 없었고 누가 술값을 내는지도 몰랐다. 궁핍한 전란 속에 밥은 굶

어도 술자리는 놓칠 수 없는 낭만이 흘렀다. 그때는 대구
막걸리는 맛도 진국이었고, 외상술을 탓하지 않을 만큼
술집 주모의 인심도 후했다. 감나무집은 영남일보 주필
이었던 구상 시인이 터줏대감이었다. 그는 이 집에서 문
인들이 마신 술값을 전담하다시피 했다. 동성로에 자리
잡은 석류나무집도 창공구락부[2]를 비롯한 피란 문인들
의 사랑방 역할을 톡톡히 했다. 석양이 곱던 어느 날 저
녁 무렵에 거제 포로수용소에 있던 김수영 시인이 염색한
미군복과 군화 차림으로 석류나무집에 나타났다. 술상을
마주하고 있던 마해송, 조지훈, 최인욱 등이 그를 반겼
고 그가 겪은 수용소 얘기를 들었다. 피란의 북새통에서
도 다방은 좀 더 격조 있는 문화행사의 주요 공간이었다.
동성로의 아담다방(후일 오리온다방)은 육군종군작가단의
산실이었다. 여류작가 전숙희가 문을 연 향수다방에서는
조지훈의 첫 시집 『풀잎단장』과 김소운의 수필집 『목근통
신』, 유치환의 시집 『보병과 더불어』 출판기념회가 열렸
다. 이중섭이 담뱃갑 은박지에 못으로 그림을 그리던 백
록다방은 경북여고 동기생인 정복향, 안윤주 두 인텔리

---

2) 1951년 박목월, 박두진, 조지훈 등 16명의 문인들에 의해 결성된 단체.
주로 공군을 소재로 창작활동을 했다.

과부가 경영주였다. 주인의 빼어난 미모와 지적인 용모가 숱한 문인들을 사로잡았다. '음악은 르네상스에서, 차와 대화는 백록에서'란 말이 나돌 정도였다.[3]

지난날의 꿈은 흐려져도 교회를 외면할 수는 없었다. 백형기는 주일예배를 마치고 나서는 교회에서 가까운 청라언덕에 올라 고향을 그리며 설자를 떠올렸다. 청라언덕은 대구가 고향인 작곡가 박태준(朴泰俊, 1901~1986)의 애절한 사랑이 깃든 곳이다. 언덕 중앙에 있는 미국 선교사의 붉은 벽돌집에는 푸른(靑) 담쟁이(蘿)넝쿨이 휘감겨 있다. 그때 국민가요처럼 불리던 '동무생각(思友)'은 대구 계성학교를 다녔던 박태준이 마산 창신학교의 음악 교사로 있을 무렵 만들어진 노래이다. 그가 국어 교사 이은상에게 자기의 짝사랑 이야기를 들려주자 노산이 노랫말을 만들고, 박태준이 곡을 붙인 것이다. '봄의 교향악이 울려 퍼지는/ 청라언덕 위에 백합 필적에/ 나는 흰 나리꽃 향내 맡으며/ 너를 위해 노래 노래 부른다/ 청라언덕과 같은 내 맘에/ 백합 같은 내 동무야/ 네가 내게서 피어날 적

---

3) 조향래 『향촌동 소야곡』(2007, 도서출판 시와 반시)에서.

에/ 모든 슬픔이 사라진다' 백합화는 박태준이 사랑했던 신명학교 여학생으로 알려졌다.

백형기는 내게도 터놓고 사랑을 이야기할 친구가 있으면 얼마나 좋을까, 흘러간 기억을 되씹고 있었다. 설자는 이제 형기에게 져버린 '백합꽃'이 되었다. 그녀의 소식은 들을 수도 없고 언제쯤 만날 기약도 없는 옛이야기가 되어버렸다. 그러나 대학시절 어느 여름방학 때 귀향 열차 안에서 만났던 한 여학생과의 사랑의 기억은 아직도 내려놓지 못했다. 그 추억은 담쟁이넝쿨처럼 그의 가슴에 단단히 얽혀있다. 백형기는 회사원이 되고부터 술이 많이 늘었다. 술자리를 함께하지 않으면 동료들로부터 소외될 뿐만 아니라 그들과 호흡을 같이할 수 없는 것이 부담으로 작용했다. 그로 인해 교회와의 거리는 멀어져 있었다. 어쩌다 토·일요일에 멀리 취재를 나갈 때면 주일예배에 참석할 수 없었다. 기회를 보아서 현지에 있는 교회에서 예배를 드리기도 하지만 그것도 제대로 되지 않을 때가 많았다.

백형기는 지난 3월 초, 남해고속도로에서 당한 교통사고가 시간이 지날수록 후유증이 심하게 나타나 한 달간 회사를 쉬며 물리치료를 받았다. 건강을 회복하고 다시금 출근할 때였다. 출석하는 교회 앞에는 5월 말에 심령대 부흥회를 개최한다는 현수막이 내걸리고 온 교인들은 마음을 모아 특별새벽기도회로 준비를 하고 있었다. 그는 옛날처럼 교회에 열심을 내지는 못했지만 1년에 한 번 열리는 부흥집회에는 꼭 참석해야겠다고 다짐했다. 군복무를 마치고 대학을 졸업하고 직장생활을 한 지는 어느새 3년이 지났다.

그는 퇴근길에 첫날 저녁 부흥집회에 참석했다. 은혜를 받아야겠다는 간절함이 있는 것도 아니었고 부흥회 준비를 위해 마음을 모아 기도하지도 못했다. 시작 시간이 되었는데도 복음송과 찬송가를 계속 부르면서 더 많은 사람이 모이기를 기다려 예배가 시작되었다. 부흥회 설교는 백형기에게 새로운 것이 별로 없었다. 신앙의 기본을 되짚고 성도들이 인도한 사람들에게 구원의 진리를 쉽게 설명하는 것이 보통이기 때문이다. 그러나 그는 이날 부흥강사의 말씀 가운데 '자는 자여 어찜이뇨'(요나1:6)라는 말씀에 귀가 번쩍 뜨였다. 처음에는 말씀을 듣다가 자기도 모르게 잠시 졸았는지 모른다고 생각했다. '자는 자여 어찜이뇨!' 이 말은 큰 성읍 니느웨로 가서 그 백성이 회개하도록 외치라는 하나님의 명령을 저버리고 다시스로 가는 배를 타고 도망하는 요나를 보고 꾸짖는 선장의 말이다. 요나는 그때 큰 폭풍을 만나 파선할 위기에 처한 배 밑창에서 잠을 자고 있었다. 부흥강사의 말씀은 그동안 그가 잊어버리고 있던 꿈을 흔들어 깨웠다.

지난해 가을엔 동료들과 함께 바다낚시를 갔다가 통영 앞바다에서 낚싯배가 뒤집히는 사고를 당했다. 그때 백형기는 '내가 무엇을 잘못했을까?' 생각하다가 얼마 후에는 지난 일을 잊어버렸다. 그로부터 6개월이 지나 지리산 종주를 끝내고 돌아오는 길에 남해고속도로에서 또 큰 교통사고를 당했다. 잇달아 대형 사고를 당한 것은 얼핏 주님의 부르심인지도 모른다는 생각이 들었다. 그는 부흥회 말씀을 들으면서 현재의 삶에 안주한다면 더 큰 어려움을 당할지도 모른다는 두려움에 사로잡혔다. 이제는 어디든지 가서 어려운 이웃에게 복음을 전하는 전도자의 약속을 지켜야 한다는 생각으로 돌아왔다.

가슴은 다시 달아올랐다! 세상에서 귀하게 보이는 것은 아무것도 없었다. 20년 만에 외삼촌 집을 떠나 가나안 땅으로 돌아온 야곱은 섬기던 이방 신상을 버리고 자신을 정결케 하여 벧엘로 올라갔다.(창세기35:1-7) 그는 주님의 부르심에 응답하려면 먼저 지난날의 허물을 말끔히 청산해야 한다고 믿고 있었다. 그를 붙잡고 있는 그림 같은 기억들은 오직 한 권 '마지막 일기장' 속에 앙금처럼 고스란히 남아있다. 그 일기장을 태워버리려고 몇 번이나 시도했으나 도저히 실행에 옮길 수 없었다. 그는 부흥회 이후로 그때 들었던 말씀이 되울려 잠을 설칠 때가 많았다. 백형기는 지난날의 서원을 이행할 기회를 찾고 있었다. 그리고 여름이 왔다.

3

"뎅 데―ㅇ! 뎅 데―ㅇ! 뎅 데―ㅇ! ……."

오전 9시 30분, 엘림기도원의 예비종이 울린다. 시멘트 바닥 복도에는 아침예배에 참석하러 방을 나서는 사람들의 슬리퍼 끄는 소리가 스작스작 들린다. 백형기는 자리에 누운 채로 그가 걸어가야 할 미지의 길을 천정에다 그리고 있었다. 생각은 긴 꼬리를 늘어뜨리며 방안을 휘젓고 돌아다니다 마침내 아침햇살이 쏟아져 들어오는 창문을 뚫고 산 너머 하늘 저 멀리로 달려가고 있다. 그 길의 끝자락은 바다를 건너가 아프리카나 남미의 어느 땅끝에 다다를 수도 있을 것이다. 그는 '땅끝'이라는 말을 멀리 해외로만 생각하다가 언젠가부터 복음이 전해지지 않은 곳, 복음이 찾아오기를 기다리는 그곳이 땅끝이라는 생각이 들었다. 보내시면 어디든지 가야 하겠지만 땅끝은 우리나라 시골이나 낙도나 벽지에 얼마든지 있을 것이었다.

백형기는 자리에서 일어나 세수를 한 뒤 옷을 갈아입고 밖으로 나왔다. 날씨는 약간 흐리고 서산 너머에서 짙은 구름 덩어리가 한차례 씩 밀려오고 있었다. 예배 시간에 늦은 사람들이 종종걸음으로 성전에 올라가는 모습이 보였다. 그는 예배당과는 반대쪽에 있는 식당 옆 문서 소각장으로 발걸음을 옮겼다. 기도원 뒷마당 끝자락인 이곳은 어제 저녁때 사무실에 등록하고 잠시 산책하다 눈여겨 둔 곳이다. 소각장이라지만 불탄 재의 흔적만 남아있을 뿐 주변은 깨끗이 정돈되어 있었다. 게다가 소각장 주변으로 불씨가 흩어지지 않도록 자연석을 둘러놓아 마치 대학 캠퍼스의 동아리 모임 파크처럼 분위기가 짜여 있었다.

납작한 돌에 앉아보니 일기장을 태우며 조용히 묵상할 수 있는 자리로 이보다 더 좋은 곳은 없을 것 같았다. 지난날 몇 차례 참석해본 기도원집회는 산 아래서 생각하던 조용하고 경건한 분위기와는 딴판이었다. 한껏 볼륨을 올린 스피커에서 흘러나오는 목이 쉰 강사 목사의 설교, 지칠 만큼 오래도록 손뼉을 치며 불러대는 찬송 소리 등등. 그 설교는 마치 어릴 적 시골 장터에서 자주 들어보던 약장사의 억양과 흡사했다. 집회 시간마다 돌리던 헌금 주머니를 보면서 정말 주님이 실직, 실패, 병고 등 안타까운 사연들을 안고 기도원을 찾은 가난한 사람들에게 매일 헌금을 요구하실까, 생각하다 고개를 가로저으며 창밖으로 눈을 돌리곤 했었다. 기도원집회는 지금도 별로 달라진 것이 없었다. 초가을 따스한 햇볕이 조용한 마당을 서서히 달구고 있지만 짙은 구름이 지날 때는 햇볕이 기다려지는 산속 날씨이다. 뒷산의 나뭇잎은 서서히 갈색으로 물들어가고 있다.

성경책과 함께 그의 손에 있는 것은 마지막 남은 일기장 한 권. 빛이 바랜 그 갈색 비닐커버 일기장을 펼 때면 언제나 타임머신에 올라앉은 듯 과거로의 여행이 시작된다. 그가 일기를 쓰기 시작한 것은 고등학생이 되던 해부터이다. 사람들은 모두 우리 고유의 명절인 설을 맞아야 새 마음으로 한 해를 시작하곤 했었다. 형기는 달포가 지나면 고등학생이 되는 생각을 하며 이제부터는 올바른 삶을 살아야겠다는 다짐으로 일기를 쓰기 시작했다.

그의 일기장은 한동안 대학노트였다. 처음 쓴 일기는 '일어나 세수하고, 밥 먹고, 친구 만나고, 놀러 갔다 와서 저녁 먹고 잠자리에 들었다'는 범주를 벗어날 수 없었다. 차츰 일상의 일은 생략하고 특별한 일만 기록해 나갔다. 좀 더 시간이 흘러서는 특히 인상적인 일들을 자세히 묘사하고, 읽은 책의 독후감을 쓰기도 했다. 새롭고 감동적인 문장은 그대로 옮겨 적기도 하고, 고상한 의미를 지닌 단어들을 대하면 이삼일 안에 그 낱말을 집어넣은 글을 일기장에 써넣어야 직성이 풀렸다. 어떨 땐 세상을 바라보는 자기만의 관점으로 일기장 몇 페이지를 채우기도 했다.

이밖에도 백형기의 일기장에는 고향을 떠나기 전까지의 교회 생활과 신설자와의 관계도 자세히 기록되어 있었다. 그러나 설자와의 사랑은 더 깊어지지 못하고 상처만 남겼다. 왜냐하면 외삼촌 집으로 간 설자가 '믿는 자는 이방인과 결혼해서는 안 된다'는 성경 말씀을 접하고부터 형기에게 마음을 닫았기 때문이었다. 그가 쓴 일기장은 대학노트 등 10여 권이 넘었다. 회사원으로 일할 때도 일기장은 그의 하숙집 책상에 꽂혀있었다.

"백 씨는 결혼하기 전에 일기장부터 없애버리세요."

언젠가 하숙집 아주머니가 그에게 했던 말은 마지막

남은 한 권의 일기장을 대할 때마다 되살아났다. 직장생활을 하는 이태 동안 하숙했던 그 집 분위기는 마치 한 가족 같아 방문을 잠그는 일은 거의 없었다. 어느 날 주인아주머니는 그가 출근한 뒤 형기의 방을 청소하다 책꽂이에 그대로 꽂혀있는 일기장을 몰래 펼쳐본 모양이었다. 누구나 젊을 때는 어지러운 연애 경험이 있을 테지만 가정을 이룰 때는 그 사랑의 추억은 걸림돌로 작용할 수 있을 것이다. 그는 부모님으로부터 결혼하라는 얘기를 몇 차례나 들으면서 틈나는 대로 뒷방 벽장에 간직해 두었던 지난날의 일기장들을 모두 태워버렸다.

그러나 오직 한 권의 일기장만은 오늘까지 버리지 않고 고이 간직하고 있다. 그 속에는 차마 놓아버릴 수 없는 소중한 사랑의 기억이 줄줄이 엮어져 있기 때문이다. 그러한 편지와 사연들이 형기가 펼치려던 꿈을 오늘까지 잡아매고 있었다. 그 기억을 따라가면 결혼을 해야 한다는 생각은 저만치 밀려났다. 사랑의 기억이란 잊으려 다짐한다고 쉽게 잊히는 것도 아니며 또 그런 추억을 탓할 수도 없을 것이다. 그럼에도 불구하고 하나님의 부르심에 새로운 발걸음을 내딛기 위해서는 그 일기장을 기억 밖으로 몰아내야 한다는 다짐에는 변함이 없었다.

백형기는 이런 뜻을 품고 더위가 한풀 꺾인 8월 하순 휴가를 얻어 기도원에 올라왔다. 일기장을 태워버린다고 그 일이 잊힐 수 없고, 그것을 남겨둔다고 해서 죄가 되는 것은 아니지만 그의 결벽증은 부르심의 응답을 위해 그런 의식을 요구하고 있었다. 그는 그 제의를 치르기 위해 마지막 남은 한 권의 일기장을 들고 기도원을 찾았고, 소각장 옆에 앉아 눈을 감고 묵상에 잠겼다. 비 온 뒤의 개울물이 넘쳐흐르듯 온갖 생각들이 뒤엉키며 가슴은 소용돌이쳤다. 그 일기장은 그가 30개월의 군대생활이 끝날 무렵, 제대가 몇 달 남지 않았을 때부터 기록한 것들이다.

4

68년 X월 X일

정아, 오늘은 내무반에 누워서 하루를 보냈어. 어제는 종일 기침을 했지. 몸이 좋지 않은데도 불구하고 찬바람을 쐬며 대대에서 개최되는 군가 경연대회에 참석했기 때문인 것 같아. 의무대에서 타온 약을 먹어도 몸이 개운하지 않은 것을 보면 내일도 자리에서 일어나지 못할 것 같구나. 전우들이 코를 골며 곤하게 자고 있는데 나는 홀로 정아 생각에 가슴을 앓으며 잠을 이루지 못하고 있다.

난 정아를 위해 늘 기도하지만 지금은 네가 어디에 사는지 알 수 없어 답답하구나. 단잠을 잘 새도 없이 그토록 몰두하던 진학의 꿈은 이루어진 것으로 나는 믿는다. 내가 군복을 벗고 제대하는 날이 오면 너를 송두리째 잊으려나. 지금은 어느 대학의 초년생으로 지난날의 일들을 까맣게 잊고 있을 것 같은 정아를 생각하면 내 모습이 얼마나 처량해 보이는지 모르겠구나. 그처럼 따뜻하던 사랑이 싸느랗게 식어 시냇물처럼 의미 없이 떠내려갈 줄이야!

내가 그전에도 쓰지 않았고 아마 이후에도 결코 쓰지 않을 긴 편지를 생각한다. 편지지 17매에 깨알 같은 긴 사연을 적어 보내기도 하고, 아무리 해도 내 맘을 그대로 다 나타낼 길이 없었을 땐 아무것도 쓰지 않은 백지를 봉투에 넣어 보내기도 했었지. 정아 때문에 나는 시인이 되기도 하고 소설을 써보기도 했지만 돌아보면 내 마음은 방황의 세월이었어. 정아는 처음엔 내가 너를 울린다고 썼지만 넌 결국 나를 울리고 말았구나! 먼 훗날 언젠가는 내가 너를 현명하다고 칭찬할 날이 오리라고 하던 네 말을 나는 아직도 수긍하지 못한다. 별들만 흐르는 밤을 졸듯이 달리는 군용열차를 타고 새벽에 안동역에 내렸고, 네가 살았던 그 집 주위를 쓸쓸히 배회하던 생각을 떠올린다. 이른 아침, 하얀 컬러 여고생들의 등굣길에서 행여나 정아가 그들과 함께 걸어가고 있을까 살피며 마치 정신 나간 사람처럼 서성거렸지.

난 그때 아무것도 더 필요한 것이 없을 것 같았어. 너만 있으면 부족한 것이 없어 보였으니까. "선생님, 입대하면 제가 위문편지 많이많이 보낼게요." 그 말을 한 지 두 돌이 조금 지나 '아듀'를 담은 편지가 날아왔으니ー. 그날은 세상의 끝 날처럼 모든 것이 의미가 없었다. 편지를 쓰는 것으로 만남의 의미를 되살리려는 내게 너는 찬 서리 같은 답신을 보냈더구나. 그래도 나는 네 필적을 보는 것만으로도 위로를 받았지. 누군가가 '가장 큰 보복은 망각'이라고 말했지만 그건 아무나 할 수 있는 일은 아닌 깃 같구나! 자욱하게 내려앉은 안개 속의 따뜻한 지붕 밑에서 단잠을 잘 만큼 한가한 계집아이는 아니라고 항변한 사람아, 군복을 입고 있는 나를 부질없이 원망 한다.

어제 새벽 5시에는 불침번 교대 소리에 잠이 깨었다. 교회의 새벽 종소리가 아련히 들려오고, 아픈 몸을 뒤척이는 내게 '회개하지 아니하면 내가 그를 침상에 던지겠다'는 계시록의 음성이 들리는 것 같았어. 어제는 예하 부대 교회들이 군사령부 교회에서 함께 3·1절 연합예배를 드리는 데도 불참했고 내일 주일예배에도 나가지 못할 것 같구나. 가장 사랑하는 사람에게 해줄 수 있는 최선의 것은 무엇일까? 난 정아를 사랑하지만 한 번도 '사랑한다'는 말을 쓰지 못했다. 때가 되면 나의 편지가 사랑의 마음을 대변해줄 것으로 생각하고 믿었지. 내무반의 창살이 불그레한 빛으로 서서히 물들고 있는 아침, 서러운 밤은 다시 오지 말았으면 싶다.

초가을을 부르는 햇살은 따끈하고 백형기의 이마에는 송골송골 땀이 맺히고 있었다. 그는 손수건으로 이마의 땀을 훔쳤다. 커다란 본당 건물 너머에 있는 집회실에서는 아침예배를 드리는 스피커의 설교 소리가 산자락의 메아리로 쩌렁쩌렁 울리고 있었다. 말씀의 내용은 잘 알아들을 수 없지만 할렐루야, 아멘, 회개하라, 간절히, 등등 이런 익숙한 단어들만 귀에 뚜렷했다. 손뼉 치며 부르던 찬송 소리가 끝나면 약장수처럼 목이 쉰 설교는 다시 이어진다.

백형기는 방금 읽고 난 일기장 한 장을 찢었다. 그리고 미리 준비한 라이터로 불을 붙였다. 밝은 햇살에 불길은 잘 보이지 않지만 넘실거리는 바다에 쓰나미가 밀려오듯 불길의 검은 입이 종이를 삼키고 있다. 연기도 없이 종이를 태우는 불길! 그것은 모세가 미디안 광야에서 보았다는 떨기나무 불꽃을 떠올리게 했다. 떨기나무에 붙은 불이 나무는 태우지 않고 불길만 맹렬했던 그 광경이 모세를 더욱 그 자리에 붙들어 매었을 것이다. 꺼진 산불이 바람에 되살아나듯 일기장을 펴기만 하면, 아니 일기장 생각만 해도 미친 듯이 지난날로 달려가던 생각들을 그는 하나씩 불러내어 태우고 있다. 한동안은 생각의 바자울 그늘에 잔설처럼 머물 것이지만 시간이 흐르면 마침내 흔적도 없이 사라지기를 바라는 마음으로 재로 변한 일기장의 잔해를 바라본다. 사랑의 기억을 지우려는 행위―, 그것은 가슴을 도려내는 쓰라림이었다.

　68년 X월 X일

　정아, 말간 창가로 흰 구름이 바쁜 걸음으로 내닫고 있다. 누굴 찾아가고 있는 것일까? 난 편치 않은 몸으로 목침을 베고 누워 멍하니 하늘을 쳐다본다. 집을 떠나 살고 있을 때 몸이 아픈 것보다 더 서러운 것도 없을 것이야.

수전증처럼 손이 약간씩 떨리고 내 몸은 구름처럼 둥둥 떠서 사방으로 흩어지는 것 같구나. 난 기억하고 있다. 영천 부관학교에서 군사 행정교육을 받고 있을 때 뜻하지 않은 네 편지를 받았던 것을. 정아는 체육 시간 평균대 위에서 떨어져 다친 다리가 마치 코끼리 다리처럼 부풀어 올랐고, 병문안 왔던 친구는 정아가 털어놓은 나와의 '이상한 사귐'은 찬성할 수 없다고 말했다는 것도 적었지.

그때 얘기는 더 꺼내고 싶지 않지만 정아는 지금의 나처럼 위로해줄 사람도 없는 방에 혼자 누워 창가로 흘러가는 구름 조각을 헤아리고 있었을까? 뒤늦게 한 장의 편지만 보냈을 뿐 난 그때 정아를 위해 아무것도 할 수 없었어. 쏴ㅡ, 세찬 바람이 창문을 흔들고 있다. 허나 이제는 동장군의 옷자락에서 흘러나오는 그런 매서운 바람은 아니오. 겨우내 얼어붙었던 땅을 녹이고 메마른 나뭇가지에 물을 길어 올리며 봄을 부르는 부드러운 바람이라네.

내가 몸져누운 지 사흘째, 난 하루 한 끼도 제대로 먹지 못했고, 오늘 점심때에야 부대 앞 식당에서 시켜온 흰죽을 조금 먹었을 뿐이오……

백형기는 일기장에서 눈을 떼고 혹시 누가 정신 나간

사람처럼 소각장에 앉아 있는 그의 모습을 지켜보고 있는 것이 아닌가 싶어 주위를 둘러보았다. 식당 창문으로 하얀 김이 뭉게구름처럼 솟아오를 뿐 주변에는 아무도 보이지 않았다. 언젠가 초여름에 잠시 들렀을 때는 온통 신록으로 뒤덮여 있었던 기도원 산자락은 가을이 찾아오고 나무 아래는 무수한 푸른 낙엽도 함께 쌓이고 있다. 정아의 '코끼리 다리'란 말을 생각하면 아직도 가슴이 쓰라린다. 다리를 다친 정아는 2주간 동안이나 학교에 가지 못했고, 그 후 겨우 목발을 짚고 등교했다는 편지를 보냈다. 늦게 배달된 편지에 답장을 보낸 것은 그런 일이 생기고 한 달 가까이 시간이 흐른 뒤였다. 가장 가깝다고 생각했던 사람을 가장 멀리 두고 있어야 했던 외로운 정아의 마음을 헤아려보면서도 그는 아무런 도움을 주지 못했다. 병영의 특수상황을 그녀가 얼마나 이해할 수 있을까? 그 외로움은 어떤 말로도 표현하기 어려울 것이다. 백형기는 다시 일기장으로 눈을 돌렸다. 오늘까지 분신처럼 간직해온 일기장을 한 장씩 찢어 불태우고 있는 그의 모습은 마치 변심한 연인에게 보복하는 것 같은 생각이 들어 자신이 미워졌다.

……정, 밤이 깊었소. 지금은 어디에서 무얼 하고 있을까? 몇 번째 편지에서인가 나도 모르게 존댓말을 썼을 때 정아는 그런 말투를 쓰지 말라며 핀잔을 주었었지. 오늘은 나도 모르게 다시 이렇게 존댓말을 쓰고 있구려. 그때 정아는 여고 2년생이었고 나는 네 말을 듣고서야 내 말이 정아에게 얼마나 어색하게 들렸을 것이라는 생각을 했었어. 그러나 지금은 숙녀가 되어 있을 정아의 모습을 떠올려본다오. 그동안 정아는 고교를 졸업하고 지금은 대학 초년생이 되어 있겠지. 우리가 처음 만났을 때의 네 단발머리는 내가 첫 휴가를 얻어 안동을 찾아갔을 때 어깨에 닿을 듯 길어져 있었다. 지금은 어떤 헤어스타일에 무슨 옷을 즐겨 입고 있을까, 네 모습을 마음대로 그려본다.

정아가 수험준비를 하며 건강을 해치지나 않았는지? 이제야 철 지난 걱정을 하는 것은 내 몸이 불편하기 때문이겠지. 지난 일을 생각하면 나는 몸보다는 가슴이 더 아프오. 이모에게 물어 새로 이사한 집을 찾아갔을 때 대문간으로 나온 너는 "오빠가 오셨어요. 내 전학 문제 때문에……." 하고 고개를 숙인 채 한동안 말이 없었지. 골목 입구에 어색하게 마주 서 있는 우리 곁을 지나는 사람들이 이상한 눈초리로 보는 것 같았다. 흐르는 침묵 속에서 나는 참 민망했다. '오빠가 담임교사로부터 정아에 대한 무슨 말을 들었을까?' 그때 정아는 오빠가 집에서 부르는 소리를 듣고 "잠시만 기다리세요"라고 말하고 집으로 들어갔었지. 나는 어두워질 때까지 그 골목 주변을 배회했지만 끝내 너는 다시 나타나지 않았다. 정아는 오빠가 사는 곳으로 전학을 했을까? 그날의 해후가 마지막 만남이 되고 말 줄이야!

그렇게 떠나온 후 오늘까지 정아는 정아대로, 나는 나대로 자기의 길을 따라 멀리까지 걸어왔소. 등을 돌려 뒤를 돌아다보지도 않고 걸어가는 사람들의 쓸쓸한 모습은 낙조처럼 마침내 어둠 속으로 흔적을 감추고 마는 것이겠지. 또 하나 용서를 빌고 싶은 나의 실수가 있었지! 나는 정아가 이사한 새 주소를 몰랐기에(편지 한 통의 분실로 인해) 기다리다 못해 학교로 편지를 보냈던 일을 기억한다. 여고생이 학교에서 군인의 편지를 받은 것은 아마 '사건'이 될 수 있었겠지. (정아는 담임선생님에게 불려가 반성문을 쓰는 벌을 받았다는 답신을 보냈다.) 나는 그때 사랑은 오래 참고 무례하지 말아야 한다는 것을 잊어버렸던가 봐. 그것이 빌미가 되었을까? 그때부터 정아는 내게로 보내던 말을 모두 삼켜버렸고, 나는 어디에서도 '사람'으로 인정받지 못하는 '군인'이기 때문이라는 생각으로 자책에 빠졌다. 이제 한 달쯤 지나면 3년 동안 그 품에 싸여 살면서도 결코 정들지 않던 군복을 벗게 될 것이오. 오늘도 달력에 가위표를 또 하나 그린다.

　백형기가 첫 휴가를 나왔을 때의 기억은 아직도 생생하다. 그때는 정아가 고등학교 1학년 말이었다. 그는 짧게 깎은 머리에다 세련되지 못한 군복차림으로 안동역에 내렸다. 가을비가 부슬부슬 내리던 날 늦은 오후 정아는 환하게 웃으며 출찰구에서 그를 마중했다. 한 사람은 군인으로, 한 사람은 처녀티 나는 여고생으로 모습은 서로 달라졌으나 그동안 주고받은 편지 때문인지 두 사람은 전혀 낯설지 않았다. 노랗게 물든 은행나무 잎이 함께 우산을 받으며 나란히 걸어가는 길바닥에 하나둘 떨어지고 있었다. 낙동강 방죽 가까이 위치한 정아의 집은 역에서 그리 멀지 않은 변두리였다. 정아는 이모 집 방 한 칸을 얻어 살고 있었다. 백형기는 이모에게 인사를 하고 툇마루가 달린 단칸방으로 들어갔다. 한쪽 벽을 가득 채우고 있는 책들은 대부분 오빠가 보던 책이라고 했다. 알전구를 켜두고 정아는 밖으로 나갔다. 앉은뱅이책상 위에는 소월 시집『진달래』가 놓여 있었다.

"먼 후일 당신이 찾으시면/ 그때에 내 말이「잊었노라」 // 당신이 속으로 나무라면「무척 그리다가 잊었노라」 // 그래도 당신이 나무라면「믿기지 않아서 잊었노라」 // 오늘도 어제도 아니고/ 먼 훗날 그때에「잊었노라」"

시집 맨 처음에 나오는 〈먼 후일〉이란 제목의 시를 읽어본다. '이별이 없다면, 외로움이 없다면 시가 될 수 있을까?' 이런 생각을 하며 몇 장을 넘겼다. 노란 은행잎이 끼어있는 페이지가 나왔다.

"그립다/ 말을 할까/ 하니 그리워// 그냥 갈까/ 그래도/ 다시 더 한 번……// 저산에도 까마귀, 들에 까마귀,/ 서산에는 해진다고/ 지저귑니다.// 앞 강물, 뒷 강물,// 흐르는 물은/ 어서 따라오라고 따라가자고/ 흘러도 연달아 흐릅디다려."

만남보다 헤어짐이 더 아름답다는 것은 아이러니한 일이다.

정아는 그동안 부엌에서 저녁 준비를 하고 있었다. 저녁상이 들어왔을 때 그는 보던 시집을 덮고 정아와 마주앉았다. 밥상에는 호박 찌개와 손수 만들었다는 달걀프라이가 올라있었다. 호박 찌개는 손님이 온 것을 보고 이모가 주었다고 했다.

"정아는 소월 시 가운데 어떤 시가 제일 좋아?"

"소월 시는 모두가 슬픔이어요. 그런데도 읽으면 다 좋은 것 같아요. 선생님은 어떤 것을 좋아하시나요?"

"나는 소설이 좋아. 말하자면 스토리가 있는 것. 하기야 시도 다 스토리가 있지만 숨겨져 있는 것이지. 특별히 기억에 남는 소설은 지드의 『좁은 문』이나 황순원의 「소나기」 같은 작품. 문학은 이별이나 외로움이 없으면 아마 이루어질 수 없을 거야."

"저도 언젠가는 '소나기' 같은 재미있는 소설을 써보고 싶어요."

잠시 후에는 이모가 방문을 노크하고 과일 한 접시를 들여 주었다. 집 가까이 음식점이 없었기 때문이었을까. 함께 시내로 들어가 멋있는 분위기 속에서 식사할 수도 있었을 텐데, 그는 자기의 미숙함이 생각할수록 부끄러웠다. 처음엔 백형기는 시골의 누이 집을 방문하는 느낌과 별로 다르지 않았다. 정아도 오빠나 삼촌을 대하는 것과 같은 감정이었으리라. 그러나 중학생 티를 벗고 아름답게 훌쩍 커버린 정아의 모습을 가까이 대한 그의 생각은 그 후로부터 조금씩 달라지기 시작했다.

식사 후에 정아는 책장 아래쪽에 꽂혀있던 앨범을 꺼냈다. 가까운 사람의 사진첩을 함께 들여다보는 것은 언제나 재미있는 일이다. 대부분이 중학생 친구들과 함께 찍은 사진들이지만 어릴 때 모습도 간혹 보였다. 정아가 초등학생 때의 모습일까, 아니면 중학교 1학년 때쯤일까? 빨간 모자를 쓰고 넓은 끈이 달린 물통을 대각선으로 어깨에 메고 산기슭을 배경하여 포즈를 취한 독사진! 너무도 귀여운 그 사진을 갖고 싶다고 말하자 정아는 울상을 지으며 만류했다. 다음에 사진을 잘 찍어 꼭 보내주겠다는 말을 듣고 그는 마음을 접었다.

첫 휴가의 첫 방문지로 삼았던 안동은 마치 고향에 온 것 같았다. 하늘은 어느새 맑게 개고 보름달이 떠 있었다. 희미한 가로등이 줄지어 피어있는 길엔 사람들이 거의 보이지 않았다. 트럭 한 대가 먼지를 날리며 지나가자 정아는 "위치가 바뀌었잖아요"라고 말하며 길가 쪽으로 서서 걸었다. 여자와 함께 길을 걸을 때 남자는 차도 쪽에 서야 한다는 것을 백형기는 정아에게서 처음 배웠다. 두 사람은 집 앞에서 멀지 않은 방죽으로 올라갔다. 비늘처럼 부서진 달빛이 흐르는 낙동강을 바라보며 한참 걸어가다 통나무 의자에 나란히 걸터앉았다.

"선생님, '비단조개'가 시냇물에 사나요?"

정아의 느닷없는 질문이었다.

"왜? 비단조개는 바다에 있는 것으로 아는데-."

"아까 말씀하신 「소나기」 소설에 있잖아요. 거기에는 소녀가 비단조개를 냇물에서 건져 올리는 장면이 나와요. 난 그게 좀 이상하더라고요."

"글쎄, 작가들도 간혹 그런 실수를 할 수 있지."

백형기는 염상섭의 「표본실의 청개구리」에도 찬피동물인 개구리에서 '김이 모락모락 난다'는 표현이 나온다는 것을 일러주었다. 정아는 아직 깊은 신앙을 갖지 않았기 때문인지, 두 사람이 나란히 서서 들어갈 수 없다는 지드의 '좁은 문'은 이해하기 어려웠다고 말했다. 사랑이란 언제나 애달픈 것이다. 여덟 살이나 아래인 정아에게 사랑한다는 말을 한 번도 하지 못하고 있으면서도 그는 서로 사랑하고 있다고 굳게 믿고 있었으니-. 시간이 흐르면서 정아는 그에게 이성으로 다가왔으나 처음에는 부모도 없는 외로운 소녀를 동정하는 마음이 많았던 것 같다. 그가 아니면 아무도 살뜰히 보살펴줄 수 없다는 생각이 정아에게 더욱 집착하게 했는지도 모른다. 두 사람은 그날 밤 11시 원주에서 내려오는 군용열차가 안동역에 도착하는 시간까지 가로등이 희미하게 졸고 있는 밤거리를 걸었다. 시가지는 요즘에 비하면 한적한 뒷골목 같았다. 지금 생각해도 뭔가 할 바를 다하지 못한 그를 정아는 따뜻하게 마중했고 아쉬운 마음으로 전송했다. 정아와의 두 차례 만남은 오늘까지 '먼 후일'과 '그리움'으로 이렇게 긴 꼬리를 늘어뜨리고 있다.

백형기는 처음 만났을 때처럼 늘 '선생님'의 입장을 견지하면서도 한편으로는 정아가 먼저 가까이 다가와 주기를 바라는 마음이었다. 그 후 사진은 받지 못했지만 정아는 성탄절이 다가오면 손수 그린 예쁜 크리스마스카드에 문안 편지를 동봉했었다. 백형기는 그것이 정아가 그에게 보낸 '선생님 사랑합니다.' 라는 말의 은유로 받아들였다. 언젠가 한가롭게 단잠을 잘 새도 없다는 말과 함께 보내온 편지의 한 구절은 오늘까지 백형기의 가슴에 새겨져 있다. '아름다운 전설을 찾아 사슴은 화려한 고독을 씹으며 불로초 같은 오후의 생각을 오늘도 달린다. 부르다 목은 쉬어 산에 메아리만 하는 이름⋯⋯.' 전설을 찾아 달려가던 고독한 사슴은 지금은 어디서 한숨을 돌리고 있을까? 얼마 후에 알고 보니 그것은 노천명의 시 '오월의 노래' 한 구절이었다. 백형기는 그것을 정아의 고백으로 받아들이고 싶었다.

그리고 정아의 어느 편지에서 "선생님이 제대하시면 하회마을에 함께 가보고 싶어요."라는 말을 그는 약속처럼 기다렸지만 그날은 끝내 오지 않았다. 기약 없는 기다림은 오래도록 형기를 열병으로 몰아넣었다. 그는 일기장을 한 장씩 태우는 일은 까맣게 잊어버리고 일기장 속으로 계속 걸어 들어가고 있었다. 몇 페이지를 더 넘겼을 때는 시 한 편이 나왔다.

은행나무

너 때문에 오늘도 편지를 쓴다
책갈피 속에 고이 잠자던 내 마음 꺼내어
보랏빛 꿈 포개며 밤을 지새우던 사람아

뜨락엔 노랗게 밀린 이야기 쌓이고
하늬바람이 쉬다간 빈 마당 언저리에
네가 보낸 답장처럼 구르는 낙엽들

어디 사는지 무얼 하는지

벚꽃이 피면 돌아오겠다던 네 약속

언제나 봄풀처럼 새롭지만

여름이 가고 가을이 와도

소식 없는 네가 보고파 나는

오늘도 편지를 쓴다

  넘기는 일기장 속에는 미국의 대통령 후보 로버트 F. 케네디 의원의 피격사건, 김종필 전 공화당 의장의 자의 반 타의 반 공직 사퇴와 공화당 탈당, 그리고 헬렌 켈러 여사가 88세로 별세했다는 기록 등, 충격적인 사건들도 끼어있다. 이밖에도 백형기가 탈영병을 데려오기 위해 원주에서 서울로, 멀리 진주까지 출장을 갔던 기억이며, 마지막 군대생활과 제대를 앞둔 한 젊은이의 고뇌까지 고스란히 담겨있었다. 백형기는 일기장 속으로 걸어 들어가던 발걸음을 멈추었다. 그리고 가슴 속에 깊이 자리 잡은 정아를 떠나보내고 하나님의 부르심에 응답하는 결단을 위해 기도원에 올라온 생각으로 돌아왔다. 마침내 일기장의 마지막 페이지를 대했다.

68년 X월 X일

군부대교회에서 마지막 주일예배를 마친 뒤 목사님은 내가 이번 주간에 제대한다는 것을 광고했다. 나는 교우들 앞에서 다음과 같은 송별 인사를 했다.

"독일의 철학자 쇼펜하우어는 '인생을 입구에서 보면 아득하고 긴 터널처럼 보이지만 그 출구에서 보면 너무도 짧다'고 말했습니다. 저의 군 생활도 처음에는 아득해 보였지만 30개월 동안 입고 있던 제복을 벗는 지금은 모든 일이 어제런 듯 너무도 짧은 것 같습니다. 제가 오늘까지 나름대로 보람찬 생활을 할 수 있었던 것은 오직 한결같은 하나님의 은혜와 인도하심 때문인 것을 믿고 감사를 드립니다. 한 가지 교우들과 목사님께 죄송한 것은 신우회장이란 커다란 직분을 맡고도 유명무실하게 지내왔다는 것입니다. 앞으로 사회에 나가서는 그런 사람이 되지 않도록 노력할 것이며 주님의 몸 된 제단의 발전과 목사님과 교우 여러분의 평강을 위해 기도드리겠습니다." 이별이란 언제나 서러운 것이다.

백형기는 끝까지 다 읽은 일기장을 잇달아 한 장씩 찢어 불 속에 던졌다. 그 불꽃 속에서 정아의 모습은 활활

타오르다가 이지러진 모습으로 뒤틀리더니 마침내 불길을 타고 날아올라 하나의 점으로 사라져갔다. 타버린 일기장이 아사셀의 염소[4]가 된 것일까? 가슴을 무겁게 짓누르던 것들이 다 벗겨진 듯 신기하리만치 그의 마음은 홀가분해졌다. 오래도록 쓰던 글의 끝을 맺지 못해 끙끙거리다가 마침내 대단원의 마침표를 찍은 느낌이었다.

오후 1시가 지나 집회를 마친 사람들이 식당으로 몰려오는 소리가 멀리 들렸지만 백형기에게는 그 소리조차도 사위는 불꽃처럼 점점 희미해졌다. 얼굴에는 땀인지 눈물인지 분간할 수 없는 수액이 범벅이 되어 흘러내렸다. 하늘에는 어느새 밀려왔는지 검은 구름이 낮게 드리우고 굵은 빗방울이 하나씩 떨어지기 시작했다. 이윽고 우레와 함께 소낙비가 쏟아졌다. 그는 비를 맞는 하나의 석고상이었다. 어둡던 마음은 하얗게 씻기어졌다. 한바탕 소나기가 지나가자 구름 사이로 파란 하늘이 얼굴을 내밀었다. 몸과 마음이 그렇게 시원함을 느껴본 것은 처음이었다. 눈빛을 하늘 끝에 고정한 채 그는 자리를 털고 일

---

4) 아사셀은 '떠나보냄'이란 뜻으로 대속죄일에 두 마리 염소 중 제비를 뽑아 한 마리를 광야로 내보냈다. 이것은 이스라엘의 죄악을 광야의 악령에게로 돌려보낸다는 의미를 담고 있다. (레위기16:8)

어섰다. 그의 앞에는 푸른 초장이 끝없이 펼쳐져 있었다. 백형기는 아득히 양떼들이 평화롭게 풀을 뜯는 그곳을 향해 천천히 한 걸음씩 발걸음을 옮겼다.

백형기의 불면의 밤은 끝났다. 무언가 찜찜하고 무거운 짐을 지고 있는 것 같던 어깨는 홀가분해졌다. 안개 속을 방황할 때 잃어버렸던 푯대를 되찾았다. 서두르고 싶지도 않았다. 뚜벅뚜벅 걸어가기만 하면 목적지에 확실히 도달할 수 있을 것 같은 안도감이 가슴을 잡아주고 있었다. 그날의 제의를 끝내고도 그는 기도원에서 사흘을 더 머물렀다. 휴가가 끝나고 나서는 우선 술부터 끊었다. 참새가 방앗간에 들르듯 퇴근길이면 새로운 출근처럼 단골 술집을 찾아가던 동료들과의 동행에서 빠져나왔다.

"백 기자, 좋아하던 술 생각이 나서 어떻게 집으로 바로 갈 수 있나?"

팀장과 동료들은 퇴근할 때마다 형기를 놀려댔다.

"휴가를 마치고 왔는데도 몸이 아직 좋지 않습니다."

그는 적당한 말로 얼버무렸다.

그는 공휴에 함께하던 야외 나들이에도 불참하며 신학교 입학시험 준비를 하고 있었다.

5

신설자는 부산 외삼촌 댁에서 틈틈이 성경을 읽었다.
천국과 지옥처럼 도저히 가까워질 수 없는 거리감을 느끼
며 형기의 편지에 답장하지 않고 침묵했지만 마음은 괴로
웠다. 시간이 지날수록 그리움은 짙어졌다. 믿음을 가진
형기를 이해하고 그에게 가까이 다가가려면 성경 속에서
더듬어 길을 찾는 수밖에 없었다. 사랑은 종교의 담을 넘
어가고 있었다. 성경을 읽기 전에는 절망만이 가득했다.
형기는 아득히 멀어져 있었고 혼기가 꽉 찬 설자의 장래
도 어떻게 될지 막막했다. 그러나 성경은 설자에게 희망
을 안겨주었다. '나도 할 수 있다'는 생각이 들었고 누구
나 원하는 것은 도움을 받을 수 있다는 약속도 성경에 들
어 있었다.

"구하라 그리하면 너희에게 주실 것이요. 찾으라 그리
하면 찾아낼 것이요. 문을 두드리라 그리하면 너희에게
열릴 것이니, 구하는 이마다 받을 것이요, 찾는 이는 찾
아낼 것이요, 두드리는 이에게는 열릴 것이니라."(마태복
음7:7-8)

그 약속에는 믿음을 가져야 한다, 교회에 나가야 한다,

는 조건들이 달리지 않았다. 누구든지 구하고, 찾고, 두드리기만 하면 바라는 것을 얻을 수 있다는 것이었다. 얼마 전 설자는 고향 친구의 편지에서 형기가 대구에서 직장생활을 하고 있다는 소식을 들었다. 그녀가 형기의 편지에 회답하지 않은 것은 앞으로 그가 신학교에 들어가 목사가 될 것이라는 생각을 했기 때문이었다. 승려의 딸인 설자는 미래의 목사와 함께 할 수 없는 운명임을 스스로 인정하고 받아들였다. 그런데 뜻밖에 그가 평범한 직장인으로 살아간다는 얘기를 듣고 설자의 마음은 꿈틀거리기 시작했다. 오래전 형기의 가슴에 품었던 꿈이 어떤 것인지 알아보고 싶었다.

외삼촌은 설자를 부산으로 데려올 때 설자 아버지와의 약속을 떠올리고 조카에게 간호사가 되도록 권유했다. 설자도 자기 나름의 꿈을 키워보고 싶었다. 그녀는 장기려 박사가 설립한 3년 과정 복음 간호학교에 지원서를 냈다. 부산에서는 처음인 간호학교에는 어렵지 않게 입학이 허락되었다. 설자는 입학식을 앞두고 인사도 드릴 겸 고향으로 가기 전 홀로 계신 어머니를 부산으로 모실 것을 외삼촌과 의논했다. 포항제철이 건설되면서 고향 사람들은 이제 뿔뿔이 흩어졌다. 절반은 포항 시내로, 다른 사람들은 반대편인 오천면과 구룡포 쪽으로 들어가기도 했다. 오랜만에 고향을 찾은 설자는 다른 친구들의 소식도 궁금했지만 무엇보다 형기의 소식을 자세히 알아보고 싶었다. 그녀는 형기와 함께 주일학교 반사로 봉사하던 정미를 찾아 만났다.

"언니, 참 오랜만입니다. 뵌 지 7~8년쯤 된 것 같습니다."

정미는 영일대 해수욕장이 내려다보이는 커피숍에서 지난날을 회고했다.

"오빠와 부모님은 평안하신가? 가족들 이주는 어느 쪽으로……?"

"우리 식구들은 오천으로 들어갔고, 오빠는 근무하던 미군 부대를 따라 파주로 갔습니다."

백형기의 친구인 정미 오빠는 미군 부대 군무원으로 일하고 있었다.

"형기 씨는 요즘 어떻게 지내는지 모르겠네? 나는 그동안 아무 소식도 듣지 못했어."

설자는 가장 궁금한 형기의 근황을 확인하고 싶었다.

"형기 오빠는 대학을 졸업하고 대구 출판사에서 일한다고 들었습니다."

"그때 교회에 열심히던 때를 생각하면 바로 신학교에

들어가 목사가 될 것 같았는데–?"

"우리 오빠 얘기로는 형기 오빠가 군 복무를 마치고 복학하면서 생각이 바뀐 것 같더라고 했어요. 제대하고 돌아와서는 친구들과 술을 마시기도 하고 옛날의 순수하던 모습이 많이 변한 것 같았습니다."

"형기 씨 할머니는 어떻게 지내시는가?"

"예, 형기오빠 아버지가 경주법원에서 퇴직하고 포항으로 오실 때 아들 집으로 합가했습니다. 언니는 부산에서 어떻게 지냅니까?"

"외삼촌 병원의 일을 돕고 있어. 이번에 온 것은 어머니를 부산으로 모시고 가려고……."

"나는 참 고민이 많습니다. 우리 집은 오천에 있고, 교회와 교인들 대부분은 포항으로 옮겨와서 어떻게 해야 할지 모르겠습니다."

설자는 얼마 있지 않으면 정든 고향마을이 홍수가 휩쓸어가듯 제철단지에 밀려날 것을 생각하니 마음이 둥둥 떠서 허공으로 흩어지는 것 같았다. 그러나 정미를 통해 확인한 형기 소식은 설자에게 한 줌의 빛살로 다가왔다. 설자는 형기와의 사이에 가로놓인 장벽이 넘을 수 없는 것은 아니라는 생각이 들었다.

6

설자는 부산으로 돌아와 복음 간호학교에 입학했다. 다시금 학생이 되고 보니 마음은 종달새처럼 날아올랐다. 무엇보다 '함께 대학생이 되면 좋겠다'고 말하던 형기에게 가까이 다가간다는 생각이 가슴을 설레게 했다. 1학년은 교양과목과 함께 비교적 학업의 재미를 느낄 수 있었다. 그러나 2학년의 까다로운 전공과목을 거쳐 3학년 실습에 들어가면서 '백의의 천사'로 불리는 간호사가 이름과는 달리 너무도 힘들고 고된 직업임을 비로소 알게 되었다.

첫 주간의 실습 근무 스케줄은 주간 근무(D.7am~3pm), 저녁 근무(E.3pm~11pm), 야간 근무(N.11pm~7am)로 잡혀 있었다. 처음 실습에 임하는 학생들에겐 특별히 큰일은 주어지지 않았다. 활력징후(혈압, 맥박, 호흡, 체온)를 측정하고 선배 간호사가 하는 일을 옆에서 견학하는 정도였다. 설자가 밤 10시 야간근무 실습을 시작하는 인수인계 시간이었다. 책상에는 저녁 근무 간호사가 야간근무 간호사에게 환자 인수인계를 하고 있었고, 그 옆에 설자와 함께 또 한 명의 실습생이 앉아 있었다.

"302호 김수미는 혈압이 불안정하여 Norpine 수액 20mgtt로 시작했고……."

"303호 최옥자는 술 취한 아들이 찾아와서 난동을 부리기도 하고……."

간호사들이 사용하는 의학용어는 반쯤 알아들었다. 아직도 인계인수는 15명 정도 더 남았다. 설자는 고개가 떨구어지고 눈이 감겼다. 야간근무의 경험이 없어 낮에 잠을 자놓지 않았기 때문이다. 8시간 동안 선배 간호사를 졸졸 따라다니는 것은 몹시 힘들었다. 야간근무가 끝나면 그다음 주간에는 낮 근무를 해야 하기 때문에 생활패턴이 반대로 바뀌었다. 근무시간이 3교대로 로테이션 되면서 생체리듬은 흐트러졌다. 야간근무에서 퇴근하고 낮잠을 자려고 노력해보았으나 잘되지 않았다. 어떨 때는 퇴근길에 죽은 듯이 버스에서 잠을 자다가 집 앞 정류소를 지나치기도 했다. 그러나 집에 도착하면 잠은 멀리 달아나 버린다. 창문에 암막 커튼을 치고, 안대를 하고 자리에 누워 보아도 어젯밤 선배 간호사에게 혼나던 기억만 또렷했다.

설자는 수업 시간에 들었던 나이팅게일을 떠올리고 노트를 펼쳐보았다. 그녀는 재력과 사회적 지위를 가진 영국 명문가의 둘째 딸로 태어났다. 어려서부터 병든 자와 가난한 자를 돌아보는 것을 좋아하는 성품을 지녔다. 늘 삶의 의미를 생각하며 하나님이 자기에게 맡긴 사명에 따라 살기를 원했다. 그녀는 당시 여러 가지로 열악한 사회 환경에서 간호에 헌신하는 것을 하나님의 부르심(calling)으로 여겼다. 부모님의 반대가 있었으나 스물네 살 때 간호사역을 자신의 평생 사업으로 몸 바칠 준비단계에 들어갔다. 서른한 살이 되던 1851년에는 독일의 개신교 여 집사 간호단을 찾아가 훈련과 실습을 받았고, 1852년에는 아일랜드의 더블린 병원을 방문하여 당시 널리 알려진 유럽의 간호 훈련기관을 견학하며 실습 체험을 했다. 나이팅게일의 전반기 사역은 크림전쟁(1853~1856) 시기에 헌신적인 간호로 시작되었고, 이를 계기로 전 세계의 간호인으로 널리 알려진 세기의 어머니가 되었다. …… 나이팅게일은 죽음의 공포에 시달리는 부상병들을 일일이 돌보고 위로하며 가족에게 보내는 편지를 대필하는 등 매일 20시간을 부지런히 일했다.[5]

설자는 나이팅게일의 사역을 살펴보면서 무엇보다 하

---

5) 김문실 외 7인 『간호의 역사』(2004년, 대한간호협회) p.103~104

나님의 부르심에 자신의 생애를 바쳤다는 것에 마음이 끌렸다. 한때 할머니를 따라 절에 다니던 형기가 고향교회에 몸 바쳐 헌신하던 때가 있었다. 지금은 회사원으로 일하고 있지만 언젠가는 그가 서야 할 자리로 돌아가면 좋겠다 싶었다. 설자는 아직 하나님의 부르심이 어떤 것인지 알지 못하지만 어려운 사람들을 돌보아주는 간호사역은 의미 있는 일이라는 생각이 들었다. 그리고 어차피 간호사의 길로 들어섰으면 밤낮이 바뀌는 어려움 정도는 극복할 수 있어야 한다고 다짐했다. 모든 선배들이 걸어온 길이 아닌가? 나이팅게일은 간호를 사명으로 알고 어떤 타협이나 양보도 받아들이지 않았다. 간호사역은 비종교적이지만 간호사는 신앙인이어야 진정한 간호를 할 수 있다고 말했다. 설자는 좋은 간호사가 되려면 신앙을 가져야 한다는 생각을 하고 있었다.

설자는 3년의 학업을 마치고 간호사 자격을 취득했다. 자격증을 통해 자기가 서 있는 자리에서 인정을 받는다는 것은 전에 느껴보지 못했던 큰 기쁨이며 보람이었다. 그러나 그 기쁨은 잠시 피었다 지는 나팔꽃과 같았다. 설자가 지원한 곳은 내과 병동 신생아실이었다. 간호부에 모인 신규간호사들은 담당 부서의 수간호사가 와서 한 명씩 데리고 갔다. 마지막 설자는 혼자 남았다. 잠시 긴장이 되었다. 나를 데려갈 수간호사는 누구일까? 왜 안 오는 것일까? 맨 늦게 도착한 수간호사가 허겁지겁 부장에게 인사를 하고 설자를 데리고 갔다. 그곳은 응급실이었다. 설자가 실습하지 않은 곳은 응급실과 분만실 두 곳인데 응급실에 배치가 된 것이다.

설자는 크게 심호흡을 했다. 모두가 분주하게 움직이기 때문에 누가 보호자인지, 직원들인지 잘 구분이 안 될 정도였다. 응급실 중앙에는 의사 두 명과 간호사 몇 명이 말을 주고받고 있었다. 그 옆으로 중환자 구역으로 보이는 곳에 약물중독 환자가 누워있다. 큼직한 인공호흡기에서 알람이 울렸다. 환자가 몸을 비틀었다. 양팔은 억제대로 묶여있었다. 간호사가 인공호흡기를 분리하고 기관삽관튜브로 가래를 뽑아내고 있었다. 그리고 다시 인공호흡기를 연결하자 알람 소리가 그쳤다.

창문 쪽에서는 한 할머니가 소리를 질렀다.

"너는 주사기를 몇 번이나 찌르나? 이렇게 주사도 못 놓는 간호사가 우리 장손에게 주사를 놓으려는 거냐? 다른 사람 없어?! 수간호사 데리고 와!"

간호사는 땀을 뻘뻘 흘리며 혈관 찾기를 계속 시도하고 있었다. 5개월 된 어린아이는 주삿바늘이 어긋날 때마다 자지러지게 울었다. 부모와 할아버지 할머니, 네 사람의 보호자가 주사하는 간호사만 쳐다보고 있다. 그 옆 침대에는 또 한 사람의 환자가 이마에 붕대를 감고 의식이 없이 누워있다. 보호자들은 옆에서 정신을 차리라고 환자의 귀에 대고 소리를 치고, 아내인 듯한 여인이 남편을 흔들며 의식을 불러내고 있다.

"수술해도 의식을 찾기는 어렵습니다." 담당 의사가 던진 말이다.

"살려달라고 안 할게요. 수술이라도 한번 받아봤으면 싶습니다." 아내가 의사에게 간청하고 있다. 나중에 알게 된 것이지만 아침에 출근한 남편이 아파트 공사장에서 작업을 하다 15미터 높이에서 추락했다는 것이었다. 응급실을 한 바퀴 돌아 나와 간호사 스테이션 앞에서 걸음을 멈추었다.

"오늘 들어온 신규간호사입니다. 앞으로 잘 도와주세요."
수간호사가 선배 간호사들에게 설자를 소개했다.

"안녕하세요. 신설자입니다. 잘 부탁드립니다."
설자는 두 손을 모으고 머리 숙여 인사했다.

선배 간호사들은 시큰둥하다. 일에 너무 지쳤기 때문인지 설자에게 별 관심을 보이지 않았다. 어젯밤 첫 출근에 대한 가슴 부푼 기대감은 맥없이 무너져버렸다. 응원과 격려를 보내줄 줄 알았으나 기대는 실망으로 돌아왔다. 그럼에도 불구하고 신규들은 선배 간호사의 뒤를 졸졸 따라다니며 배워야 살아남을 수 있었다. 선배가 "이게무슨 약이야?"라고 물을 땐 가슴이 철렁했다. 학교에서배운 것은 하나도 생각나지 않았다. 다른 간호사가 유치도뇨관(소변줄)을 챙기고 있었다. 간호사가 챙겨야 할 준비물은 일일이 다 외워야 한다는 것이었다. 소독약도, 세트 안의 기구 수도, 준비물이 들어있는 장소도 수첩에 깨알같이 적어 넣었다. 직원들의 이름도, 가끔 오는 의사들의 이름까지, 외워야 할 것은 너무도 많았다.

간호사들이 교대로 점심을 먹는 시간에도 응급환자들은 계속 들어왔다. 선배 간호사가 얼마나 밥을 빨리 먹는지 설자도 삼키다시피 밥을 먹었다. 수첩에 깨알 같은글씨로 가득 차 있는 용어나 약 이름은 내일까지는 다외우라고 했다. 그리고 시험을 치겠다고 으름장을 놓았다. 일을 마치자 몸은 물에 젖은 창호지처럼 축 늘어졌다. 퇴근해서는 따뜻한 물을 한 컵 마시고 숙소 침대에서 잠시 허리를 폈다. 캡을 벗어놓으니 머리는 한결 가볍고 시원하다.

'아, 피곤해. 잠시 쉬었다가 세수해야지.'

'첫날 너무 긴장했어! 내일부터는 좀 낫겠지…….'

눈을 뜨니 새벽 5시였다. 간호복도 벗지 않고 그대로 잠이 들었던 것이었다. 두 시간 후면 출근을 해야 한다. 얼굴화장은 멋대로 흐트러져있다. 누가 보지 않은 것이 다행이다 싶었다. 세수를 하고 마음을 다잡는다. 어제 퇴근 후부터 잠을 잤기 때문인지 몸은 개운했다. 설자의 간호사 생활은 이렇게 시작되었다.

7

학교로 오르는 언덕길에는 노랗게 개나리꽃이 덮이고 벚꽃도 피기 시작했다. 처음 백형기가 신학교에 가려고 결단을 했을 때는 학생들 가운데 가장 나이가 많을 것으로 생각했다. 그러나 입학하고 보니 28세인 형기보다 나이가 많은 사람들도 상당수 있었다. 대학을 갓 졸업한 20대 초반에서 드물게는 50대의 사람들도 보였다. 모두가 강렬한 부름을 외면하지 못하고 불나비처럼 선지동산으로 몰려들었다. 졸업 후 한참 지나 신학교에 들렀을 때 옛날의 낡은 기숙사를 떠올리며 교수연구실 뒤로 돌아가 보았다. 그 자리에는 현대식 콘크리트 건물이 위용을 자랑하고 있었다. 겨울이면 연탄난로를 피워도 창틀 안쪽으로 덕지덕지 얼음이 엉겨 붙던 기숙사 창문은 바람 한 점 들어오지 않는 방한 새시로 단장되어 있었다.

백형기처럼 지방에서 올라온 학생들은 대부분 기숙사에 입사할 수 있었다. 사생들은 서울이나 경기도에서 등교하는 학생들보다 한결 편한 여건에서 학업에 임할 수 있었다. 처음 그가 신학교를 지망할 때는 성경을 열심히 읽고 부지런히 기도하면 특별히 어려운 일은 없을 줄 알았다. 그 생각은 엄청나게 빗나갔다. 그는 신학교가 그렇게 바쁘게 많은 학업을 소화해야 한다는 것은 생각조차 하지 못했다. 새벽 6시에 채플 실의 새벽기도회를 시작으로 하루가 열리면 7시 아침식사, 8시 30분부터 시작된 수업이 오후 3~4시에 마친다. 과제물을 준비하며 밤늦게까지 기숙사의 불은 꺼지지 않는다. 중간시험과 기말고사 외에도 자주 과목별로 쪽지 시험을 치르고 일주일에 한두 건의 리포트를 쓰려면 잠자는 시간도 모자랄 형편이었다. 그러나 지방에서 교회 봉사를 하는 학생들을 위해 월요일과 토요일엔 수업이 없었다.

개학 예배 때 이영빈 학장의 설교 말씀은 아직도 기억이 생생하다.

「……우리 창세 신학대학교는 경건과 학문과 목회 훈련을 하는 곳입니다. 경건은 언제나 하나님에 대한 감사와 복종의 의미를 담고 있습니다. 그렇다고 무턱대고 믿음만을 앞세우는 것이 아니라 하나님의 섭리와 역사에 대한 정확한 지식과 자연법 연구에도 관심을 기울여야 합니다. 신학생은 나의 몸과 마음과 정신이 하나님의 뜻에 순응하도록 자기를 채찍질해야 합니다. 그리고 성령의 도우심을 받아 오늘의 문제에서 신학적인 답을 찾아내어야 합니다.」

"목사가 되기 전에 먼저 사람이 되라."

"교회는 항상 개혁되어야 한다."

"3년간 교수들이 귀찮을 만큼 묻고 또 물어라."

"신학교는 어떠한 것이든지 배워야 한다. 그리고 비판하고 자기 것으로 받아들여야 한다. 성경에 대해 '보지도, 만지지도, 맛보지도 말라'는 선악과에 대한 자세를 가져서는 안 된다. 소위 보수 정통신학은 칼빈 신학을 절대화하고 있다. 어떤 학설에도 절대(絕對)란 없다. 모두가 하나의 가설일 뿐이다. 성서의 절대이지 신학 사상의 절대화는 안 된다."

백형기는 여러 교수의 말씀을 들으면서 머리가 혼란스러웠다. 듣는 말씀들이 뚜렷이 구분되는 것이 아니라 어쩌면 비슷비슷한 말같이 들렸기 때문이다. 그러다 보니 기도가 나오지 않을 수 없었다. 입학하고 첫날 새벽기도회를 마친 후에 식당에 마실 물을 받으러 갔다. 어둑한 배식구 벽에 무슨 글자가 써 붙여져 있었다. 눈을 크게 뜨고 살펴보니 성구였다.

「요한의 아들 시몬아, 네가 이 사람들보다 나를 더 사랑하느냐」(요한복음21:15)

그 말씀은 그의 가슴에 강한 충격으로 다가왔다. 주님을 세 번이나 부인한 베드로보다 더 어지러웠던 지난날 삶의 흔적이 부끄러웠다. 한때 처음 사랑과 신실한 믿음으로 주님의 교회에 봉사하던 자리를 떠나 세상으로 흘러갔다. 직장인으로 일할 때는 술을 마시며 자유로운 생활에 만족하고 있었다. 그에게 믿음은 빛바랜 이름표에 불과했다. 그러나 주님은 변함없는 사랑으로 더 힘 있게 그를 감싸고 있었다. "자는 자여 어찜이뇨!"라는 말씀에 일깨움을 받고 신학교에 들어온 그가 다시 한번 고요한 음성을 듣는 순간이었다.

'형기야, 네가 이 사람들보다 나를 더 사랑하느냐?'

백형기는 그날 누구보다도 주님을 더 사랑하겠다고 다짐하며 기숙사 2층 침대 아래에 그 말씀을 써 붙였다. 다른 사람에게는 잘 보이지 않지만 1층 침대에서 잠자리에 들 때나 아침에 눈을 뜨면 그 말씀이 바로 눈앞에 보였다. 그는 누구보다 주님을 더 사랑하기 위해 매일 달리고 또 달렸다. 학생의 본분은 공부라고 생각했다. 신대원 1학년의 과정은 몹시 어려웠다. 신학교는 또 하나의 '훈련소'였다. 입학한 지 두 달도 못 되어 입맛이 떨어지고, 많이 먹지 않았는데도 배가 더부룩했다. 때로 숨이 차고 만사가 귀찮아졌다.

"백 전도사, 얼굴이 왜 그래? 색깔이 좀 노란 것 같아."

어느 주일날 저녁 룸메이트 이광희가 책상에 마주 앉은 형기에게 말했다.

"글쎄, 요즘은 밥맛도 없고 너무 피곤해!"

백형기는 일어나서 벽에 걸린 거울을 들여다보았으나 얼굴 색깔을 구별하기는 어려웠다.

"내가 보기에는 눈도 좀 충혈된 것 같아. 병원에 한번 가보는 게 어때? 내 사촌 형이 구의동 건대 앞에 있는 대

동의료원 내과 의사야."

다음날 오후, 이광희 전도사를 따라가서 진단을 받은 결과는 급성간염이었다.

"특별한 치료가 필요하지는 않습니다. 충분한 휴식을 하고 영양섭취를 잘하면 대부분 한두 달 내에 건강을 회복할 수 있습니다. 간혹 증상이 심해서 간부전증으로 발전하거나 만성간염이 되는 경우도 있습니다만 아직은 심한 편이 아닙니다. 너무 염려하지 말고 푹 쉬세요."

푹, 쉬라는 의사의 말이 백형기에게는 너무도 무겁게 들렸다. 그에게 푹 쉴 수 있는 시간적 여유는 없었다. 부지런히 뛰어도 학업을 따라가기 힘 드는 판에 치료를 위해 쉬며 영양섭취를 잘한다는 것은 기대할 수조차 없었다. 진단을 받고서 형기는 더욱 힘이 빠졌다. 며칠을 버티어 보았지만 더는 견딜 수 없이 포항으로 내려왔다. 형기의 모습은 몹시 수척했다.

"어떻게 연락도 없이 갑자기 내려왔어? 얼굴이 좋지 않구나."

할머니와 어머니는 걱정스레 물었다.

"괜찮아요. 5월달은 학교의 축제 기간이라 할머니가 보고 싶어서 왔습니다."

백형기는 아픈 것을 내색하지 않으려고 천연하게 말했으나 어른들의 눈을 속일 수는 없었다.

"아푸면 병원에 가야지 집으로 오면 우째노."

어머니가 핀잔했다. 형기는 급성간염이란 사실을 털어놓고 병원 진료도 받았다고 설명했다.

"영양섭취를 잘하고 한두 달 정도 편히 쉬면 낫는다고 했습니다. 급성간염은 별로 염려하지 않아도 된답니다."

"학교생활은 어떻노?"

"힘들지만 재미는 있어요. 나처럼 나이 든 사람들도 많아 외롭지는 않습니다."

형기는 아버지 사무실로 전화를 걸어 인사를 드리고 건강이 좋지 않아 얼마동안 학교를 쉬도록 했다고 말했다.

8

백형기의 귀가를 가장 반긴 사람은 할머니였다. 외아들이 직장을 따라 객지에서 오랜 세월을 보내는 동안 할머니에게는 형기가 아들 같았다. 형기도 일 년에 한두 차례 보는 어머니보다 가까이서 그를 돌봐주시는 할머니가 더 좋았다. 형기가 입대한 후 고향교회 사람들은 사방으로 흩어지고 아들과 합가한 할머니는 한동안 교회에 나갈 수 없었다. 어머니는 지난날 할머니의 불교 신앙을 본받아 매일 새벽녘이면 '정구업진언'을 암송하며 불심에 정성을 들이고 있었다. 그러나 요즘은 기독교를 받아들인 시어머니가 별로 반기지 않는 눈치를 채고 불경을 자제하고 있었다. 가족 가운데 할머니를 모시고 주일예배에 참석할 수 있는 사람은 아무도 없었다. 할머니는 지난날 송전마을에서 손주와 함께 교회에 다니던 그때를 그리워할 뿐이었다. 집으로 돌아온 형기는 오랜만에 할머니와 한 방에 자면서 많은 얘기를 나누었다. 형기가 교회에 나가는 것으로 인해 한때는 관계가 소원해졌던 아버지도 아들이 신학교에 가고 나서는 모든 것을 인정했다. 이제는 공부하는 아들의 건강회복이 무엇보다 급선무였다.

"형기야, 한의원에 가서 진맥을 한번 받아보자."

형기가 집에 온 다음 날 아버지가 말했다.

"쉬면서 영양 보충을 하면 서서히 회복된다고 하던데요."

형기는 의사의 소견을 아버지께 말씀드렸다.

"한방은 치료보다 원기를 돋우는 것이야. 양방과 한방 치료를 겸하면 회복이 더 속할 거야."

형기는 아버지가 잘 아는 서울한의원에 가서 진맥을
받고 보약을 한 재 지어왔다. 몸이 아픈 아들에게 전복죽
이나 쇠고기로 영양식을 해주는 어머니, 한방진료로 보
약을 먹게 해주신 아버지를 대하면서 형기는 부모님의 변
함없는 사랑을 모처럼 느끼고 있었다. 처음에는 신학 공
부를 중단하고 집으로 내려오는 것이 마음에 큰 부담으로
작용했으나 몸이 불편한 것이 부모님의 사랑을 되찾는 계
기가 된 것 같아 감사의 기도를 올렸다. 형기는 그의 일
거수일투족이 하나님의 섭리 안에 있는 것을 굳게 믿었
다. 병약한 몸으로 집을 찾게 된 것도 하나님의 뜻이 있
는 것 같았다.

"할머니, 오는 주일에는 저와 함께 교회에 나갑시다."

형기의 이 말은 스러져 가는 할머니의 믿음을 세워주
었다. 할머니는 형기가 집을 떠나있는 동안 오래도록 섬
기던 불교에서 기독교로 개종한 것이 약간은 후회가 되
기도 했다. 다시 옛날로 돌아가 절을 찾고 불공을 드리고
싶은 생각도 없지 않았다. 그런 생각이 일어나면 마음은
안정을 찾지 못하고 불안했다. 할머니에게는 형기가 새
벽마다 흘리던 눈물이 보였고 '천국'과 '지옥'이라는 말이
생생히 되살아났다. 그런 상황에서 형기는 집으로 보냄

을 받았다.

호산나교회는 형기와 함께 출석한 할머니를 환영했고 새 가족으로 등록도 하게 되었다. 형기는 수요기도회에도 할머니와 함께 참석하여 같은 구역 식구들과도 인사를 하고 얼굴을 익혔다. 형기는 지난날 송전교회에 다닐 때처럼 날마다 할머니에게 하나님의 말씀을 가르쳤다. 어머니도 아들의 권유를 따라 그 자리에 함께했다. 아버지와는 달리 어머니는 형기가 하는 말은 무엇이나 수용했다. 그것은 오랜 세월 동안 어린 형기를 홀로 고향에 남겨놓았던 마음의 부담을 조금이나마 덜어보고 싶었기 때문이었다. 사실 어머니는 맏아들보다 둘째인 형기가 더 살갑고 다정해서 가슴에 품기가 좋았다. 형기는 요양 기간을 가족들에게 복음을 전하는 기회로 삼았다. 어릴 적배가 아프면 "내 손이 약손이다"하시면서 배를 쓰다듬으면 통증이 낫고, 머리가 아프고 열이 날 때도 어머니와 할머니의 손은 효험이 있었다. 환자가 병원을 찾아 의사 앞에 가면 병이 금방 나은 것처럼 느껴지듯 형기는 집에 돌아오자 몸이 한결 좋아졌다.

백형기는 기운을 회복하자 제철단지 조성을 위해 점점 폐허로 변해가는 고향마을을 둘러보고 싶었다. 포항시는 가는 곳마다 어수선했다. 날마다 밀려오는 외지 사람들로 인해 거리와 시장은 붐볐다. 그러나 주거시설들은 아직 개선되지 않았다. 이주민들로 인해 변두리로 주거지역이 확장되었으나 교통은 불편했다. 더욱이 송전마을 쪽으로 나가는 버스는 시간이 일정하지 않았다. 형기는 택시를 타고 송전마을로 향했다. 불과 10분이면 도착할 수 있는 거리. 형산강 다리를 건너 조금만 더 가면 푸른 송림이 둘린 송전마을—초가집들이 옹기종기 모여 있던 옛 모습은 마치 폭격을 맞은 듯 을씨년스러웠다. 폐허 속에 아직도 남아있는 것은 절 뒤 밭으로 나가던 길에 서 있는 500년 된 팽나무 세 그루뿐이었다. 제철단지 평토작업이 시작되었으나 어른 세 사람이 함께 팔을 둘러야 손이 잡힐 만큼 거대한 팽나무를 감히 베어내는 것이 두려웠기 때문일까? 송전마을의 사라진 골목들은 지금도 도화지에 그대로 그려낼 수 있을 만큼 형기의 머릿속에 뚜렷이 찍혀있다. 소식이 없는 설자는 어떻게 지내고 있을까? 할머니가 불공을 드릴 동안 설자와 함께 숙제하며 기다리던 시간이 그리워졌다.

그는 마을 앞에서 택시를 내려 소 먹이러 다니던 들판 길을 따라 앞산까지 걸었다. 지금쯤은 온통 연두색으로 덮여있어야 할 논들엔 벼 그루터기만 남아있고 논두렁엔 잡초만 무성하다. 가슴을 펴고 심호흡을 해보아도 흙냄새조차 낯설었다. 누구라도 한사람 만나보고 싶었으나 그 넓은 들판에 사람 그림자는 보이지 않았다. 앞산 위에 올라 싱그런 솔 내음으로 이마의 땀을 씻으며 멀리 영일만 푸른 바다를 바라보았다. 하얀 파도가 끊임없이 밀려오고 있는 명사십리! 해수욕장 개발을 꿈꾸며 송림 사이로 길을 내던 사람들은 다 어디로 갔을까? 친구들과 어울려 놀던 모습들이 떠오르지만 가장 뚜렷이 기억에 남아있는 것은 교회생활이었다. 토요일 오후엔 맨 먼저 교회로 달려가 예배당 안팎을 청소하고, 정미와 함께 풍금을 연습했다. 새벽종을 치고 무릎에 동상이 박히는 줄도 모르고 꿇어앉아 기도하던 때가 있었다.

수요예배가 끝나면 청년들은 여 집사들과 함께 여 선도사 댁으로 몰려가 밤이 이슥토록 애기꽃을 피웠다. 스물네 살에 남편을 사별한 여 전도사는 모태신앙으로 성경학교를 거쳐 전도사가 되었다. 그녀는 때로 호박죽을 끓여 나누고 청년들을 아들딸처럼 사랑했다. 40대 초반이지만 검정 치마에 흰 저고리를 입고 쪽 진 머리를 한 고운 얼굴은 나이테가 나지 않았다. 때로 형기는 다른 이들이 돌아간 뒤 여 전도사와 나란히 누워 잠을 자고 이튿날은 함께 새벽기도회에 참석했다. 그는 잠잘 때 한쪽 팔을 이마에 올리고 자는 버릇이 있었다. 한번은 잠결에 따스한 숨결을 얼굴에 느꼈다. 어렴풋이 잠이 깨자 여 전도사는 형기의 잠든 얼굴을 들여다보다 이마 위의 손을 살며시 내려주었다. 형기는 행여 몸부림치다 그녀의 몸에 닿을까 조심하며 다시 깊은 잠에 빠졌다. 지금 생각하면 건장한 청년이 그 예쁜 여 전도사님 옆에서 제대로 잠을 이룰 수 없을 것 같지만 어머니 옆에 누운 어린아이처럼 편히 잠들 수 있었다. 그때 깊어진 믿음으로 형기는 주님의 양을 먹이고 돌보기 위해 신학생이 되었다. 형기는 주인 잃은 고향마을 터전에 교회가 서 있던 자리를 가늠하며 흩어진 성도들을 위해 기도했다.

장마철이 시작되는 6월 하순에 접어들었다. 집으로 내려온 지도 벌써 한 달이 지났다. 눈감으면 마음은 창신대 선지 동산에 있었다. 눈뜨면 연약한 몸을 요양하고 있는 자신의 모습이 안쓰러웠다. 형기는 저녁 식사를 마치고 학교로 전화를 걸었다. 스피커를 통해 "이광희 전도사님, 전화 왔습니다—"라는 소리가 수화기에서 들렸다. 잠시 후에 이 전도사가 2층에서 내려와 전화를 받았다.

"이 전도사, 백형기야!"

"오-! 백 전도사. 오랜만이야. 몸은 좀 어때?"

"많이 좋아졌어. 학교 소식이 궁금해서-."

"응, 1학기는 거의 종강을 했어. 다음 주부터 한 주간 기말시험이 끝나면 바로 방학이 시작되지. 언제쯤 올라올 수 있겠나?"

"곧 방학인데 가면 뭐 하겠어? 시험 끝나고 이 전도사가 우리집에 한번 다녀가면 어떨까?"

"나도 그런 생각을 해보긴 했으나 이번 여름방학 중에는 헬라어 특강을 들어야 할 것 같아. 선배들의 말을 들으면 1학년 여름방학에는 헬라어 학점을 따고, 겨울방학에는 히브리어를 마스터해야 다른 공부가 순조롭게 진행될 수 있다는 거야."

"나는 지금 헬라어 알파벳도 다 까먹은 것 같은데, 어떡하지? 하하하!"

"나도 마찬가지야. 1학년 때는 모두 '히히, 헤헤'하다 지나간다는데 백 전도사는 겨울방학을 이용하면 될 거야."

"어쩔 수 없지, 룸메이트들에게 안부나 전해줘."

백형기는 학교 소식을 듣고 나서 집에서라도 공부하려고 책을 폈으나 어수선한 분위기에 집중할 수 없었다. 2학기 개학에 따라가려면 학교 공부에도 신경을 써야 하고 무엇보다 성경을 부지런히 읽고 많은 기도를 해야 할 것 같았다. 그러나 그가 기도원으로 들어간다면 할머니를 교회에 모시고 갈 사람이 없었다. 어머니는 아직 교회로 발걸음할 만큼 마음이 열리지 않았다. 어느 날 새벽 번개처럼 생각이 떠올랐다. 어머니는 할머니 말씀을 거역할 수 없을 것이다. 그러자! 할머니가 어머니에게 전도하도록 말씀을 드리자. 할머니도 며느리가 함께 교회에 나가면 얼마나 좋아하실까. 어느 날 저녁 할머니가 어머니에게 말씀하셨다.

"며늘아, 이제 우리는 모두 예수를 믿어야 하지 않겠나? 형기도 목사가 될라고 신학교에 갔는데, 니도 나와 함께 교회에 가자. 오는 주일부텀."

"예, 그렇게 하지요. 어머님이 혼자 교회에 가시는 것을 보면서 저도 그런 생각을 하고 있었습니다."

어머니는 할머니가 그런 말씀을 하기를 기다렸다는 듯 쉽게 대답했다. 개학 준비를 위해 기도원에 들어가려고 생각하던 형기에게 큰 문제가 하나 해결된 것이다. 형기는 그다음 주일에 어머니와 함께 할머니를 모시고 교회 예배에 참석하고 여 전도사에게 특별히 안내를 부탁했다. 불심에 젖어 있던 어머니에게는 큰 용단이었다.

9

백형기는 동해안에서 품격 있는 기도원으로 알려진 엘리야 기도원을 찾아 집을 나섰다. 울진에 있는 여관에서 하룻밤을 지내고 물어물어 기도원을 찾았다. 기도원은 7월의 녹음이 우거지고 아직은 오염되지 않은 맑고 깨끗한 아름다운 계곡에 자리 잡고 있었다. 기도원까지는 차가 들어올 수 없어 찾아오는 사람은 누구나 2킬로미터 정도 걸어야 하지만 조용한 기도원을 찾는 사람들의 발걸음은 끊이지 않았다. 엘리야 기도원은 대형집회보다는 주로 개인 기도와 수양을 위해 찾아오는 사람들을 수용하고 있었다. 그 때문인지 하나의 공동 예배실 외에는 1~2명씩 이용하는 방이 많았다. 다행스럽게도 목회자들을 위해서는 12개의 목양실이 따로 마련되어 있었다. 그곳은 목회자들이 말씀을 준비하고 기도하는 데 안성맞춤이었다. 그러나 그는 아직 목회자가 아니어서 목양실을 이용할 수 없었다.

"목회자 외에는 목양실을 내어드릴 수 없습니다."

등록하려는 백형기에게 사무실 관리자가 말했다. 사정해보아도 어찌할 수 없다는 대답이었다.

"원장님을 좀 뵐 수 있을까요?"

백형기는 요양을 위해서라도 목양실을 허락받고 싶었다. 그는 원장실로 안내되었다.

"안녕하십니까? 포항에서 왔습니다."

"반갑습니다. 멀리서 오셨네요."

원장은 50대 초반으로 보이는 여 전도사였다.

"원장님, 목양실을 하나 허락받고 싶습니다."

"목사님이십니까?"

"아닙니다. 저는 아직 신학생입니다. 창세 신학교 신대원 1학년입니다. 건강 때문에 요양 차 집에 내려왔다가 2학기 개학에도 대비할 겸 기도원을 찾았습니다."

"창세 신학교는 저의 모교입니다. 저도 늦게 신학교를 마치고 서울에서 몇 교회를 봉사하다 정말 기도원다운 기도원을 세우려고 이곳으로 들어왔습니다. 몸도 불편하신데 목양실을 쓰시지요. 얼마 있지 않으면 목사님이 되실 터인데."

원장은 쾌히 승낙했다.

"감사합니다. 은혜는 잊지 않겠습니다."

그는 원장과 함께 차를 마시면서 일부 현대 기도원에 대해 우려를 나타내는 말을 들었다.

"전도사님, 한 가지 부탁이 있습니다. 우리 기도원의 새벽기도회는 기도원에 들어오신 목회자님들이 돌아가면서 차례로 인도하고 있습니다. 모레 새벽기도회 인도는 전도사님이 좀 맡아주실 수 있을까요?"

"알겠습니다. 그렇게 하지요."

백형기는 원장의 부탁을 거절할 수 없었다. 그는 신학교에 가기 전에 이미 고향마을 교회에서 새벽기도회를 인도했던 기억을 떠올리며 말씀을 준비했다. 말씀을 전한 그날 낮에 그는 원장실로 부름을 받았다.

"전도사님, 정말 감사합니다. 우리 식구들이 모두 은혜 많이 받았다고 말했습니다."

백형기는 원장의 칭찬이 송구스러웠다. 그날은 만나는 사람들마다 '은혜 많이 받았습니다' 라고 인사하여 가슴이 뿌듯했다. 그는 개학을 기다리면서 더욱 말씀을 묵상하며 기도에 전념했다. 기도할 제목은 너무도 많았다. 그러나 성경을 읽으며 묵상해보니 그가 기도 제목으로 잡은 것은 대부분 무엇을 먹을까, 마실까에 속하는 것들이었다. 몸이 불편하니까 그의 모습이 세상 사람들과 조금도 다를 바 없는 것 같았다.

백형기가 처음 신학교에 지원할 때는 '죽으면 죽으리라'는 고백을 했지만 몸이 약한 지금은 신학교를 마치기도 전에 어떻게 목회지를 찾아 자기를 세워 갈 수 있을까, 하는 생각에 빠져들고 있었다. 그가 기도원에 들어와 새삼 깨달은 것은 먼저 성령 충만을 받아야 한다는 것이었다. 언제나 겁에 질려있던 제자들과 함께한 초대교회 120문도는 오순절 성령 충만을 받은 후에 두려움 없이 그리스도의 증인으로 나설 수 있었다. 가장 급선무인 건강 회복도 성령의 은혜를 받으면 주께서 필요한 건강을 회복시켜 주실 것이라는 생각이 들었다. 그는 목회의 미래도 하나님이 인도하실 것이라는 확신을 갖게 되었다.

「마음의 경영은 사람에게 있어도 말의 응답은 여호와께로부터 나오느니라.」(잠언16:1) 「사람이 마음으로 자기의 길을 계획할지라도 그의 걸음을 인도하시는 이는 여호와시니라.」(잠언16:9) 「내가 가는 길을 그가 아시나니 그가 나를 단련하신 후에는 내가 순금같이 되어 나오리라.」(욥기23:10)

백형기는 이런 말씀들을 묵상하며 믿음을 더해주시도
록 기도했다. 그리고 가족 구원은 시급한 과제였다. 어머
니가 깊은 신앙이 들기 전에 그가 신학교로 돌아가면 할
머니의 신앙생활도 어려워질 뿐만 아니라 아버지와 형제
들에게도 복음을 전할 기회가 점점 멀어질 것 같았다. 그
는 한 달을 엘리야 기도원에서 보내고 8월 중순 집으로
돌아왔다. 매 주일 할머니와 어머니를 모시고 교회에 나
가 예배를 드리고 수요예배에도 함께 참석했다. 한 가지
뜻밖의 수확은 어머니가 형기와 함께 새벽기도회에 나가
게 된 것이었다. "아들이 목사가 되려고 하는데 엄마가
기도를 많이 해야 한다"는 같은 구역 권사의 권면이 어머
니의 마음을 움직인 것이다. 그는 8월 하순 평안한 마음
으로 학교로 돌아갈 수 있었다.

10

　학교 정문 길의 벚나무 잎은 조금씩 붉은 빛을 띠고 있
었다. 아차산이 뒤를 감싸주고 한강이 내려다보이는 아늑
한 광나루캠퍼스가 백형기를 반겼다. 3개월 동안의 요양
은 소중한 시간이었다. 고향마을 앞산에 올라 송전마을을

내려다보며 고향교회에서 열심히 봉사하던 뜨거운 마음을 불러 모았다. 그동안 할머니와 어머니의 신앙을 새로운 교회 나무에 접목시킬 수 있었던 것은 하나님의 섭리로 여겨졌다. 동해안의 아늑한 기도원을 찾은 그의 발걸음은 하나님이 책임지신다는 확신을 얻었다. 몸이 아프기 시작했을 때는 절망감이 밀어닥쳤지만 하나님은 합력하여 모든 것을 선하게 이루어주셨다. 한동안 서먹했던 아버지와의 관계도 몸이 아픈 것을 계기로 더욱 가까워졌다. 그동안 어머니의 돌봄을 받으면서 편히 지낸 포항 집은 형기가 안주할 곳은 아니었다. 신학교 정문에 들어서면서 그는 비로소 안도감을 느꼈다.

처음 모든 것을 정리하고 신학교에 들어왔을 때도 그곳은 주님이 기도하러 자주 가셨던 겟세마네 동산 같은 느낌을 받았다. 다른 사람을 밀쳐내며 생존경쟁으로 애태울 필요도 없었고 근심 걱정도 그를 흔들지 못했다. 이제부터 주님의 뒤를 따라간다는 것이 마음 편했다. 주님이 보여주시는 길을 따라가면 아름다운 목적지가 기다리고 있을 것이었다. 어둑한 새벽 식당에 갔던 그에게 '요한의 아들 시몬아 네가 이 사람들보다 나를 더 사랑하느냐' 조용히 물으시던 음성은 아직도 귀에 쟁쟁하다. 백형기는 지난날의 자기모습을 다시 조명해보고 있었다. 캠퍼스는 조용하지만 가슴엔 잔잔한 파문이 일었다. 기숙사 방 열쇠를 받기 위해 관리실에 들렀다.

"지금은 빈자리가 없습니다. 1학기가 끝나고 방학에 들어가기 전에 이미 2학기 방 배정이 완료되었습니다."

관리실 최강식 집사는 왜 일찍 신청하지 않았느냐고 말했다.

"몸이 아파서 석 달 동안 휴학을 하고 이제 돌아왔습니다. 집사님, 다시 한번 빈 곳이 있는지 확인해보시지요."

백형기는 간곡히 부탁했다.

"전도사님도 아시잖아요. 지방에서 오신 학생들을 우선으로 방을 배정하지만 입사하지 못하는 경우가 많습니다. 그분들은 학교 주변에서 하숙하거나 자취를 하고 있습니다."

백형기는 난감했다. 우선 이광희를 만나고 싶었으나 어디 있는지 연락할 길이 없었다. 학교에서 내려와 마을 골목을 돌아다니며 물어보았으나 빈방은 없었다. 더 멀리까지 방을 찾다가 학교에서 한강 건너편 마주 보이는 암사동에서 방을 하나 구할 수 있었다. 그때 암사동은 대부분이 채소밭이었고 천호동 일대만 붐비고 있었다. 그는 뜻밖에 어려움을 만났다. 학교 가까이 숙소를 잡으면 아침저녁으로 학교 식당을 이용할 수 있을 것이다. 그러나 그는 자취를 하지 않으면 안 되었다. 교통도 불편하고 오가는 시간도 많이 걸리지만 어려움은 그것만이 아니었다. 방세를 비롯한 자취 비용 등 경제적 부담이 그를 압박했다.

맨 처음 근무하던 직장을 그만두고 신학교에 가겠다는 말씀을 드렸을 때 아버지는 극구 반대했다. 할머니와 어머니의 중재로 학비와 등록금은 지원받을 수 있었지만 새삼 필요한 돈을 더 요구할 수는 없었다. 그는 달성출판사 대표에게 연락하여 을지로에 있는 한 잡지사의 일을 파트타임으로 맡아 하면서 생활비를 충당할 수 있었다. 하나의 어려움을 해결하고 나면 또 하나의 어려움이 기다리고 있었다. 그렇지 않아도 학교 공부가 벅찬데 나머지 시간을 학교 밖에서 보내다 보니 학우들과 학업 정보를 나눌 기회도 별로 없었다. 어느 날 오후, 그는 기숙사 이광희 전도사의 방을 찾아갔다.

"집이 멀어서 힘들겠구나. 가까이 있으면 학교 식당을 이용할 수도 있을 텐데-."

그의 형편을 알고 있는 이광희는 걱정스레 말했다.

"아직 암사동 쪽은 교통이 몹시 불편해. 한차례 버스를 놓치면 지각하기 십상이야."

"내가 잘못했어! 1학기 말엔 너무 바빠서 백 전도사가 2학기에 입사할 방을 신청해야 한다는 것을 미처 생각하지 못했어."

"하루 한두 끼 식사를 준비한다는 것이 그렇게 번거롭고 힘 드는 줄은 몰랐어. 어머니들은 가족을 위해 평생을 그렇게 부엌일을 하시니, 당해보니까 부모님의 은혜를 더 깊이 생각하게 되더라고."

"그런데, 봉사할 교회는 찾았어?"

"교회 봉사는커녕 내 생활 꾸리기에도 정신이 없어."

"우리 방에 함께 있는 사람들은 모두가 교육전도사로 봉사하고, 나도 명륜동교회 고등부를 맡고 있어. 2학기부터는 목회 실천 학점도 따야 한다니까."

"2학년 때 한꺼번에 몰아서 하면 안 될까?"

"학점도 학점이지만 목회를 하려면 훈련이 되어야지. 시험 잘 치고 A 학점 받아도 현장실습이 부족하면 졸업을 하고 나서도 목회 적응이 어렵지 않을까?"

"글쎄……."

백형기는 학교의 정보를 공유하지 못해 소외감을 느

겼다.

기숙사 방에서 서로 얘기를 주고받다 보면 잊어버린 일들도 생각이 날 수 있고, 대수롭잖게 생각하던 것이 중요하다는 것을 깨달을 수도 있을 텐데, 그렇게 할 수 없는 현실이 안타까웠다. 그럼에도 불구하고 그는 학교에서 잡지사로, 잡지사에서 집으로 바쁘게 오가며 일주일에 한두 번씩 시장도 보아야 했다. 스스로 생각해도 자기가 신학생인지 직장인인지 구분이 안 될 정도였다. 그러다 보니 수업 시간에 졸기 일쑤였다.

어느 날 히브리어 쪽지 시험을 치렀다. 10문제 중 한 문제도 답을 쓰지 못했다. 염려는 절망으로 이름이 바뀌었다. 내가 이대로 신학 공부를 계속할 수 있을까? 출판사에서 저녁 늦게 돌아와 책을 펴면 문장은 모두 피로에 지쳐 허물어졌다. 출판사 교정지에도 여기저기 미스가 많이 난다는 지적을 받았다. 생각마저도 이리저리 멋대로 나들이하고 있었다. 이렇게 해서 진정한 목회자가 될 수 있을까? 차라리 직장인으로 되돌아가 버릴까? 그는 심한 고민에 빠졌다. 출애굽 한 이스라엘 백성들도 광야길을 행할 때 모세와 아론을 원망하며 애굽으로 돌아가기를 원했다. 그는 식생활이 불규칙한데다 여러 가지 불편한 환경까지 겹쳐 얼굴은 눈에 띄게 수척해졌다. 학교생활이 너무 힘겨워지자 한편으로는 자유롭고 편했던 지난날의 회사생활이 그리워졌다. 그러나 선지 동산에 오르기 위해 결단하며 '마지막 일기장'을 불태운 제의식과 출판사 동료들의 환송 파티는 이스라엘 백성들이 건넜던 홍해처럼 그의 앞을 가로막고 있었다. 그는 불환지점⁶⁾에 서 있었다. 출판사 동료들과 지리산 종주를 하면서 둘째 날 벽소령 산장에서 1박을 할 때도 같은 일을 겪었다. 오십 대 후반으로 일행 중 가장 나이가 많은 총무부장은 산행이 너무 힘들어 지금이라도 돌아가고 싶다고 몇 번이나 말했다. 그러나 벽소령은 종주 코스 중간에 있는 고난도 바위너설을 이미 지난 지점이기 때문에 돌아가는 길이 더 어려울 수 있었다. 오히려 천왕봉을 향해 앞으로 나아가는 것이 더 나은 선택이었다.

"백 전도사, 요즘 얼굴이 몹씨 좋지 않은 것 같아. 간염은 이제 괜찮은가?"

어느 날 식당에서 점심식사를 하고 있을 때 이광희 전도사가 다가와서 물었다.

---

6) 비행기가 회항할 수 없는 지점(The point of no return). 되돌아가면 연료가 모자라기 때문에 목적지를 향해 계속 앞으로 나아가야 한다.

"자취하며 학교에 다니는 게 너무 힘들어! 수업이 끝나면 을지로 출판사로 달려가 아르바이트까지 해야 하니 몸이 견딜 수가 없어. 지난번 히브리어 쪽지 시험을 치를 때는 백지를 낼 수밖에 없었어."

백형기는 비로소 향토장학금이 부족해 생활비를 벌어 보태야 한다는 얘기를 털어놓았다.

"히브리어야 누구에게나 어렵지. 나도 답을 다 쓰지 못했어. 히브리어, 헬라어 학점은 3년 동안의 방학을 이용하면 얼마든지 가능하다니까 염려할 것 없어. 그러나 건강을 위해서라도 생활환경은 개선할 수 있어야겠는데……."

"새 학기도 아닌데, 지금은 대책이 없잖아."

"내가 사감실에 한번 알아볼께."

그날 저녁 이 전도사는 기숙사 관리집사와 학교 앞 식당에서 마주 앉았다.

"최 집사님, 늘 수고가 많습니다. 댁은 어디지요?"

"우리집은 길동에 있습니다. 전도사님 고향은 어딥니까?"

"전주입니다. 그래서 기숙사에 들어왔잖아요."

"이 전도사님은 학교생활에 다른 어려움은 없습니까?"

"집사님, 백형기 전도사 아시지요? 1학기를 다 마치지 못하고 몸이 아파 잠시 휴학을 했는데……."

"예, 알지요. 백 전도사님은 참 친절한 분이지요. 요즘도 지나치면서 한 번씩 뵙습니다. 기숙사에는 안 들어왔지요?"

"안 들어온 것이 아니라 신청할 기회를 놓쳐서 못 들어온 거지요. 학교 근처에는 방이 없어 건너편 암사동에서 자취를 하고 있습니다."

"저도 천호동을 거쳐 오는데 출근길이 전쟁입니다. 암사동은 아직도 교통이 몹시 불편한데 힘드시겠네요."

"요즘은 다시 건강이 좋지 않아서 걱정입니다. 혹, 사감 교수님께 말씀드려서 내가 있는 방에 함께 지낼 수는 없을까요? 보조 침대를 하나 더 놓는다든가……?"

"예……, 재작년 기숙사 맨 끝 쪽 방 하나가 폭우 때문에 뒤쪽 벽이 무너졌습니다. 그 방을 수리할 동안 한 사람씩 더부살이로 한방에 5명이 지낼 수 있도록 조처한 적이 있습니다. 그때 야전 침대 4개를 구입했는데 지금도 창고에 보관되어 있습니다만……."

"사감 교수님께 제가 말씀드려볼까요?"

이 전도사의 말을 듣고 최 집사는 잠시 생각에 잠겼다.

"……사감 교수님께 일일이 말씀드리지 않아도 그런 일은 제가 관리하니까, 가능할 것입니다. 교수님께 사정을 말씀드려도 아마 거절은 안 하실 것입니다."

"그럼, 집사님께 부탁드립니다. 백 전도사가 요즘 너무 어렵습니다."

"전도사님이 백 전도사님을 위해 애쓰시는 것이 정말 고마운 일입니다. 잘 알겠습니다."

11

기숙사 방은 2층 침대 두 개가 양쪽에 비치되어 있고 네 사람이 사용했다. 백 전도사를 위한 야전 침대는 이광희 전도사 방의 창문 옆에 놓였다. 이불 보따리를 싸 들고 기숙사로 들어 온 그날 밤 백형기는 마치 크루즈여행을 하는 사람이 시사이드 룸 침대에 누운 것 같았다. 휘영청 달빛은 하얗게 창가에 부서지고 자정이 지났는데도 도무지 잠이 오지 않았다. 생각은 순식간에 고향으로 치달았다. 지금은 폐허로 변해버렸을 테지만 형기의 생각에는 크레파스로 그린 그림처럼 옛 모습이 그대로 살아있다. 어릴 적 외로움이며, 할머니를 따라 절에 갔던 일, 사랑하는 설자는 아직도 부산의 외삼촌 댁에 살고 있을까? 제대 후 텅 빈 집들이 즐비한 골목길을 따라 찾아간 초라한 송전교회당의 마지막 모습! 그 교회에서 내 믿음이 자라났다. 그러나 나는 지금 방황하고 있다. 이대로 목회자의 길을 계속 걸어갈 수 있을까? 그 뜨겁던 믿음에는 주춤주춤 회의가 꿈틀거리고 있었다.

네 개의 침대는 곤히 잠들어 있다. 백형기는 조용히 일어나 윗옷을 걸치고 밖으로 나왔다. 밀물처럼 사방에서 귀뚜라미 소리가 밀려왔다. 깊어가는 가을, 서울의 시월 초순 밤 날씨는 제법 싸늘하다. 형기는 기숙사 뒤편 언덕 위에 세워진 '주기철 목사 순교 기념비' 앞에 섰다. 선지동산에 오르기로 결단했을 때는 죽음이 두렵지 않았다. 순교자의 자리에도 과감히 나아갈 수 있을 것 같았다. 그러나 지금은 엠마오로 내려가던 제자들의 모습이었다. 그들이 주님이 못 박히신 예루살렘과 점점 멀어지듯 형기는 '과연 내가 복음을 들고 땅끝까지 나아갈 수 있을까?' 하는 생각으로 인해 소명의 초점이 흐릿했다. 그는 주기철 목사 순교비 뒷면에 새겨진 '소양(蘇羊)의 노래'를 들여다보았다. 달빛에 비치는 희미한 음각 가사를 한자씩 손으로 짚으며 읽어내려갔다.

1. 칠년이라 긴 세월을/ 일제우상 신사참배/ 단호하게
거절하고/ 일제탄압 견디셨네

<후렴> 오! 순교자 주기철 목사/ 사망권세 이기셨네/
이 땅 교회 순교정신/ 이어받아 물려주세

2. 모진 바람 고초에도/ 굴복하지 아니하고/ 생명 걸고
주님위해/ 믿음 지킨 순교잘세

3. 평양 살 때 감옥에서/ 눌려 살던 조국위해/ 밤낮없이
근심하며/ 눈물로써 기도했네

4. 그님 피가 거름되어/ 오늘교회 성장했고/ 그의 기도
성취되어/ 우리나라 해방 됐네

백홍종 작사·구두회 작곡

백형기는 주기철 목사의 생애를 생각하면 더더욱 힘
이 빠졌다. 모세는 하나님 앞에 부름 받았을 때 몇 차례
나 사양하며 거부했다. "오 주여 나는 본래 말을 잘하지
못하는 자니이다. 주께서 주의 종에게 명령하신 후에도
역시 그러하니 나는 입이 뻣뻣하고 혀가 둔한 자니이다.
……오 주여 보낼만한 자를 보내소서."(출애굽기4:10-13)
그럼에도 불구하고 하나님은 모세와 아론을 바로에게 보

내시고 지팡이가 뱀이 되는 이적을 나타내셨다. 백형기는 주저하던 모세에게 보여주셨던 그런 이적을 체험하지 않고서는 신학 공부를 계속할 수 없을 것 같았다. 지팡이를 던졌더니 뱀이 되고, 손을 품에 넣었더니 나병이 생기는 것과 같은 놀라운 기적을 보여주지 아니하시면 선지동산을 내려갈 수밖에 없다는 마음으로 차가운 돌비를 붙잡고 기도했다.

그리고 그는 방으로 들어왔으나 한숨도 자지 못하고 새벽기도회에 참석했다. 창신대의 새벽기도회는 옆 사람의 숨소리가 들릴 만큼 조용했다. 그는 주기철 목사 순교비 앞에서 하나님께 드린 기도를 생각하며 묵상으로 조용히 기도했다. 그의 믿음은 주저하며 뒷걸음치는 형국이었다. 그런데 갑자기 그의 혀가 입천장으로 말려드는 듯하더니 알 수 없는 소리가 목구멍 저 밑바닥으로부터 터져 나왔다. 깜짝 놀랐다! 솟구쳐 오르는 그 소리를 주체할 수 없어 두 손으로 입을 틀어막고 밖으로 뛰쳐나왔다.

그는 여학생 기숙사 뒤쪽 까치동산으로 올라가 잔솔 사이 잔디밭에 꿇어 엎디었다. 다시 입을 열자 밀물처럼 쏟아져 나오는 기도, 기도, 기도……. 그것은 방언 기도의 홍수였다. 전혀 의미를 알 수 없는 기도가 샘물처럼 용솟음쳐 나왔다. 그대로 얼마나 시간이 흘렀는지 모른다. 형기는 그동안 황홀한 에덴동산 같은 곳을 거닐고 있었다. 무거운 짐은 다 벗겨졌다. 이제는 무엇이든지 할 수 있을 것 같았다. 이윽고 동산을 내려오자 학생들이 식당으로 몰려가고 있었다. 그는 새벽기도회 시간부터 점심시간이 되기까지 쉬지 않고 기도를 계속하고 있었던 것이다. 그의 어깨는 가벼워졌다. 염려와 걱정이 생길 때, 풀기 어려운 문제에 부딪힐 때, 그 동산을 찾아 주님과 더불어 은밀한 교제를 나누었다.

"백 전도사님 계십니까?"

서울에 사는 박정수 전도사가 그다음 날 오후 기숙사 방을 찾아왔다. 1학기 때 학습조가 같았기 때문에 연구과제를 서로 나누고 친밀한 교제를 하던 동료이다.

"어서 오세요. 웬일로 우리 방을 다 찾아오시고……."

백형기는 박 전도사에게 의자를 권했다.

"전도사님, 봉사할 교회를 찾았습니까?"

"아니에요. 아시다시피 급성간염으로 몇 달간 요양하고 돌아오니 그렇지 않아도 낯설던 학교 분위기가 완전히 달라졌어요. 기숙사 신청도 못 해서 이렇게 더부살이하고 있습니다."

"우리 교회 중등부 교육전도사가 11월 초 입대하기 때문에 후임자를 구하고 있습니다. 원하신다면 추천을 하고 싶습니다."

"원하다마다요. 우리 방에는 네 사람이 다 교회학교 교육을 맡고 있는데 나는 주일만 되면 이 교회 저 교회를 순방하며 견학을 하고 있습니다."

"그럼 백 전도사님 이력서를 하나 써주세요. 당회의 형식은 거쳐야 하니까요."

"그렇게 하지요. 고맙습니다. 내가 밥을 한번 사겠습니다."

청량리교회는 서울 동노회에서도 이름 있는 교회로 일찍이 총회장을 지낸 목사가 시무하고 있었다. 백 전도사는 교계에서 이름만 듣던 목사님의 교회에서 교육전도사로 봉사하며 그분의 목회를 함께 호흡할 수 있는 것이 참으로 감사했다. 300여 명의 중고등부 주일예배는 오전 9시 본당에서 함께 드려지며 오후에는 중고등부가 나뉘어서 성경 공부와 자치회 시간으로 운영되고 있었다. 주일 설교는 중·고등부 전도사가 번갈아 가며 했다. 눈망울이 초롱초롱한 아이들에게 하나님의 말씀을 선포하는 것은 거룩한 즐거움이었다. 백 전도사는 주일만 되면 어느 교회로 가야 할까, 망설이던 마음이 청량리교회 중등부 교육전도사를 맡으면서 안정을 되찾았다. 생계를 위해 뛰어다니던 출판사 일도 그만두었다. 백 전도사는 이리저리 기웃거리던 생각들을 정리하고 다시금 제자리로 돌아왔다.

어느덧 교정에는 낙엽이 쌓이고 한해도 얼마 남지 않았다. 내 모습은 얼마나 변했을까? 나는 주님의 모습을 닮아가고 있는 것일까? 주님은 잡히시던 밤 제자들에게 오늘 밤 너희가 다 나를 버리리라 말씀하셨다. 그날 밤 베드로는 가야바의 뜰에까지 멀찍이 예수를 따라갔다. 그 자리에 있던 작은 여종과 다른 사람들이 "너도 갈릴리 사람과 함께 있었다"고 말했을 때 베드로는 세 번이나 예수를 모른다고 부인하고 말았다. 그때 닭이 울었다. 한해를 돌아보는 백 전도사는 자기에게도 여러 차례 닭이 울었을 것이라는 생각이 들었다. 그러나 그 소리를 듣고 회개하거나 통곡한 기억이 없었다. 백 전도사는 낙엽이 쌓인 언덕길로 본관 건물과 붙어있는 채플 실로 오르며 앙상한 가지 사이로 비치는 기도탑을 쳐다보았다. 고요한 밤 기도탑에 올라 엎드리면 '왜 왔느냐? 무엇 하느냐? 어디로 가느냐?' 주님의 음성이 들리는 것 같았다. 그의 무수한 결단들은 낙엽처럼 바람에 굴러가고 있었다. 2학기 말 시험을 치르고, 한 해를 마무리하면서 12월은 무척 바쁘게 보냈다.

12

새해 첫 주일은 언제나 큰 소망으로 출발한다. 올해 청량리교회는「초대교회로 돌아가자」는 표어를 내걸고 부흥 성장을 다짐했다. 송구영신 예배로 새 마음을 가득 담고 하나님이 나타내실 새 일을 기대하며 힘찬 발걸음을 내디뎠다. 백 전도사는 점심 식사 후에 커피를 마시려고 휴게실에 들렀다. 넓은 휴게실 한쪽에는 남자 집사들이 둘러앉아 떠들썩하게 얘기를 나누고 있었다. 그들은 반갑게 백 전도사를 맞았다.

"전도사님, 잘 오셨습니다. 이리 앉으세요."

집사 한 분이 의자를 내어주고 자판기에서 손수 커피를 빼 왔다. 그들 가운데 중등부 교사는 한 사람도 보이지 않았다.

"집사님들 수고 많으시지요."

백 전도사는 깍듯이 인사하고 아직 낯이 익지 않은 사

람들에게는 중등부를 맡고 있다고 자기소개를 했다.

"전도사님, 초대교회의 모습은 어떻습니까?"

곱슬머리에 안경을 낀 젊은 집사가 느닷없이 질문을 했다.

"예, 부자나 가난한 사람이나 차별이 없는 교회지요. 성도들이 한마음 한뜻이 되어 모든 물건을 서로 통용하며 사랑의 교제를 이루어 갔습니다."

"그런데, 우리 교회에 오면 남의 집과 같은 느낌이 든다는 사람들이 많아요. 전도사님 보셨지요. 점심시간에 길게 줄을 서서 밥값을 내는 사람들……."

"……."

교역자들은 정해진 자리에 앉아 밥값을 내지 않고 식사하기 때문에 백 전도사는 뭐라 할 말이 없었다.

"자기 아버지 집에 와서 밥값을 내고 밥 먹는 사람을 보았습니까? 성도들이 하나님 아버지 집에 와서 꼬박꼬박 밥값을 내고 밥을 먹는다는 것이 저는 아무리 생각해도 이해가 되지 않습니다. 성도들이 교회에 오면서 십일조, 감사헌금, 주일헌금을 드리고 선교헌금, 건축헌금 등 여러 가지 특별헌금도 하고 있잖아요. 학생 수련회 때는 개인적으로 찬조도 하고 있는데, 교회가 한 식구인 성도들에게 밥값까지 받는다는 것은 뭔가 잘못된 것 같아요."

"집사님, 저는 처음 밥값을 받기 시작한 것은 질서를 위한 것이었다고 들었습니다. 어떤 교회들은 무료급식을 하기도 합니다."

"질서 유지를 위해서는 300원 정도면 충분하지요. 그런데 새해부터 500원으로 대폭 인상했잖아요. 어디에서도 밥값을 한꺼번에 60%나 인상하는 곳은 없을 것입니다."

백 전도사는 그분의 말이 모두 일리가 있는 것 같아 더할 말이 없었다.

"기독교는 타종교에 비해 너무 계산을 많이 하는 것 같아요."

커피를 빼다 주었던 집사가 입을 열었다.

"언젠가 친구와 함께 설악산 등산을 한 적이 있습니다. 백담사 쪽에서 수렴동 계곡을 타고 올라가 봉정암에서 1박을 하게 되었어요. 숙소가 비좁을 만큼 등산객과 신도들이 몰려들었지만 절에서는 아무에게도 밥값을 요구하지 않았습니다. 그 사람의 종교에 상관없이 기쁜 마음으로 침식을 제공했습니다. 식자재를 운반하고 그 많은 일손을 드려 운영하기까지 여간한 일이 아닐 텐데, 모든 게 무료였습니다. 교회 본래의 모습을 되찾으려면 사찰에서 좋은 점을 본받아야 하지 않을까요?"

백 전도사는 초대교회를 지향하는 표어가 무색한 것 같아 민망했다. 그는 학생회 오후 시간 준비를 위해 시계를 보며 자리에서 일어섰다.

13

설자는 간호사로 일하면서 결혼보다는 홀로서기를 생각하고 있었다. 그럼에도 불구하고 형기에 대한 기억은 그녀를 놓아주지 않았다. 장기려 박사의 말씀을 들으면 신앙이란 참으로 매력적이었다. 이제는 성경 읽는 것이 재미있었고 기도할 때면 형기를 위한 기도가 계속 나왔다. 어린 시절 형기 할머니가 불공을 드릴 때 형기와 숙제를 하며 도란도란 얘기를 나누던 시절이 어른거렸다. 얼마 전 설자는 부산을 다녀간 어머니를 통해 형기가 직장을 그만두고 목회자의 길을 가기 위해 신학교에 들어갔다는 말을 들었다. 설자가 믿음을 얻기 전에는 아무리 생각해도 형기가 가는 길을 막는 것 같아 그의 편지에 답장하지 않았다. 그러나 간호사가 되고 나서는 어렴풋이 목회에 대한 그림을 이해할 수 있었다. '지극히 작은 자, 어려운 자'를 돕는 일에는 목회자와 간호사가 공통점이 있는 것 같았다. 3교대를 하면서 늘 잠이 모자라는 상태지만 최근 들어 설자는 형기 생각 때문에 잠을 설칠 때가 많았다. 그녀의 얼굴에는 어두운 그림자가 서려 있었다. 식탁에서 외삼촌이 "무슨 걱정이 있느냐?"고 물었으나 설자는 "무슨 걱정이 있겠어요."라는 말로 얼버무렸다. 외삼촌은 곧 좋아지리라 생각하고 기다렸으나 설자의 얼굴은 조금도 나아지지 않고 되레 더 수척해지는 것 같았다.

"간호사 일이 너무 힘 드느냐? 네가 나중에 자원한 중환자실은 내과보다 힘 드는 곳이야. 이제 그만큼 수련을 했으면 우리병원으로 와서 일하면 어떻겠느냐? 우리는 3교대도 없으니까."

어느 날 외삼촌은 설자가 비번인 시간에 조용히 물어보았다.

"아무래도 무슨 어려움이 있는 것 같구나! 맘속에 품고 있지 말고 다 털어놓아라. 그래서 답을 찾아야지. 속에 있는 것을 드러내고 보면 별일이 아닌 경우가 많아……."

"언젠가 외삼촌의 러브스토리를 들려주신 적 있잖아요. 독실한 크리스천은 불신자와 결혼하지 않으려 한다는 얘기 말이에요. 그 목사님의 딸이 사랑보다는 신앙을 앞세웠다고 말씀하셨지요?"

"그랬지. 구약시대 유대인들은 자기 자녀가 이방인과 결혼하는 것을 엄하게 금지했어. 내가 보기에 설자의 고민도 사랑 이야기인 것 같은데……?"

"……"

설자는 자기의 사랑 이야기를 외삼촌 앞에 차마 꺼낼 수 없었다.

"말해봐, 무엇이든지. 모든 문제에는 반드시 답이 있는 것이야. 사랑 이야기라면 나도 들어봐야지. 내 얘기는 들려줬잖아."

"……그 사람은 지금 신학생입니다. 어릴 적부터 마을에서 가깝게 지내던 사이인데, 스님의 딸인 내가 그의 앞길을 막는 것 같아서 일방적으로 교제를 끊었어요. 부산에 오고 나서도 한동안 편지를 주고받고 했지만 외삼촌의 성경을 읽으면서 저는 그와 함께 할 수 없다는 것을 알게 되었습니다. 간혹 종교가 다른 사람끼리 결혼하기도 하지만 그는 신학생이기에 그렇게 할 수는 없겠지요."

"그러나 이젠 너도 크리스천이 되었잖아. 내가 보기에도 너는 진짜 신앙인이 된 것 같아! 주일을 지키려고 애쓰는 것을 보면…….”

“그렇다고 어떤 해결점이 있겠어요? 연락을 끊은 지 너무 오래되었습니다.”

“지금은 어느 신학교에 다니는데?”

“광나루에 있는 창세신학교 신대원생 입니다. 거기서 졸업하면 목사가 된다고 하던데요.”

“신학생과 결혼하려면 사모의 역할을 단단히 각오해야 하겠지. 지금 네 생각은 어때?”

“아무리 힘들어도 중환자실 일보다 힘들지는 않겠지요. 호호호.”

“네 생각이 그렇다면 내가 그를 한번 만나보면 어떨까? 다음 달 서울에서 한 주간 내과학회가 열리는데.”

“만나서 뭐라고 말씀하시겠어요. 좀 이상할 것 같은 데요?”

“괜찮아! 내 생각에는 부산에 있는 설자가 안부를 전하더라고 말하면 대화의 통로는 열릴 것 같아.”

“소식이 끊어진 지 너무 오래되어서 혹시 형기 씨가 다른 사람을 사귀고 있을지도 모른다는 생각이 드네요.”

“염려할 것 없어. 한번 불러내어 식사하며 ‘설자 안부’를 전하면 그만이니까. 다른 사람을 사귀는지 어떤 지의 여부는 그다음 태도를 보면 분명히 알 수 있겠지. 만약 그가 다른 사람과 사귀고 있다면 '안부'에는 '안부'로만 대답할 것이지만, 그렇지 않으면 네 근황을 자세히 묻고 주소라도 알려달라고 하지 않을까?"

설자는 혼자서 가슴 깊이 간직하고 있던 이야기를 털어놓고 외삼촌의 의견을 듣고 나니 한결 마음이 가벼워졌다. 그럼에도 불구하고 잠은 쉬 찾아오지 않았다. 형기의 생각으로 몸을 뒤척이다 새벽을 맞고 바쁜 걸음으로 일터를 향해 달려갔다. 처음에는 형기와의 끊어진 줄을 잇기 위해 잠 못 이루었다면 이제는 형기와의 만남이 어떻게 진척되어갈 것인가에 생각은 맴돌고 있었다. 성경을 읽으면서 터득한 사랑은 희생이었다. 사랑하는 사람을 위해서는 목숨을 버릴 수 있는 자리에까지 나아갈 수 있어야 한다는 것이었다. 흔히 사랑은 주는 것이라고 말들 하지만 사람들의 사랑은 그렇지 않아 보였다. 사랑하는 사람들은 서로가 자기만의 행복을 바라고 있다. 발자크는 "자기만의 행복이란 다른 사람들에게 손해를 입히며 교묘하게 얻어내는 것"이라고 말했다. 형기의 잔잔한 마음을 흔들어 깨우려는 내 의도가 혹시 그에게 손해를 입히는 행동이 되지나 않을까? 설자는 간호학교 경건회 시간

에 들었던 어느 목사님의 설교 말씀이 생각났다. "사랑이
란 마주 보는 것이 아니라 나란히 서서 나아갈 방향, 세
워진 목표를 바라보며 함께 걸어가는 것"이라고 했다. 설
자는 그 사랑을 생각하며 주님이 말씀하신 지극히 작은
자를 떠올리고 있었다.

14

   청량리교회 여름수련회를 마치고 일주일이 지났다. 지
난 4월부터 수련회 준비를 시작한 백형기는 맨 먼저 장소
를 예약해놓고, 방언으로 기도했던 까치동산에 올라가 저
녁마다 1시간씩 기도했다. 기숙사에 있는 선배들로부터는
수련회 운영 자료들을 수집했다. 수련회 일자가 2주일 앞
으로 다가왔을 때는 확정된 프로그램에 나라 중등부 학생
들에게 진행 과정을 자세히 설명하고 조를 짜서 책임을 맡
겼다. 참석을 신청한 학생들은 120여 명. 숙식에 필요한
장비들을 실어 나르기 위해 여전도회와 교사들이 힘을 모
았다. 지금 뚜렷이 기억에 남는 것은 마지막 날 저녁 캠프
파이어 시간이다. 설교를 마치고 통성기도를 할 때 수련
회장은 울음바다가 되었다. 백 전도사에게는 처음 겪어보

는 '거룩한 체험'이었다. 교사들이 우는 아이들을 아무리 달래도 그들은 서로 부둥켜안고 울음을 그칠 줄 몰랐다. 각 교회가 수련회를 모두 마친 뒤 어느 날 저녁 기숙사 사생들은 관리실 앞 등나무 아래 모여 앉았다. 수박, 참외, 빵과 음료수를 먹고 마시며 마치 잔치 뒤풀이를 하는 것 같았다.

"수련회들 어땠어요?"

한 사람이 말을 꺼냈다.

"나는 교회가 학생 수련회에 그렇게 많은 관심을 가질 줄은 몰랐어. 제직들은 격려차 현장에 올 때마다 여러 가지 간식을 바리바리 실어 왔어."

"한해를 처음 시작할 때 다짐했던 마음은 여름방학이 가까워지면 좀 느슨해지잖아요. 수련회는 이러한 학생들의 하반기 신앙생활을 잘 지켜가는 길잡이가 되기 때문이지요."

"무엇보다 교사들의 수고가 많았지. 금쪽같은 휴가를 학생 수련회를 위해 다 사용했으니, 한편으론 참 미안했어!"

"모르긴 해도 가족들이 여름휴가를 손꼽아 기다렸을 텐데, 그래도 불평 없이 잘도 해내는 것을 보면 모두가 충성된 일꾼들이지요. 복 받을 거예요."

"왜 불평이 없겠어요. 집사님들끼리 앉으면 교회에 대한 말을 많이 하지요. 그럼에도 불구하고 교사직을 잘 감당하는 사람들은 신앙의 뿌리가 깊은 사람들입니다."

"그래요. 그들이 학생회 때 선배들이 휴가 기간에 몸바쳐 수고하는 것을 보면서 자라왔거든요. 힘들어도 당연히 해야 할 일이라고 생각합니다."

"수련회를 마치고 나면 학생들이 확실히 달라 보입니다. 재충전의 시간이지요. 준비하면서 오래도록 결석한 친구나 가까운 새 친구들에게 집중적으로 전도합니다. 행사가 끝나면 교회학교에 나오는 아이들이 늘어난 것이 눈에 보입니다."

"어떤 교회에서는 아예 '물놀이' '등산' 등을 이벤트로 내세워 아이들을 불러 모으지요. 그렇게 모은 아이들은 얼마 지나면 소리 없이 교회를 빠져나가 버립니다."

"그래도 이벤트를 안 하는 것 보다 하는 것이 낫지 않을까요? 아무래도 떨어지는 이삭이 있거든요."

"학생들만 생각할 것이 아닙니다. 나는 행사를 준비하면서부터 더 많이 기도하게 되었고 목회 훈련이 되는 것 같았습니다."

"교회학교가 한 해 예산의 절반 정도를 여름수련회에

투입하는 것은 그만한 수확이 있기 때문이지."

"나는 마지막 날 저녁 아이들이 울음바다를 이룬 것이 인상적이었습니다. 가슴이 뭉클하더군요!"

"요즘 수련회에선 우는 것은 일종의 유행입니다. 특히 중등부 학생들은 한두 사람이 울기 시작하면 다른 아이들도 덩달아 울게 됩니다. 아마 수련회에 참가한 학생들은 모두 울어야 한다는 생각이 있는가 봐요."

신학생들이 여름 행사 얘기를 쏟아내고 나면 관심은 미래의 교회와 목회지로 자연스럽게 옮아간다. 오늘날처럼 '잉여목사'의 수가 늘어나지 않아 신학생들은 목회지에 대한 염려를 크게 할 필요는 없었다. 다만 도시냐, 농촌이냐, 해외 선교사냐를 선택하는 것이 과제였다. 70년대로 접어들면서 도시에서는 교회 간판을 내걸고 십자가를 높이 세우기만 하면 빈자리들은 얼마 가지 않아 채워졌다. 한때 교회의 성장은 교회당 건물의 크기에 비례했다. 교회당을 크게 건축하면 교인 수는 그 크기만큼 채워졌고, 교회당이 작으면 교인들이 적게 모이는 현상이 나타났다. 그때는 졸업하고 2년 후에 목사 안수를 받으려면 개척교회를 하거나 농어촌교회를 맡거나 기도원 등 특수시설에서 단독목회 이력을 쌓아야 했다. 그러므로 가장 쉽게 접근할 수 있는 목회유형이 상가건물을 임대해 개척교회를 하는 것이었다. 신도시 아파트 단지의 상가를 보면 한 지역에 2~3개의 개척교회가 들어선 곳도 없지 않았다. 도시 변두리 주택가에도 100~200미터 거리를 두고 개척교회들이 난립하고 있었다.

그러나 농어촌이나 소도시 지역에는 아직도 목회자가 없는 교회가 많았다. 도시교회의 부흥성장은 상대적으로 농촌교회 상황을 더욱 어렵게 만들었다. 70~80년대 대도시교회가 부흥성장 할 수 있었던 대표적인 원인 가운데 하나는 농촌교회 교인들의 도시 유입이었다. 이로 인해 도시의 개척교회 목회자들은 유능한 목회자로 인정받게 되었다. 그러다 보니 대부분의 신학생들은 도시교회만을 생각하고 있었다. 그러나 그는 가난하고 헐벗고 병들고 외롭고 굶주린 자들을 찾아가셨던 예수님을 생각했다.

15

2학기 개학과 함께 캠퍼스에는 새로운 바람이 일고 있었다. 신학자들은 마르크스주의 이념을 차용하면서 이때까지 선교 중심의 대중교회와는 달리 '밥상공동체'와 같

은 민중 중심의 교회공동체를 추구했다. 당시 한국기독
교교회협의회가 주최하고 아시아 기독교협의회가 후원하
는 국제신학준비과정에 참석한 개신교 신학자들은 1970
년대 한국에서 새롭게 전개되고 있는 신학의 명칭을 '민
중신학'이라 이름을 붙였다.

신학교는 이러한 상황과 맞물리면서 학생들의 의식화
운동이 활발히 일어났다. 대학마다 학생들이 반정부 시
위를 하고 학교에 대해서도 비리를 들추고 성토하며 개혁
을 부르짖었다. 광나루 창신대도 예외가 아니었다. 다른
신학대학과 연계하여 시위를 벌이고, 교수들을 비판하는
내용을 대자보(大字報)를 통해 폭로했다. 창신대 교수 중
에 강의의 약점을 비판받지 않는 사람은 거의 없을 정도
였다. 학생들은 어째서 우리 학교는 실력 있는 우수한 교
수들을 초빙하지 않느냐고 공개적으로 항의했다. 해방신
학, 민중신학을 전공하는 교수들이 없다는 것에 대한 불
만이었다.

창신대에서는 학생들의 요구를 충족시키기 위해 미국
에서 유학하고 돌아온 용정복 박사를 교수로 영입했다.
이로 인해 기존의 교수진이 진보와 보수로 갈리고 학생들
도 그런 영향을 적지 않게 받았다. 학교 게시판에는 '미국

유학 중 용정복 박사의 여자 문제', '미국 시민권을 갖고 있는 선교사 겸 교수인 배석문 박사 선교비 유용 문제' 등이 대자보로 나붙었다. 배 교수는 한국에 있는 동안 20여 권의 책을 출판하여 한국 신학계에 공헌한 점도 많았다. 그러나 선교사는 선교본부에서 지급하는 월급 외의 수입은 본부에 모두 보고해야 함에도 불구하고 그 규정을 위반했다. 미국 남장로교 선교본부는 그 사실을 철저히 조사한 결과 배석문 선교사에게 해임을 통보했다. 그에 따라 창신대에서도 배 교수를 해임하게 되었다.

당시 다재다능하고 직원들과의 관계도 원활하고 학생들에게도 인기가 있었던 총무처장이 직원들과 함께 술을 마셨다는 소문이 학교 안에 퍼졌다. 신학대학 교직원이 술을 마시는 것은 용납되지 않았다. 학교 당국은 처음에는 직원 한 사람에게 3개월 정직으로 사건을 무마하려 했다. 그러나 징계를 받은 그가 "나 혼자 술을 마신 것이 아니라 총무처장과 함께 마셨다"라고 억울함을 호소하는 바람에 총무처장도 사임하지 않으면 안 되었다. 기숙사 생들은 저녁에 모여 앉으면 학교 내외에서 일어난 이야기로 시간 가는 줄 몰랐다.

"믿음교회 선병희 목사가 새한문교회 원로목사 1주기

추도예배에 순서를 맡아 갔다가 그 교회 여성운동을 이끄는 변호사로부터 '여기 왜 오셨어요?'라는 말을 듣고 쫓겨났대."

"나도 그 얘기 들었어. 그 교회 장로들이 그것 때문에 목사님의 명예훼손 소송을 준비하고 있다는 거야."

"무슨 일인데?"

"선병희 목사가 신학교 시절에 좋아하던 동기생 여 전도사가 다른 교회에 시무하고 있는 것을 자기 교회로 청빙하여 가깝게 지냈다는 것이야. 그뿐만 아니라 왕십리에 여관을 얻어놓고 그가 가르치던 신학교 여학생 제자들을 하나씩 불러들였다고 했어. 낮말은 새가 듣고 밤말은 쥐가 듣는다는 것처럼 그런 소문이 뜻있는 여성 교우들 사이에 파다하다는 거야."

"미국 유학 시절에도 여학생 하나를 꾀어 동거하다시피 하다가 지인에게 발각되기도 했다는 말도 있어."

"그럼에도 불구하고 그가 서울에서 성공적인 목회를 하고 있다는 것이 놀라운 일이지."

"우리 교회 목사님이 프린스턴으로 유학했을 때 신학교 동기생인 용정복 박사를 학교 기숙사에서 만났어. 용 박사는 신학교 시절부터 사귀는 여학생이 있었고 친구들은 그가 그녀와 결혼할 것으로 알고 있었대. 그런데 어느 날 우리 목사님이 4층 복도 맞은편에 있는 용 박사의 방에 갔을 때 미국 여학생 하나가 맨발로 거기 앉아 있었어. 용 박사는 자기가 지도하는 미국교회의 청년 중 하나라고 그녀를 소개했다는 것이야. 그 후 한국에서 사귀던 여학생이 그를 찾아 프린스턴까지 갔으나 모든 사실을 알고 학업도 포기하고 귀국하고 말았다고 했어."

"미국의 대학들은 요즘은 더 많이 변했어. 신학교의 남녀 기숙사가 개방되어 서로가 스스럼없이 드나들고, 교내에 설치된 자판기에서는 맥주와 담배를 맘대로 살 수 있고, 결혼도 하지 않은 남녀 학생이 기숙사에서 동거하는 모습을 흔히 볼 수 있다는 것이야."

교내문제 폭로와 시국에 대한 학생들의 시위는 그칠 줄을 몰랐다. 국가정보원에서는 전국대학생운동을 예의 주시하며 해방신학에 관여하는 것을 용공으로 몰아붙였고, 민중신학도 같은 범주에서 주목을 받고 있었다. 그로 인해 정보부는 용 박사가 창신대에 재직하는 것을 못마땅하게 여기고 학교 당국에 압력을 가하며 그의 퇴출을 종용하기에 이르렀다. 이영빈 학장이 이러한 압력에 굴하지 않자 서울의 대형교회 유력한 장로들을 내세워 용 박사를 내보내도록 권고하기까지 했다. 그럼에도 불구하고 신학생들의 민중신학에 대한 열정은 식을 줄 몰랐다. 백형기도 마찬가지였다. 그는 무엇 때문에 정보부가 그처럼 집요하게 민중신학 담당 교수를 축출하려고 하는지 알고 싶었다. 그는 틈날 때마다 학교 도서관에서 민중신학을 좀 더 깊이 알기 위해 관계 서적이나 기독교 월간지 등 자료를 부지런히 읽었다.

신학 서적을 읽으면서 백형기의 생각은 더욱 혼란스러워졌다. 지난주 목요일엔 기독교회관 신학 강연회에 참석했다. 남정서 교수는 "초월적 하나님을 거부하고 역사적 사건 가운데, 인간의 비참한 일상생활 가운데 나타난 내재적 하나님"만을 강조했다. 그는 "하나님은 실재하는 존재가 아니라 존재들을 실재하게 하는 존재의 힘"이라는 이상한 주장을 폈다. 그리고 "자기의 신관은 범신론적이며, 역사의 자기 발전이 하나님으로 동일시될 수 있다"고 말했다. "성경에 나오는 홍해 바다는 갈대밭"이었다는 학설도 접하게 되었다. 설교에서 자주 등장하는 다윗과 솔로몬에 대해서는 부정적인 시각을 더 강하게 드러냈다. 그런데 하나님은 왜 '다윗은 내 마음에 합한 자'라고 말씀하셨을까? 백형기는 학자들의 강연을 들으면서 학교에서 배운 성경 지식에도 회의가 일기 시작했다. 소돔에서 구원받은 롯의 행위는 도무지 이해되지 않았다. 아버지에게 술을 마시우고 딸들이 잠자리를 같이한 것을 롯은 정말 몰랐을까? 전지전능하신 하나님이, 인간의 중심을 보시고 현재와 미래까지 다 아시는 분이 어떻게 사울 같은 인물을 이스라엘의 초대 왕으로 허락하셨을까? 욥기는 아무리 뜯어보아도 잘 꾸며진 '하나의 문학작품'처럼 보였다. 그것이 어떻게 하나님의 계시의 말씀이 될 수 있을까? 예수님은 가룟 유다에게 '차라리 태어나지 않았으면 좋을 뻔했다'고 말씀했는데, 누군가가 예수님을 배반하고 그 징벌을 대신 받아야 한다면 그것도 너무 잔인한 행위라는 생각이 들었다.

의문은 성경에만 있는 것은 아니었다. 동기생들 가운데 반정부 시위를 하다 구속된 친구가 하나 있었다. 그가 재판받는 날 서초동 법원 앞에서 신학생들은 그의 석방을 촉구하는 시위를 벌였다. "환란과 핍박 중에도 성도는 신앙 지켰네, …… 옥중에 매인 성도나 양심은 자유 얻었네, 우리도 고난 받으면 죽어도 영광되도다, ……" 앞장서서 반정부 시위를 주도하는 학생들은 참으로 애국자가 아닌가? 경찰봉도 최루탄도 두려워하지 않는 것을 보면 그것은 순교적 자세 같았다. 백형기는 눌린 자와 억울한 자들의 해방을 위해서는 그런 용기가 필요하다는 데 공감했다. 그들은 복음의 정신을 펼치는데 참으로 희생적이었다. 그런데 얼마 후에는 그들의 행동이 그에게 새로운 갈등을 불러일으켰다.

2학기 중간시험이 치러질 때였다. 신학교에서도 시험 감독은 있지만 구태여 학생들을 살뜰히 감시할 필요는 없다고 생각했는지, 학생들을 신뢰했기 때문인지 감독 교수는 산책하듯 통로를 어슬렁거리다가 창가에 서서 밖을 내다보며 홀로 생각에 잠기는 듯했다. 시험이란 언제나 어려운 것이다. 뒤쪽에 자리한 그는 고개를 들어 답을 생각하는 학생들을 둘러보았다. 고심하며 기도하는 모습도 있었지만 몇몇은 부지런히 옆 사람과 쪽지를 주고받는 것이 눈에 띄었다. 시위를 주도하고 앞장서서 나아가던 희생적인 '믿음의 사람들'이 커닝을 하고 있었다. 얼른 고개를 숙였다가 설마, 하고 다시 살펴보니 그들의 부정행위는 사실이었다. 감독 교수는 전혀 눈치채지 못했다. '모든 것을 버리고 죽기를 각오하고 선지동산에 올라온 사람들이 아닌가? 신학생이 커닝을 하다니!' 그는 도무지 이해되지 않았다. 시험이 끝나고 나서도 그들은 아무런 거리낌이 없이 서로 부정행위를 하던 일을 자랑처럼 늘어놓는 모습을 볼 수 있었다. 그는 부활하신 주님이 라오디게아 교회에 보낸 편지(요한계시록3:17)를 떠올렸다. 자기의 벌거벗은 것을 알지 못하는 사람들! 후에는 커닝한 과목이 좋은 점수를 받았다고 서로 자랑했다. 그들은 모두 말을 잘하고 이론은 정연했으나 행동은 거기에 따르지 못했다.

16

"백형기 전도사님, 전화 받으세요!"

기숙사 관리실에서 울려 나오는 방송이다. 백형기는 1층으로 내려가 전화를 받았다.

"여보세요-. 백형깁니다."

"네, 저는 신설자 외삼촌입니다. 서울에 온 김에 백 선생님을 한번 만나 뵙고 싶습니다."

백형기는 수화기에서 울려 나오는 소리를 듣고 깜짝 놀랐다.

"……네……. 외삼촌이라면 부산에 계시는 의사 선생

님이신가요?"

"그렇습니다. 이번 주간 서울 학회에 간다고 하니까, 설자가 백 선생님 얘기를 했습니다."

"설자 씨는 잘 있습니까? 만나본 지 참으로 오래되었습니다."

백형기가 고향을 떠난 지는 10년이 가까워지고 있었다.

"조카는 잘 있습니다. 내일 저녁때 시간을 좀 내주시면 고맙겠습니다. 그간의 설자 소식도 전하고……."

백형기는 오늘까지 설자를 잊은 적이 없었다. 어디에 사는지 찾아 만나보고 싶었지만 생각에 그칠 뿐이었다. 어느 날부터 소식을 끊어버린 그녀, 아무리 편지를 보내도 대답 없는 설자를 찾아가는 것은 그녀를 괴롭히는 것이란 생각이 들어 그리움만 삼키고 있었다.

백형기는 이튿날 저녁 6시 롯데호텔 스카이라운지에서 설자 외삼촌과 마주 앉았다. 외삼촌은 설자가 지금은 간호사 일을 하고 있으며 형기를 보고 싶어 하더라는 말을 전했다. 그리고 지난날 그가 목사의 딸과 이루지 못한 러브스토리도 들려주었다. 백형기는 설자 외삼촌의 말을 들으면서 혹시 설자와 그의 관계에도 그러한 걸림돌이 있는 것이 아닐까, 생각했다.

"설자 씨는 지금 어느 병원에 근무하고 있습니까?"

"3년째 가야 종합병원에서 일하고 있습니다. 그러나 오는 12월부터는 우리 병원으로 와서 일하기로 했어요. 3교대 근무가 좀 힘 드는가 봐요."

"바쁘실 텐데 찾아주시고 설자 씨의 소식도 전해주셔서 정말 감사드립니다. 혹, 주소를 알려주실 수 있으면……."

"여기 내 명함의 주소로 편지를 보내면 설자가 받을 수 있을 겁니다. 부산에 와서는 오늘까지 계속 우리 집에 함께 살았습니다." 설자 외삼촌은 그의 생각이 맞아 들어가는 것에 안도하며 형기의 결혼 여부에 대해서는 묻지 않았다.

백형기의 발걸음은 학교로 향하고 있었으나 그의 생각은 고향으로 치닫고 있었다. 설자 소식은 형기의 가슴을 다시 부풀어 오르게 했다. 졸업과 목회의 방향 설정, 그리고 결혼문제가 카오스처럼 혼란스럽던 것이 설자 외삼촌을 만난 것으로 인해 가닥이 잡힐 것 같았다. 형기는 만약 설자가 그의 동반자가 된다면 어떤 장애물이라도 능히 뛰어넘을 수 있을 것이라는 자신감이 들었다. 기숙사로 돌아와서는 그날 밤 바로 편지를 쓰고 싶었다. 어떤 말로 시작할까? 그러나 많은 말들이 한데 얽혀 좁은 통로로 쉬 빠져나오지 못하는 것 같았다. 여전히 사랑하면서도 편지로 '사랑한다'는 말은 쓸 수 없었다. 설자 외삼촌의 말을 미루어보면 결혼에 대해 생각할 점은 많은 것 같았다. 형기는 이튿날 설자가 어떤 뜻을 품고 있는지 아직은 알 수 없어 다음과 같이 담담한 편지를 썼다.

설자 씨, 뜻밖에 외삼촌을 통해 소식을 듣고 너무 기뻤습니다. 지금 생각 같아서는 바로 부산으로 달려가고 싶은 심정입니다. 10년 가까운 세월이 흐르면서 모든 것이 변했습니다. 설자 씨의 모습이 보고 싶군요. 나는 회사원으로 일하며 정신적 방황을 거듭하다 끝내 목회자의 길을 가기 위해 광나루 선지동산으로 올라왔습니다.

설자 씨가 간호사로 일하고 있다는 얘기를 들었습니다. 그 길은 자기만을 위한다면 감히 갈 수 없는 길이지요. 어쩌면 목회자의 길과 유사하다는 생각이 듭니다. 살아간다는 것은 현재에 충실하는 것이겠지요. 그 현실이 미래의 꿈과 희망의 열매를 만들어 가는 것이 아닐까요.

고향을 잃어버린 사람이 그리던 옛 친구를 만나는 것은 하나의 축복인 것 같습니다. 지난날의 일들을 되새겨보는 것만으로도 많은 위로를 받고 있습니다. 건강에 유의하시고, 다음 또 소식 전하겠습니다. 안녕.

—1973년 9월 X일. 고향 친구 백형기가.

백형기는 편지를 부치고 그다음 주간부터는 교학처 앞에 설치된 학생 사서함을 매일 열어보았다. 일주일이 지나도 답장은 오지 않았다. 혹, 주소가 잘못되지 않았을까? 내 편지가 설자에게 너무 건조하게 비친 것은 아니었을까? 이런저런 생각을 하며 목마르게 회답을 기다렸다. 형기가 추석을 맞아 고향에 다녀온 뒤 마침내 설자의 답신을 받았다.

동녘 하늘 꽃구름이 가을을 부르고 있는 아침, 형기 씨의 편지를 받았습니다. 외삼촌이 학회를 마치고 돌아오신 다음 날 내가 편지를 쓰려는 생각을 하고 있을 때 반가운 손님처럼 형기 씨의 편지가 먼저 나를 찾아왔습니다. 왠지 모르게 봉투를 여는 내 손이 가볍게 떨렸습니다. 편지를 읽어내려갈 때는 가슴이 울렁거렸습니다. 지난날도 아주 기쁜 일이 있을 땐 내 가슴이 뛰었지만 오늘은 그것과는 다른 느낌이었습니다.

오랫동안 소식이 끊겨졌어도 마음은 이어져 있었다는 것을 발견했기 때문입니다. 언젠가 고향에 갔다가 우리 친구 동생 정미를 만났습니다. 형기 씨가 회사원으로 일하고 있다는 소식을 들었을 때 내 마음은 갈피를 잡지 못했습니다. 나는 형기 씨가 대학을 졸업하면 바로 신학교에 갈 것이라는 생각을 하고 있었기 때문입니다. 그런데 얼마 후 형기 씨가 모든 것을 버려두고 신학대학원에 들어갔다는 말을 듣고 내 마음은 안도했습니다.

왜냐하면 그곳이 형기 씨가 서야 할 자리이고 마침내 걸어가야 할 길이라 생각했기 때문입니다. 놓일 자리에 놓인 것은 무엇이나 아름다운 것이지요. 가야 할 길을 가는 사람처럼 자랑스러운 사람도 없을 것입니다. 고향교회에서 열심을 다 하던 형기 씨를 볼 때는 아주 멀리 있었는데 이제는 이렇게 가까이 느껴지는 것이 참으로 신기하다는 생각이 듭니다. 지난날 형기 씨의 편지를 여러 차례 받고도 내 맘대로 오랫동안 침묵을 지켰던 것은 내가 형기 씨의 뜨거운 의지를 흐트러지게 해서는 안 된다는 생각 때문이었습니다.

그러나 이제는 "세월이 흐르면서 많은 것이 변했다"는 형기 씨의 말처럼 도무지 변해서는 안 되고 변할 수도 없는 내 생각이 이렇게 달라졌습니다. 나는 간호학교에서 장기려 박사님으로부터 직접 배우면서 그분의 말씀을 듣고 형기 씨를 이해하게 되었습니다. 그리고 장 박사님의 그 넓은 사랑의 마음을 본받고 싶었습니다. 삶의 의미를 생각하면 할수록 형기 씨에게 용서를 구하고 싶은 생각까지 피어올랐습니다. 그러한 마음이 자라나서 어느 날 외삼촌에게 형기 씨의 얘기를 털어놓게 되었던 것입니다.

아무것도 바라지 않으면서 형기 씨에게 내 마음을 전하는 것만으로도 이렇게 평안을 회복하고 있습니다. 연말쯤에는 가야병원에서 외삼촌 병원으로 자리를 옮길까 합니다. 단지 현재보다 편하기 위해 근무지를 바꾸는 것은 아닙니다. 이제까지 톱니바퀴처럼 맞물려 돌아가는 삶에서 다소나마 마음의 여유를 찾아보고 싶은 생각입니다.

형기 씨도 건강에 유의하시고, 더욱 학업에 정진하도록 기도하겠습니다.

—9월 XX일. 신설자 드림

17

설자의 편지는 신학생의 가슴을 흔들었다. 하나하나의 사연마다 사랑하는 마음이 묻어있었다. 형기는 한때 자신의 믿음과 지향하는 길을 '스님의 딸'인 설자가 싫어할 것이란 생각을 했었다. 그러나 그녀는 형기의 생각을 존중했기에 침묵에 들어갔고, 그리스도의 깊은 사랑을 이해했기에 다시 마음 문을 연 것이다. 특히 "더욱 학업에 정진하도록 기도하겠습니다."라는 마지막 문장은 형기의 시선을 붙들어 매었다. '기도하겠습니다'란 말은 신앙인이 아니고는 쓰지 않는 인사이기 때문이다. 그는 답신을 보내는 것으로 만족할 수 없었다. 하루라도 빨리 만나보고 싶었다. 그는 9월 마지막 주일을 보내고 월요일 아침 8시 동서울종합터미널에서 부산행 고속버스에 올랐다. 부산 동부 터미널에 도착했을 때는 오후 2시가 가까웠다. 형기는 설자가 일하는 가야병원으로 전화를 걸었다. 교환은 한참 후에 설자를 바꿔주었다.

"백형깁니다. ……."

그는 다음에 무슨 말을 해야 할지 머뭇거렸다.

"어머! 형기 씨, 어디예요?"

설자는 오랜만에 들어보는 형기의 음성에 깜짝 놀랐다.

"부산입니다. 편지 받고 답장을 배달하러 왔습니다. 하하하!"

"호호호, 미리 연락을 주시지 않고……. 근무 중인 간호사에겐 면회 시간이 따로 없습니다. 다행히 오후 3시면 퇴근입니다만 지금 어디에 계십니까?"

"여기는 동부터미널입니다. 조금 전 고속버스에서 내렸습니다."

"그럼 우리 병원으로 오셔서 잠시 기다려야겠습니다."

백형기는 병원 휴게실에서 3시 30분이 가까웠을 때 설자를 만날 수 있었다.

"오랜만입니다. 길에서 지나치면 몰라보겠습니다."

백형기는 옷을 갈아입은 설자가 다가오자 낯선 숙녀를 대하는 것 같았다. 그녀는 어릴 적 볼살은 빠지고 마치 영화 〈산 파블로〉에 나오는 미모의 캔디스 버겐을 닮았다.

"참으로 오랜만입니다. 형기 씨는 벌써 목사님 티가 나는 것 같습니다. 호호호."

두 사람은 서로 존댓말을 하는 것이 오히려 편했다.

"퇴근이 오후 3시면, 간호사들은 일찍 퇴근하는가 봐요?"

"그렇지 않습니다. 밤 11시에 퇴근하는 사람도 있고,

아침 7시에 퇴근하는 사람도 있습니다. 주간근무자는 아침 7시에 출근해서 오후 3시에 퇴근하지요."

"그렇군요. 간호사들의 3교대 근무를 미처 생각하지 못했습니다."

"오늘 내가 야간반이면 지금부터 밤 11시까지 일해야 합니다. 한 주일씩 돌아가며 근무시간이 바뀝니다."

"자칫했으면 오늘 만나지 못할 뻔했습니다."

"그렇지만 미리 연락하면 필요한 때 시간을 낼 수도 있습니다. 동료들에게는 좀 미안하지만……. 시간이 어중간한데, 식사는 하셨어요?"

"설자 씨는요?"

"오늘은 무척 바빴습니다. 수술실에 있었기 때문에 점심 먹을 시간도 없었습니다. 어디 가서 식사부터 해야겠습니다."

설자는 오랜만에 만난 형기를 해운대 달맞이 고개 디에이블 레스토랑으로 인도했다. 그곳은 설자가 간호학교를 졸업하던 날 외삼촌 내외가 그녀를 데리고 갔던 전망 좋고 품격 있는 음식점이었다. 둘은 창가에 자리를 잡았다. 오른쪽으로 해운대 해수욕장이 내려다보이고 동백섬 쪽으로 저녁 해가 기울고 있었다.

"동백섬 뒤쪽으로는 광안리 해수욕장이 있습니다. 건너편 멀리 마주 보이는 해안은 이기대 해변공원입니다. 바다와 나란히 산책하기 좋은 곳이지요."

설자는 눈앞에 전개되는 경치를 하나씩 설명했다.

"외삼촌 병원은 어디 있습니까?"

"해운대 우동에 있습니다. 그 옆 좌동 일대에는 앞으로 인구 12만 명, 3만3천 가구를 수용하는 신도시가 추진되고 있습니다. 연말쯤에는 나도 외삼촌 병원으로 옮기도록 했습니다."

"편지에서 보았습니다. 톱니바퀴 같은 삶에서 여유를 찾고 싶다는……."

"큰 병원의 간호사는 매일매일이 전쟁입니다. 사명감이 필요한 일이지요."

"어떻게 간호사의 길을 택했습니까?"

백형기는 설자가 걸어온 길이 궁금했다.

"특별한 목적은 없었어요. 외삼촌의 일을 거들어 드리면서 옆에서 보는 간호사들의 모습이 참으로 밝고 아름다웠습니다. '백의의 천사'라는 말을 막연히 동경했는데 알고 보니 그 천사들이 걷는 길은 광야 같은 거친 길이었습니다. 규모가 작은 병원은 그렇지 않지만……, 형기 씨는 대학을 졸업하고도 회사원 생활을 몇 년 했더군요."

"출판사 근무를 3년이나 했습니다. 하는 일이 재미있고 동료들과의 관계도 좋았습니다."

"나는 형기 씨가 회사원이 될 줄은 생각조차 하지 못했습니다. 그런데 어떻게 신학교에 들어가게 되었습니까?"

"군 복무를 마치고 나서는 믿음의 열정이 좀 식어졌습니다. 잡지사에 근무하면서 책을 읽고 글을 쓰는 일이 취향에 맞기도 해서 보람을 느끼고 있었는데 잇달아 문제가 발생했습니다."

"어떤 문제가요?"

"입사해서 3년째를 맞았을 때였습니다. 낚시를 좋아하는 동료 두 사람과 함께 통영으로 낚시를 갔다가 욕지도 앞바다에서 낚싯배가 전복되는 사고를 당했습니다. 해경의 구조가 늦어지는 바람에 낚시꾼 15명 중 6명이 사망한 대형 사고였습니다. 우리 일행은 가까스로 목숨을 건졌습니다. 그리고 이듬해 또 사고를 당했습니다. 내가 등산을 좋아하기 때문에 틈나는 대로 근교 등산을 해왔습니다. 등산하는 사람들은 대체로 백두대간이나 지리산 종주의 꿈을 갖고 있지요. 그해 회사원 7명이 봉고차를 타고 3박 4일, 3·1절 연휴가 시작되기 전날 오후에 출발해서 노고단에서 1박, 벽소령에서 1박, 장터목산장에서 또 1박을 하고 새벽 4시 천왕봉을 향했습니다. 구름 한 점 없는 날씨에 일출도 볼 수 있었습니다. 그리고 산청군 대원사 쪽으로 하산하는 종주를 마치고 바로 돌아오는 길이었습니다. 강행군이었지요. 처음에는 팀장이 운전하다가 졸린다면서 나와 교대를 했는데 나도 눈이 감겼습니다. 남해고속도로 함안 터널을 지나서 우리가 탄 봉고차가 중앙분리대에 부딪혀 한 바퀴 굴렀습니다. 일행 7명 중 안전띠를 매지 않은 한 사람은 현장에서 숨졌습니다. 부산의 대학병원 응급실에서 정신을 차리고 보니 다른 동료들이 크고 작은 부상을 입고 나란히 누워있었습니다. 봉고차는 다 망가졌지만 나는 별로 다친 데가 없었습니다. 주변 사람들은 나를 보고 모두 기적 같은 일이라고 입을 모았습니다. ……."

형기는 물을 한 모금 마셨다. 이때 주문한 음식이 나왔다. 그는 식사하면서 하던 얘기를 계속했다.

"나는 그때 나를 보호해주신 하나님의 손길을 생각하고 지난날의 뜨거웠던 믿음을 떠올렸습니다. 후유증으로 인해 한 달을 쉬고 나서 직장생활은 계속되었습니다. 어느 날 내가 출석하는 교회의 부흥집회에 참석했는데, 그날의 설교 제목이 「자는 자여 어찜이뇨」였습니다. 그 말은 니느웨로 가서 구원을 선포하라는 하나님의 말씀을 어기고 다시스로 가는 배 밑창에서 잠을 자고 있던 요나에게 선장을 통해 들려준 말씀입니다. 그날 이후 '자는 자여 어찜이뇨?'라는 그 설교 말씀이 계속 귓전에 맴돌아 밤마다 잠을 제대로 이루지 못했습니다. 그동안 지은 죄가 많았지요! 그해 8월 하순 휴가 때 기도원에 올라가 회개를 하고 신학교에 들어가기로 결단했습니다."

백형기는 '마지막 일기장' 생각이 떠올라 설자에게 미안한 마음이 꿈틀거렸다.

"늦게 시작한 신학교 생활이 힘들지 않습니까?"

긴장하며 이야기를 듣던 설자가 한숨을 내쉬며 물었다.

"설자 씨의 말대로 마침내 내가 서야 할 자리에 섰다는 생각이 들었습니다. 몸은 힘들어도 마음은 즐거웠습니다. 처음에는 신학생들 가운데 내 나이가 가장 많을 줄 생각했는데 나보다 10년이나 연상인 사람도 있고 모두가 다양한 경험자들이었습니다. 설자 씨는 간호사 생활이 어떻습니까?"

"공부하고 견학할 때는 재미가 있었습니다. 장 박사님의 말씀이나 그분의 일화들은 학생들에게 힘을 불어넣어

주었습니다. 지금 생각하면 그분으로부터 배웠던 것은 큰 은혜인 것 같습니다. 식사 시간도 거르며 일할 때는 힘 들기도 하지만 아픈 사람을 낫게 하는 데 내가 도움이 된다는 점에서 참으로 보람을 느낍니다. 그러나 대부분의 환자들은 간호사들의 살뜰한 마음을 생각하기보다는 불만과 짜증을 늘어놓는 경우가 많습니다. 그런 것들까지 잘 들어주는 것이 간호사의 길이란 생각을 하고 있습니다."

"사람이 사람을 돌보는 일은 참으로 어려운 일입니다. 목회 현장에서도 그와 같은 소리가 들립니다. 말이 통하지 않을 때가 많기 때문이지요."

"기도할 수밖에 없겠군요."

"그래요. 믿는 자들의 최고의 무기는 기도입니다. 나는 설자 씨의 편지에서 '기도하겠습니다'란 마무리 인사에 큰 힘을 얻었습니다."

"그건 내가 날마다 형기 씨를 위해 기도하고 있다는 표현입니다."

"감사합니다. 우리가 이웃을 위해 할 수 있는 일이 많지만 그들을 위해 잊지 않고 기도한다는 것은 '최고의 사랑'입니다. 신앙은 언제부터 갖게 되었습니까? 설자 씨에게는 매우 어려운 일일 텐데……."

"외삼촌이 신앙인은 아니지만 성경을 가까이 두고 읽는 분입니다. 젊었던 시절 우연히 목회자의 딸과 사귀게 되었는데 끝내 여자분 부모님의 동의를 얻지 못하고 헤어진 일이 있었어요. 보수적인 신앙을 가진 그녀의 아버지는 딸을 이방인(불신자)과 결혼시킬 수 없다는 것이었습니다. 저는 그 얘기를 들으면서 내가 형기 씨의 마음을 이해하려면 성경을 읽어야 한다는 생각이 들었습니다. 성경을 읽으면서 많은 힘을 얻게 되었습니다. 나의 믿음은 하나님이 주신 선물을 거절하지 않고 받아들인 것이지요."

"그랬군요. 외삼촌이 서울에 오셨을 때 내게도 그 얘기를 들려주셨습니다……."

"갈등이 많았어요. 지난날의 설자가 나를 놓아주지 않아 참으로 괴로웠는데, 여전히 옛날 모습 그대로입니다. 호호호."

"나도 마찬가지예요. 신학생으로 살아가는 사람에게도 갈등과 염려는 있기 마련입니다. 달라지려고, 변하려고 애쓰는 것이지요."

"신학교는 전원이 기숙사 생활을 하나요?"

"아닙니다. 경기도 일원과 지방에서 올라온 사람들만 입사할 수 있습니다. 한 방에 네 사람이 생활합니다. 간호학교는 어때요?"

"우리도 비슷합니다. 어쩌면 수용소 생활 같다고 할까요. 나는 외삼촌 집에서 통학했습니다. 참, 깜박 잊었네요. 퇴근해서 일찍 들어가지 못하면 전화를 드려야 하는데⋯⋯."

설자는 일어서서 공중전화부스로 갔다. 형기는 시계를 들여다보았다. 저녁 8시가 가까웠다. 오랜만에 둘이서 얘기를 나누다 보니 시간이 많이 흘렀다. 백형기는 밤차로 상경해야 내일 수업을 들을 수 있을 것이었다. 잠시 후, 설자는 자리로 돌아왔다.

"내가 외삼촌께 인사를 드려야 할 텐데⋯⋯."

"그저 친구를 만나 저녁 식사를 한다고 말했습니다. 인사는 다음에 드릴 기회가 있겠지요."

"밤 10시 차를 타려면 지금 서둘러 부산역으로 가야 합니다. 설자 씨도 시간을 내어 서울에 한 번 다녀가세요."

"그럴 기회가 오면 좋겠네요!"

설자는 십 년 만에 만난 고향 친구를 밤중에 홀로 떠나보낸다는 것이 마음에 걸렸다. 설자는 초행길인 형기를 부산역까지 바래다주려고 따라나섰다.

"내일 아침 일찍 출근해야 할 텐데, 여기서 인사합시다."
형기가 극구 사양하며 버스에 오르자 차는 곧 출발했다.

제3부

악한 자를 대적하지 말라. 누구든지 내 오른편 뺨을 치거든 왼편도 돌려대라. 너를 고발하여 속옷을 가지고자 하는 자에게는 겉옷까지 내어주라. ……일곱 번뿐 아니라 일곱 번을 일흔 번이라도 용서하라. 원수라도 사랑하라. 유동준 목사는 어떤 어려움에도 말씀대로 살아가는 참된 제자가 되고 싶었다. 의처증 남자로부터 끊임없이 생명의 위협을 당하면서도 주님의 가르침을 따르는 것이 사는 길이라 믿었다. 그러나 그는 어느 날 새벽 기도바위에서 의문의 주검으로 발견되었다. 타살의 흔적은 보이지 않았고 사인은 심장마비로 밝혀졌다. 정신요양원에서 퇴원한 의처증 남자의 행패는 여전히 계속되고 있었다.

1

백형기는 부산에 다녀오고부터 더욱 새 힘을 얻었다. 마치 모든 것을 버리고 선지동산에 올라오던 때와 같은 기분이었다. 염려는 주님께 맡기고 믿기만 하면 길은 열릴 것 같았던 그때의 마음으로 학업에 임하고 있었다. 그러나 신대원생들의 의식구조는 다소 못마땅했다. 헐벗고, 굶주리고, 병들고, 고통받는 이웃들과 함께하기보다 자기만을 생각하는 모습들이 그러했다. 시험을 칠 때는 커닝을 해서라도 좋은 학점을 받으려는 사람들을 대하기도 거북스러웠다. 게다가 선배들의 목회 현장에서는 돈과 여자 문제가 심심찮게 흘러나왔다. 성도들도 모이기만 하면 남의 말을 자주 입에 올렸다. 어쩌다 대중교통을 이용할 때나 만남의 장소에서 보면 교회의 문제를 자기 생각대로 아무렇게나 내뱉고 있었다. 그런 사람들도 공식적인 자리에서는 하나님 사랑, 이웃 사랑을 앞세우고 자기를 희생하며 맛을 내는 소금으로 살아가야 한다고 열을 올린다. 그래서 '예수쟁이들 말은 잘한다' 소리를 듣는지도 모른다.

　백형기는 오늘의 교회가 초대교회의 모습을 본받아야 한다고 생각했다. 간혹 그런 설교를 들을 때도 있지만 구호에 그치고 마는 느낌이었다. 그는 다른 사람이야 어떻게 하든 혼자만이라도 '하나님 앞에서' 살아야 한다고 다짐하며 경건을 학문보다 앞세운 교훈의 뜻을 깊이 새겼다. 삶이란 올바른 행동이며 그것이 기독교의 힘이라는 생각이 들었다. 기독교인은 의식과 정성을 중요시하는 불교나 유교의 영향으로 믿음의 형식은 잘 갖추었지만 내용은 채우지 못했다. 바울은 "경건의 모양은 있으나 경건의 능력은 부인하니 이같은 자들에게서 네가 돌아서라"(디모데후서3:5)고 믿음의 아들 디모데에게 교훈했다. '경건'은 인간이 하나님을 대하는 태도이다. '경건의 모양'은 신앙을 표현하는 의식이며 '경건의 능력'은 하나님의 뜻을 행동으로 옮기는 것이다. 그럼에도 불구하고 성도들은 경건 의식을 통해 사람들에게 인정을 받으려 하면서도 생활이 없는 신앙에 안주하고 있었다.

백형기는 '의식에 머무는 경건'을 '행동하는 경건'으로 바꾸고 싶었다. '민중신학'에 대한 연구를 거듭하면서도 아쉬운 점은 언제나 행동이 뒷받침되지 못한다는 것이었다. 더욱 아이러니한 것은 앞장서서 사회문제를 해결하기 위해 행동하는 사람들에게 하나님은 없는 것 같았다. 신학생들의 학적 구미를 자극하는 민중신학은 하나님의 의지보다는 인간집단의 뜻을 앞세웠다. 백형기는 경건의 모양과 능력을 겸비한 믿음으로 살아가고 싶었다. 그것이 목회자의 인격이 되어야 하는 것은 두말할 나위가 없었다. 그는 그러한 주제로 졸업논문을 준비하고 있었다. 틈만 나면 학교 도서관에 들어박혀 '경건'과 관계있는 책들은 모두 섭렵했다. 3학년 1학기를 마칠 때까지 70여 권의 책과 관계 자료를 읽고 논문작성을 위한 자료카드 800여 매를 만들었다. 처음에는 논문 제목을 백형기가 생각한 대로 「행동하는 경건」으로 잡았다. 그러나 지도교수 강준영 박사는 「기독교 복음의 사회적 응용을 위한 연구—사회변동에 요구되는 Christian Lifestyle 형성과 관련하여—」로 바꾸도록 했다. 백형기는 3년 동안 선지동산에 몸담아 배우고 훈련하며 느꼈던 소중한 깨달음을 한데 모아 한 편의 논문을 완성했다. 그것은 졸업에 필요한 요건만이 아니라 그가 앞으로 걸어갈 길에 세워놓은 이정표이며 그 방향을 가리키는 푯대였다. 세상 속에서 그는 소금과 빛으로 자기를 희생하며 '착한 행실'을 이웃에게 행동으로 나타내고 싶었다. 그리고 슈바이처의 삶을 자주 떠올렸다.

2

이따금 아차산에서 소쩍새가 울고 있었다. 10월 중순

인데도 밤공기는 제법 차가웠다. 창문을 꼭 닫았다. 네 사람은 책상 앞에 앉았다. 백형기는 카세트테이프를 듣던 이어폰을 거두어 책상 위에 놓았다. 설교학을 배우는 것도 중요하지만 말씀을 잘 전하려면 유명 설교자의 녹음 테이프를 자주 들어야 했다. 억양의 높고 낮음이나 쉬어야 할 곳과 강조할 곳, 호흡조절 등은 남의 설교를 들어야 익힐 수 있었다.

"오늘은 밤새워 공부해보자고—."

이광희 전도사가 자리에서 일어나 커피를 한 잔씩 타내며 말했다. 그 주간에 제출해야 할 리포트를 마무리하기도 하고 다음 달 중순부터 시작될 학년말 시험에도 미리 대비해야 했다.

"이 전도사, 적당히 해. 학점 신청을 1~2학년 때처럼 그렇게 많이 해놓으니까 부담이 크지……."

백형기가 커피를 마시면서 말했다.

"선배들의 얘기를 들으면 학교 공부는 목회 현장에 별로 영향을 못 끼친다고 하던데?"

옆에 앉은 룸메이트가 형기의 말에 동조했다.

"히브리어, 헬라어 하느라 애를 먹지만 목회에는 거의 쓰이지 않는다는 거야."

맞은편 룸메이트도 같은 뜻을 비쳤다.

"진짜 영향은 보이지 않게 나타나는 법이지. 학교 공부는 토양을 비옥하게 하는 거름과 같지 않을까? 비료처럼 금방 효과가 나는 것은 아니지만 목회를 길게 보면 아무래도 학교 시절에 많이 배우는 것이 좋겠지."

이광희는 자기 소신을 폈다.

"땅을 깊이 갈고 거름을 주면 반드시 좋은 열매를 내겠지. 좋은 땅을 만들려면 먼저 좋은 농부가 되어야지. 그런데 지난번 중간시험 때 보니까 커닝을 하는 사람들이 있어서 나는 너무 실망했어."

"커닝해서 성적을 올리려는 사람이 목회는 제대로 할 수 있을까?"

"목적이 아무리 선해도 과정이 나쁘면 결과를 인정받을 수 없겠지."

"선배들 얘기를 들어보면 목회지는 좋은 자리와 같다는 거야. 교회 성장학에서도 배웠잖아. 좋은 자리를 골라 점포를 내면 장사가 잘되는 것처럼. 개척하려면 신개발지나 사람들이 많이 몰려드는 목이 좋은 곳을 잡아야 빨리 자립할 수 있다는 말이지."

"장소를 앞세우는 교회 성장학을 어떻게 받아들여야

할지? 사도시대 초대교회는 유무상통 했는데, 부자는 부자 끼리, 지식인은 지식인끼리 모이도록 하고, 가난하고 못 배운 사람들은 그들대로 그룹을 지어야 한다는 '유유상종 이론'은 이해가 잘되지 않았어."

"나도 그래! 그렇다면 예수님은 왜 이 땅에 오셨을까? 하나님의 아들이 가난한 자, 배우지 못한 자, 병든 자, 죄인들의 친구로⋯⋯."

"실제로 초대교회의 원리를 그대로 적용하면 오늘의 교회 성장은 어렵다는 거야. 그렇다고 '점포개설'의 논리를 도입하는 것도 하나의 편법인 것 같아."

"요즘은 목회를 회사경영의 논리에 접목하는 교회들이 나타나고 있잖아. 교회가 대형화하면서 그런 이론도 무시할 수는 없을 거야."

"그러다 보니 말씀이나 기도보다는 인간적인 프로그램이 앞서고 성도의 사랑은 점점 식어지는 것이 아니겠어?"

"목회에는 말씀과 기도가 앞서야 교회다운 교회로 든든히 설 수 있겠지. 설사 크게 성장하지 않아도 교회는 성경에서 보이는 모습을 본받아야 하지 않을까."

"문제는 모든 교회가 대형교회를 모델로 삼고 있다는 것이야."

"그렇지! 사람들은 교회가 크면 일단 목회에 성공했다고 말하잖아."

"목회의 성공이 교인 수의 많고 적음에 달려 있다면 세상일과 무엇이 다를까?"

"그렇다고 모든 교회가 작아야 한다고 말할 수도 없어. 교회의 크고 작음보다는 얼마나 그리스도의 뜻을 이루어 가느냐가 중요한 것이지."

"큰 교회는 큰 교회대로 역할이 있고, 작은 교회는 작은 교회로서의 훌륭한 기능이 있지 않겠어?"

"교회의 모습은 목회자만의 책임은 아닌 것 같아. 요즘 교회들이 목회자를 청빙할 때 보면 미국에 유학하거나 박사학위 소지자를 선호하는 것이 현실이야. 우리 교회도 담임목사님이 은퇴하면서 미국에서 박사학위를 취득한 사람을 청빙했어."

"좀 더 수준 높은 설교를 듣고 성경 말씀을 잘 배우려는 것을 나무랄 수는 없지만 그런 것들을 하나의 자랑거리로 내 세운다는 것이 문제지."

"우리끼리 하는 얘기지만 교인들이 뭘 제대로 알겠어? 이력서에 '박사'라는 말만 들어가면 청빙에 우대하다 보니 '가짜 박사'가 마구 양산되고 있잖아."

"그리고 목회자들도 줄을 잘 타야 목회의 길도 잘 열린다니, 그런 걸 생각하면 힘이 빠져. 졸업한 선배들 가운데도 목회자의 자녀들이 상당수 있잖아. 교계의 이름 있는 지도자의 자녀들은 큰 교회가 지원하는 기관이나 수양관에 이름만 걸어놓고 때가 되면 목사안수를 받게 하잖아. 안수 조건에 편법을 동원하는 것이지."

"교계의 지도자도 문제지만 그런 편법을 거쳐 목사안수를 받고 빨리 성공(?)하려는 그들의 자녀들도 생각이 없는 것 같아."

"시험에 커닝하는 사람들이나 목사안수에 편법을 동원하는 사람들이나 다를 게 뭐 있겠어. 목회자나 그 자녀들 가운데 어느 한쪽이라도 그런 것을 거부할 줄 알아야 할 텐데. 한국교회가 이대로 가다가 어떻게 될지……."

사실 졸업을 앞둔 신학생들에게 목회지 선택은 초미의 관심사이다. 지난해 백형기와 기숙사 같은 방에 있었던 선배는 졸업은 다가오는데 목회지가 결정되지 않아 입술이 바짝바짝 타들어 가도록 초조한 모습을 드러냈다. 시골교회나 지방의 미자립교회에는 갈 곳이 여럿 있었지만 그는 대도시 지역에서 자립한 교회의 청빙을 기다리고 있었기 때문이었다. 백형기는 그때 그 선배를 보며 '저분의 믿음이 어디 있는가?'라는 생각이 들었다. 한 교실에서 함께 공부하고 있는 동기들도 졸업하면 동서 사방으로 흩어진다. 졸업하자마자 안수를 받고 군목으로 바로 입대하는 사람이 있고, 해외 선교사로 파송을 받거나 해외 유학을 떠나는 사람들도 있지만 대부분은 국내에서 사역하게 된다.

하반기가 되면 각 교단 신문은 새해의 목회자 청빙 광고로 장식된다. 자기가 희망하는 지역과 기타 조건이 맞으면 그 교회에 이력서를 제출하고, 실천처에도 희망하는 목회지를 신청해놓는다. 신학교는 교회들이 청빙 의뢰를 해오면 적절한 대상자를 추천한다. 나이가 어린 사람은 대부분 부 교역자를 희망하기 때문에 비교적 쉬운 편이지만 30대 후반이나 40대에 접어든 졸업생들은 적절한 목회지를 만나기 어렵다. 목회자가 없거나 다른 사람이 기피하는 시골이나 탄광지역 같은 곳은 외면하고 목회의 여건이 잘 갖춰진 곳에 집중적으로 지원하는 것이 목회지 선정의 어려움을 더했다.

엊그제 해마다 실시하는 신학생 의식구조조사 결과가 발표되었다. 신학생들의 관심을 가장 많이 끄는 것은 역시 희망하는 목회지이다. 서울이 압도적으로 많고 그다음이 대도시, 중소도시, 기관목회, 농어촌 순으로 나타났다. 창신대 신대원 졸업예정자는 120명이었다. 그 가운데 서울이 67명(55.8%), 대도시 31명(25.8%), 중소도시 17명(14.1%), 농어촌 1명(0.8%) 기타 4명(3.3%)이었다. 지난해는 농어촌이 4명이었으나 올해는 농어촌교회 희망자는 단 1명뿐이었다. 목회 여건이 열악한 시골은 언제까지나 미자립교회로 남는다. 그러나 신도시 지역에서 개척한 목회자는 2~3년이면 자립을 하는 것으로 나타났다.

"농어촌 희망자 1명이 누구일까?"

학생들은 학교신문을 펼쳐보며 그 1명에 관심을 보였다. 백형기는 그 1명이 자기라는 것을 드러내지 않았다. 물론 다른 사람들도 어느 지역을 희망했는지는 밝히지 않았다. 서울과 대도시 지역 희망이 80%가 넘는 것은 졸업생들 스스로도 문제가 있다고 생각하기 때문이다. 그러나 목회지 선택은 졸업생들에게 하나의 희망 사항일 뿐이다. 그럼에도 불구하고 '나는 끝까지 서울에서 목회하겠다'고 생각하는 사람은 서울 어디에 남게 되고, 입학할 때의 정신을 그대로 살려 목회자가 없는 교회를 희망하는 사람은 시골교회 목회자로 일하게 되는 것이었다.

대부분의 신학생은 목회지는 주님이 주관하신다는 것

을 믿고 순종하지만 일부 사람들은 자기가 원하는 그 자리에 집착하는 것을 볼 수 있었다. 그러나 졸업이 임박하면 기존의 생각은 많이 달라진다. 왜냐하면 원한다고 자기가 희망하는 곳으로 다 들어갈 수는 없기 때문이다. 그러므로 목회지 희망도 1지망, 2지망, 3지망까지 범위를 넓힌다. 그래서 상당수 졸업생에게는 어느 곳이든지 맨먼저 청빙이 들어오는 곳으로 간다는 것이 하나의 전통처럼 전수되고 있었다. 그들은 그곳이 주님이 보내시는 곳으로 받아들였다. 어떤 이들은 이곳저곳을 비교하며 가리다가 둘 다 놓치기도 했다.

"백 전도사는 어느 지역을 희망했어?"

학교신문을 들여다보면서 이광희가 물었다.

"나는 농어촌 지역을 희망했어."

"나도 농어촌 1명이 백 전도사인 줄 알았어. 자년에는 4명이나 되었는데……."

유일하게 농촌을 희망한 백형기의 방에서는 2명이 서울, 1명이 중소도시를 지원하고 있었다. 교단 총회에서는 갈수록 외면당하고 있는 농어촌교회 목회자 청빙을 위한 특별대책을 마련, 지난해부터 시행에 들어갔다. 그것은 농어촌을 지망하는 졸업생은 군목이나 해외 선교사처럼 졸업과 동시에 목사로 안수하여 임지로 파송하는 제도이다. 그럼에도 불구하고 농어촌 지역은 신학생들의 관심 밖으로 밀려나 있었다.

"우리나라의 '땅끝'은 어디일까? 예수님이 말씀하신 땅끝은 아무도 가지 않으려는 목회지가 아닐까? 나는 그 땅끝으로 가기 위해 농어촌을 희망했어."

백형기는 목회자가 없는 교회나 아무도 희망하지 않는 지역으로 갈 뜻을 밝혔다.

백형기의 졸업논문 '행동하는 경건'은 최종심사에서 최우수 논문으로 선정되었다. 그의 논문은 이론과 실제가 잘 부합하고 실천력이 떨어진 한국교회에 내일의 방향을 제시하는 것으로 높은 평가를 받았다. 그는 논문을 쓸 때 읽었던 C.S.루이스의 『순전한 기독교(Mere Christian)』의 기억을 떠올렸다. "인간에게는 두 가지 기이한 사실이 일어나고 있습니다. 첫째, 인간들은 자신이 마땅히 해야 할 행동, 즉 공정한 처신이나 예의나 도덕이나 자연법이라고 부를 수 있는 종류의 행동이 있다는 생각을 늘 하고 있습니다. 둘째, 그러나 실제로 그렇게 살지는 못합니다." 교수들 사이에서도 신대원 졸업생이 이런 미래지향적인 홀

룡한 논문을 제출한 예는 아주 드문 일이라고 입을 모으고 있었다. 룸메이트들은 논문상 축하 파티를 열어 형기를 격려했다.

　백형기는 설자에게 전화로 이 기쁜 소식을 전했다. 설자는 전화를 받고 축하하면서 12월 초에 외삼촌 병원으로 자리를 옮길 것이라고 말했다. 백형기도 조금 있으면 교육전도사 직을 사임해야 했다. 학교도 교회도 연말이 다가오면 교역자의 이동으로 분위기가 어수선했다. 개척교회를 희망하는 학생들은 이미 3학년 들면서 후원교회를 찾고 개척 멤버를 구성하며 준비를 진행한다. 서울지역이나 대도시교회에서는 부 교역자를 청빙하는 교회가 많지만 농어촌 지역에서는 교계 신문에 광고를 내지도 못한다. 왜냐하면 청빙하는 목회자에게 합당한 대우를 해줄 수 없기 때문이다. 그러다 보니 직접 간접으로 친분이 있는 목회자나 성도를 통해 청빙이 결정되는 경우가 많았다. 백형기처럼 목회자가 없는 땅끝으로 가려면 교회 소개를 받기도 어렵고 스스로 찾아보기도 쉽지 않았다.

　학교는 11월 말 종강하자마자 바로 방학에 들어갔고, 지방에 있는 학생들은 대부분 짐을 챙겨 집으로 내려갔다. 기숙사에는 서울의 교회에서 봉사하는 소수의 학생들만 남아있었다. 며칠 전 백형기는 설자로부터 편지 한 통을 받았다. 그동안 형기의 안부를 묻는 것과 함께 성탄절을 서울에서 보내고 싶다는 뜻밖의 내용이었다. 서울에 도착하는 날짜는 크리스마스이브를 희망했다. 설자의 편지를 받고 형기의 가슴은 두근거렸다. 그것은 설자를 다시 만나고부터 형기가 품고 있는 마음 때문이었다. 그러나 형기는 아직도 프러포즈를 못 했다. 기회도 없었지만 과연 설자가 목회자 아내의 길을 받아들일 것인가, 하는 문제 때문에 주저했다. 그의 생각은 'No'로 기울었다. 형기는 그녀를 어려운 길로 끌어들이고 싶지 않았다. 언젠가 신학교를 지망하는 결단으로 인해 사랑하는 사람을 잃었다는 얘기를 들은 적이 있었다.

3

12월 24일 오후 2시. 하늘은 잿빛으로 덮여있어도 백형기의 마음은 꽃씨를 뿌리던 설자 네 집 봄 화단이었다. 동서울터미널에 잇달아 도착하는 고속버스는 계속해서 사람들을 쏟아내고 있었다. 내리는 사람 못지않게 마중하는 사람들도 장터의 구경꾼들처럼 기다려 섰다. 이쪽에서 손을 높이 흔들면 저쪽에서도 마주 손을 흔들고, 한 중년 여인은 짐 보따리를 땅바닥에 내려놓고 이리저리 살피며 누구를 기다리고 있다. 백형기는 설자의 옷차림을 가늠할 수 없었기에 주의 깊게 여자분들을 살폈다. 방금 도착한 차에서 긴 머리 스타일 여자분이 내렸다. 빨강 터틀넥에 청바지를 입고 하얀 내피를 댄 무스탕 코트를 걸친 아가씨가 설자 같았다. 조그만 캐리어를 끌고 저만치서 형기와 눈이 마주치자 손을 흔들며 활짝 웃는 모습이 '나예요!'라고 말하는 것 같았다. 형기도 손을 흔들어 답했다.

"먼 길 오느라 수고 많았습니다. 멀미는 안 했어요?"

형기는 인사하며 캐리어를 받아 끌었다.

"5시간 정도 걸렸는데 전혀 지루하지 않았어요. 학교는 여기서 멉니까?"

"택시로 10분입니다."

형기와 설자는 승강장에서 차례를 기다려 택시에 올랐다.

"창신대학교 후문으로 갑시다."

잠시 후 큰길을 벗어나자 잎이진 가로수 아래 '워커힐'로 가는 표지판이 보였다. 두 사람은 신학교 본관 뒷마당에 내렸다. 붉은 벽돌조 3층 본관 건물은 고풍스러웠다. 왼쪽으로 비탈진 언덕바지에는 낙엽이 수북하고 상수리나목들이 떨고 있었다. 형기는 오른쪽을 돌아 4층 교수연구실 뒤쪽에 있는 학생 생활관으로 설자를 안내했다. 학생들이 빠져나간 기숙사는 조용했다. 계단으로 한층 더 올라가 216호 형기의 방으로 들어갔다. 남자 냄새가 가득 서린 분위기에 설자는 잠시 숨이 막히는 것 같았다. 방에는 4인용 넓은 책상과 연탄난로가 자리 잡고 양쪽 벽면에 잇대어 2층 침대가 하나씩 놓여 있다. 책상 위 책꽂이에는 책이 가지런하다. 설자는 남자 기숙사를 처음 보았다. 생각보다 방은 비교적 잘 정돈되어 있었다. 그녀가 오는 날에 맞춰 책상을 정돈하고 청소도 해놓았기 때문이다.

"점심은 어떻게 했습니까?"

형기가 물었다.

"휴게소에서 간단히 했습니다."

형기는 준비한 음료수 캔 두 개를 내어놓고 책상을 가운데로 하여 마주 앉았다.

"어떻게 갑자기 서울에 올 생각을 했습니까?"

형기는 편지를 받고서 늘 궁금하던 것을 물었다.

"왜 왔을지 알아 맞혀보세요. 호호호."

설자는 대답 대신 되물었다.

"글쎄요⋯⋯. 서울에 누구, 만날 사람이라도?"

형기는 그녀가 성탄절에 맞춰 서울에 온 이유를 도무지 알 수 없었다.

"맞아요. 만날 사람이 있어서⋯⋯."

"⋯⋯?"

형기는 물끄러미 설자를 쳐다보았다.

"오늘이 형기 씨 생일이잖아요!"

설자는 잠깐의 침묵을 깨트리고 입을 열었다.

"내 생일을 어떻게 알았어요!? 신학교에 들어오고부터는 구태여 생일을 챙기려 하지도 않았습니다. 크리스마스이브가 내 생일을 축하해주거든요. 하하하."

"오래전 형기 씨가 고향교회에 열심히 봉사할 때 우연히 알게 되었어요. 크리스마스 얘기를 하다가 성탄절은 예수님의 생일이고 크리스마스이브는 내 생일이라고 말했잖아요. 언젠가는 정식으로 '생일 축하'를 하려고 생각하고 있었는데, 그날이 바로 오늘이 되었네요."

설자는 미리 준비한 선물꾸러미를 내밀었다.

"생일 축하를 위해 부산에서 서울까지−, 선물도 감사합니다!"

"마음에 들지 모르겠네요. 전기면도기입니다."

"들고말고요. 남자들에게 가장 요긴한 것이 면도기입니다."

형기는 꾸러미를 풀어보면서 설자의 생일은 언제인지 물었다.

"알아 맞춰보세요. 언젠가 나도 내 생일을 말한 것 같은데-."

형기는 아무리 생각해도 기억이 나지 않았다.

"여유를 주세요. 외출한 기억이 돌아올 때까지……! 좀 이르지만 나가서 식사부터 합시다. 저녁때는 교회에 가야 하니까요."

목책 너머로 텃밭이 내다보이는 창밖에는 눈발이 하나씩 흩날리고 있었다.

두 사람은 학교 정문 쪽으로 내려오다 학교로 들어오는 이영빈 학장을 만났다. 그는 학교 관사에 살고 있었다.

"학장님, 안녕하십니까?"

형기는 인사하며 '부산에서 온 친구'라고 설자를 소개했다. 설자도 다소곳이 고개 숙여 인사했다.

"반갑습니다. 백 전도사는 고향에 내려가지 않았어요?"

이 학장은 졸업논문 심사를 계기로 백형기에게 관심을

두고 있었다.

"예, 연말까지는 교회 봉사 때문에 기숙사에 머물러야 할 것 같습니다."

형기는 학교 앞에 있는 모텔을 설자의 숙소로 예약했다. 그곳은 형기가 입학시험을 치러 올 때 처음으로 이용했고, 손님이 올 때도 가깝고 편리해서 그곳을 찾았다. 두 사람은 모텔에 가까운 레스토랑에서 저녁 식사를 하고 함께 교회로 향했다. 조금씩 내리던 눈이 어느새 길바닥을 하얗게 덮었다. 차창 밖으로 눈은 계속 내리고 있었다.

이튿날 아침, 날씨는 맑게 갰다. 어제 크리스마스이브의 교회 분위기는 교회학교의 성탄 축하발표회로 인해 어수선했다. 백형기는 아이들을 지도하고 있었고 설자를 눈여겨 본 사람은 아무도 없었다. 평소와는 달리 낯선 가족들이 아이들의 발표회를 보려고 많이 왔기 때문이었다. 성탄절 아침에는 달랐다. 백형기가 오전 9시 본당에서 중고등부 설교를 할 때 설자는 맨 뒷좌석에 앉아 함께 예배를 드렸고, 11시 어른 예배 때는 형기와 나란히 앉았다. 교인들의 시선은 백 전도사에게로 쏠렸다. 예배 후에 그는 교회학교 교사들과 교인들에게 '부산에서 온 친구'라고 설자를 소개하기 바빴다. 백 전도사는 담임목사에게도 설자를 고향 친구라고 소개했다. 교인들은 끼리끼리 설자를 백 전도사가 사귀는 사람, 어떤 이는 약혼녀라고 지레짐작하며 설자에게 들리도록 소곤거렸다. 식당에서 마주 앉아 식사할 때도 짐짓 교사들이 다가와서 인사를 하고 지나갔다. "전도사님, 결혼할 분입니까?" 백 전도사가 지도하는 중등부 부장 장로가 물었다. 권사들도 "전도사님 친구분 참 예쁘네요!"라고 말하며 설자에게 인사했다. 그녀는 교인들에게 담담한 표정으로 미소를 띠며 목례로 답했다. 백형기는 참 난처했다. 설자 앞에서 교인들의 말에 '아니'라고 부인할 수도 없었다. 둘이는 마치 약혼하고 교회에 인사차 온 것과 다를 바 없었다. 저녁예배는 없고, 오후에는 교인들이 가족과 함께 지내게 되어 있었다.

"모처럼 왔는데 서울 구경을 해야 하지 않을까?"

백형기는 설자와 함께 교회를 나서면서 넌지시 말했다.

"서울 구경은 간호학교 수학여행 때 했습니다. 형기 씨 생일과 예수님 생일을 함께 축하했으니 이제 내려가야지요."

설자는 말은 그렇게 하면서도 여유가 있는 표정이었다.

백형기는 둘이서 조용한 곳을 찾아 걷고 싶었다. 크리

스마스이브를 준비하고 교회에서 성탄절 예배를 인도하기까지 무척 마음이 바빴다. 그러나 이제는 모든 짐을 내려놓은 것 같아 홀가분했다. 백형기는 성탄절이 올해의 마지막 주일이기 때문에 이날 사임을 하려고 했으나 담임목사는 중등부 후임 전도사 결정이 늦어지고 있다면서 한두 달 더 일해 달라고 부탁했다. 그리고 형기가 희망하는 목회지를 알아보겠다는 말도 했다. 백형기는 임지가 아직 결정되지 않았기 때문에 담임목사의 요청을 감사히 받아들였다.

"우리, 교외로 잠시 나가보면 어떨까요?"

형기의 말을 듣고 설자는 한참 생각하다 말을 꺼냈다.

"형기 씨 학교 캠퍼스 이곳저곳을 둘러보면 좋겠네요. 어제 기숙사 방에서 내다보니 확 트인 앞쪽의 텃밭들이 흡사 교외 같았어요."

"학교는 마음만 먹으면 언제든지 돌아볼 수 있습니다. 내가 좋은 곳으로 안내하지요."

형기는 신대원 2학년 봄 소풍 때 가본 적이 있는 '두물머리'를 생각하고 있었다.

"형기 씨가 좋다면 그곳은 반드시 좋은 곳이겠지요. 호호호."

4

교회에서 조금 걸어 내려오자 청량리역이 나타났다. 두 사람은 중앙선 열차에 올랐다.

"우리, 어디로 가는 거예요?"

"양평 쪽으로 몇 정거장만 나가봅시다."

형기는 차창 밖으로 눈을 돌리며 오늘 교회에서 있었던 일들을 떠올렸다. 그는 설자를 사랑하면서도 목회자의 아내로 맞아들이는 데는 자신이 없었다. 도시교회의 형편은 많이 좋아졌지만 시골교회 목회자의 처우는 너무도 열악했다. 몇 년 전 이화여대에서 직업인의 인기도를 조사했는데, 목사가 이발사 다음으로 18위를 차지했다는 것이 화제가 되었다. 목사는 그만큼 예비 신부들에게 인기가 없었다. 목회자의 사모도 특별한 소명이 없이는 가기 어려운 길이었다. 그러나 천 리 길을 멀다 않고 생일을 축하하기 위해 달려온 설자의 마음을 생각하면 내 생각이 잘못된 것일지도 모른다. 오늘 교인들이 형기와 설자를 보면서 했던 말들은 두 사람의 관계를 기정사실화하고 있었다. 혼기가 꽉 찬 남녀가 서로의 관계를 '친구'라고 소개하는 말을 그대로 받아들일 사람은 아무도 없을 것이다. 형기는 다른 사람이 인정하는 관계를 굳이 부인하려는 것이 오히려 이상하다는 생각이 들었다.

설자는 핸드백을 만지작거리며 말이 없었다. 그녀도 오늘 교회에서 있었던 일들을 곱씹고 있었다. '나는 형기 씨의 친구인가? 앞으로 결혼할 배우자인가?' 지난 9월 형기 씨는 예고도 없이 부산으로 나를 찾아왔다. 그러나 서로가 오늘까지 살아온 얘기만 나누다 헤어졌다. 오늘도 생일을 축하하는 것으로 서울에 온 목적은 달성된 것인가? 나같이 부족한 사람이 감히 목회자의 아내가 될 수 있을까? 설자도 여기에는 자신이 없었다. 간호학교에 들어가면서 바람과 현실은 엄청난 괴리가 있다는 것을 체험했기 때문이다. 팔당역이 가 가까워지면서 오른쪽으로 한강이 언뜻언뜻 숨바꼭질하고 있었다. 설자는 차창 밖으로 펼쳐지는 경치에 빠져들었다.

"지금 무슨 생각을 하고 있습니까?"

"교외의 경치가 역시 아름답군요! 형기 씨가 무언가 골똘히 생각하는 것 같아 나도 생각에 잠겨 있었습니다."

"지금 보이는 것보다 더 좋은 경치를 한데 모아놓은 곳이 있습니다. 다음, 다음 역에 내려서 조금만 걸어가면 볼 수 있습니다."

"거기가 어딘데요?"

"두물머리, 들어보았습니까?"

"언젠가 친구의 얘기를 들어본 적은 있습니다만 가보지는 못했습니다."

"학교 봄 소풍 때 처음 와보았습니다. 경치가 너무도 아름다워 생각이 났습니다."

"남한강과 북한강이 하나로 만나서 한강으로 흐른다는……."

"맞아요! 서로 사랑하는 사람들이 찾아오는 아름다운 곳이지요."

말을 하는 형기도, 이 말을 듣는 설자도 잠시 어색한 기분이 되었으나 둘은 환하게 웃었다. 이윽고 두 사람은 간이역 같은 양수역에 내렸다. 하얗게 눈이 덮인 끝없는 들판과 먼 산은 마치 설국에 온 것 같았다.

"와–! 너무 오랜만에 보는 경치입니다."

설자는 눈싸움이라도 해보고 싶은 생각을 꼭꼭 여미며 말을 꺼냈다.

"어릴 때는 눈사람도 만들고 눈싸움도 했는데……."

형기는 옛일을 생각하고 있었다.

"에덴동산에 눈이 내렸다면 어떠했을까요?"

설자는 뜻하지 않은 말을 던졌다.

"눈 내린 에덴동산! 참 재미있는 생각이네요."

"아마, 추워서 눈사람도 만들지 못했겠지요."

"그렇지요. 그들이 옷을 입은 것은 그 동산에서 쫓겨난 뒤였으니까요."

"눈은 참으로 사랑이 많은 것 같아요. 세상의 모든 허물을 다 덮어 주잖아요."

"눈처럼 마음이 하얗다면 언제나 즐거울 거예요!"

둘은 어린아이 같은 생각을 하며 길게 깔린 하얀 카펫을 걷고 있다. 사철나무 울타리가 밭과 경계를 이룬 좁은 길은 뽀드득뽀드득 소리를 낸다. 팔짱을 끼는 것이 더욱 어울리는 그림이지만 설자는 맞선자리로 들어가는 사람처럼 다소곳이 발걸음을 옮겼다.

"저기 보세요! 높이 솟은 저 나무가 수령 400년이 된다는 느티나무입니다. 두물머리는 사철이 다 아름답지만 단풍이 들고 낙엽이 쌓이는 가을에 와보면 더욱 좋다고 하더군요."

"지금도 마치 거대한 크리스마스카드를 보는 것 같습니다!"

"그때는 황포돛배도 띄워져 있었는데 오늘은 얼음판에 돛대만 보이네요."

봄소풍 때는 강변 늪에 연꽃과 수련이 가득 피어있었다. 요즘은 곳곳에 화려하고 편리한 시설들이 즐비하지만 그때 두물머리에는 특별한 시설은 없었다. 강변에 찻집 같은 점포가 하나 있었으나 오늘이 크리스마스인데도 문은 닫혀 있다. 젊은 부부가 어린아이 하나를 데리고 강기슭에서 눈을 뭉치고, 남녀 한 쌍이 얼음 바닥 강 위에서 쪼그려 앉은 여자의 손을 잡아 끌어주고 있었다. 느티나무 주변으로는 강을 향해 세 개의 빈 벤치가 놓여있다. 형기와 설자는 얼음 강을 바라보며 나란히 앉았다.

"설자 씨는 어떻습니까? 고향을 잃어버리고 사는 감정이……."

형기는 객지에 살면서 자주 고향 생각을 한다.

"어릴 때 같이 놀던 친구들을 한 사람도 만날 수 없으니……. 고향 생각을 할 때면 가슴이 늘 허전하지요."

"어느 산꼭대기에서 흘러내린 한 방울의 물이 계곡에서 다시 만나 내를 이루고, 강으로 흐르는 것을 보면 더욱 고향 친구들이 생각납니다."

"참 세월이 많이 흘렀어요. 하루하루를 보면 거의 머물러 있는 것 같은데 시간은 아무도 모르게 흐르고 있군요."

"머물러 있는 것 같은데 흐르고 있다, 는 설자 씨의 얘기, 멋있는 말이군요! 지금 강 표면은 머물러 있는데 그 아래 강물은 세월처럼 쉼 없이 흘러가고 있지요."

"새해가 시작된 지 엊그제 같은데 벌써 한 해가 다 갔습니다. 졸업식은 언제예요?"

설자는 학교 얘기로 말머리를 돌렸다.

"매년 2월 하순께입니다. 졸업식에서는 내가 논문상을 받게 될 것입니다."

"지난번 그 소식을 들었을 때는 마치 내가 최고상을 받는 것처럼 기뻤습니다. 졸업식에 축하하러 와야겠네요."

"그렇지 않아도 초청하려고 생각하고 있습니다. 설자 씨 졸업은 축하하지 못했지만……."

"그때는 몰랐으니 어쩔 수 없었잖아요. 그럼 목회 현장에는 언제 나가나요?"

"졸업생 80~90%는 이미 목회지가 결정된 상태입니다. 대부분이 서울이나 대도시 지역을 선택했습니다. 나는 다른 목회자들이 외면하는 농촌이나 목회자가 없는 교회를 희망했습니다. 그런 곳이 흔할 것처럼 보여도 찾기는 어려운 것 같아요. 우리 교회 목사님이 내게 적절한 자리를 알아보겠다고 말씀했습니다. 나도 내가 맡은 중등부 담당 후임자가 결정될 때까지 좀 더 일하도록 했습니다."

"농어촌 지역은 여건이 몹시 어렵잖아요. 꼭 어려운 곳을 골라 가야 할 이유라도 있는 건가요?"

설자는 염려스러운 표정으로 물었다.

"말씀 따라 살고 싶었기 때문입니다. 사도 바울은 말했습니다. '내가 그리스도의 이름을 부르는 곳에는 복음을 전하지 않기를 힘썼노니 이는 남의 터 위에 건축하지 아니하려 함이라.'(로마서15:20) 부산은 좀 덜 하겠지만 서울의 신개발지역이나 상가들이 밀집한 지역에서는 하나의 빌딩에 몇 개의 교회가 들어선 경우도 있습니다. 아래위층에 있기도 하고, 한 집 건너 자리를 잡기도 하고, 큰길 하나를 사이에 두고 교회가 마주 보는 곳도 있습니다. 교회가 점포를 개설하는 것처럼 보여서 부끄럽기도 하고 마음이 아플 때가 있습니다. 교회와 교회가 싸우고, 성도와 성도가 다투는 경우도 나타나고 있기 때문입니다. 우리나라 곳곳에는 아직 복음을 받지 못한 '땅끝'이 많이 있습니다. 미국이나 호주 선교사들이 불모지 같은 나라를 찾아와 복음의 씨앗을 뿌렸기 때문에 오늘 우리는 영적으로, 육적으로 많은 복을 받았습니다."

"해외 선교사들은 자기가 가고 싶으면 어디든지 갈 수 있나요?"

"평신도들이 자비량으로 떠나는 선교도 있지만 선교사들은 본국의 교회나 기관의 파송을 받은 사람들입니다."

"'부름 받아 나선 이 몸 어디든지 가오리다⋯⋯'란 찬송이 있잖아요. 내 생각에는 본인이 갈 곳을 결정하기보다는 주님이 보내시면 어디라도 순종하는 자세가 중요한 것 같아요. 언젠가 우리 교회 목사님 설교를 들으면서 그런 생각을 한 적이 있습니다."

"옳은 말씀입니다. 목회자는 자기가 생각하고 희망하는 곳이 있지만 결국은 주님의 뜻을 따라가야 하지요."

"⋯⋯."

두 사람은 잠시 말이 없었다. 느티나무 위의 새들이 지저귀는 소리가 갑자기 크게 들렸다. 설자는 형기 씨도 어디든지 주님의 뜻을 따라가면 좋겠다고 말하고 싶었으나 속으로 삼켰다. 한편으로 형기 씨가 자기의 의지를 너무 앞세우는 것이 아닌가, 하는 생각도 들었다. 그러나 형기는 설자가 자기를 따라 어디든지 갈 수 있을 것인가, 궁금했다.

두 사람은 고개를 돌려 노을 진 하늘을 바라보았다. 나뭇가지에 걸린 석양이 서쪽 하늘을 온통 붉게 물들이고 있었다. 설자는 이처럼 아름다운 노을은 처음 보는 것 같았다. 형기는 석양을 바라보며 그 위에 설자의 얼굴을 그리고 있었다. 언제나 가슴속 맨 밑바닥에 감춰둔 말을 오늘은 꺼내려 했으나 입은 열리지 않았다. 설자도 하고 싶은 말을 가슴에 담아두고 있었다. 형기는 농담하듯 "손은 참 중요하다고 하던데요. 내 손금 좀 봐주세요!"라고 말하며 설자의 무릎 위에 오른손을 펴 놓았다. 기다렸다는 듯이 설자는 "보지 않아도 좋습니다!"라고 말하며 자기의 손을 형기의 손바닥에 포개었다. 형기는 설자의 손을 가만히 잡았다. 따뜻했다. 그리고 마주 보며 미소를 지었다. 두 사람은 다시 나란히 석양을 바라보았다. 설자는 두 사람이 하나의 목표를 바라보는 것이 사랑이라고 말하던 목사님의 설교를 떠올렸다. 어떤 설명도 필요 없었다. 둘은 따뜻한 체온을 손으로 흘려보내며 그대로 머물러 있고 싶었다. 그러나 형기는 이 한마디는 꼭 해야 한다고 생각하며 용기를 내었다.

"설자 씨, 사랑합니다!"

백형기는 어릴 적 설자의 일기장을 몰래 들여다볼 때처럼 얼굴이 달아오르고 가슴이 두근거렸다. 그는 설자의 두 손을 꼭 잡으며 "우리 결혼합시다"라고 말했다. 잠시 침묵이 끼어들었다. 형기의 심장도 잠잠했다.

"······오래 기다렸습니다! 기도하겠습니다."

설자는 사랑이 가득한 형기의 눈을 쳐다보며 조용히 대답했다. 형기는 다시 한번 설자의 손을 꼭 잡았다. 그녀의 대답은 비록 가는 길이 험할지라도 어디든지 따라가겠다는 다짐이 들어 있었다. 설자의 눈에는 이슬이 맺혔다. 벤치에 앉아 있던 사람들은 어느새 돌아가고, 느티나무 위에서 지저귀던 새들도 잠잠하다. 형기는 설자의 두 손을 잡아 일으켰다. 그녀는 하늘이 들어있는 큰 눈을 살포시 감았다. 형기는 설자의 어깨를 가볍게 포옹하며 이마에 입을 맞추었다. 그에게는 어릴 적 홍시 한 개를 따서 설자와 나눠 먹던 기억이 되살아났다. 그러나 설자는 '내 뼈 중의 뼈요 살 중의 살'이라는 아담의 고백을 떠올렸다. 형기는 결혼에 대해 아무런 조건을 제시하지 않았다.

설자는 간호학교에서 들었던 장기녀 박사의 말이 생각났다. 장 박사는 의과대학에 다닐 때 배우자가 될 사람에게 다음과 같은 청혼 조건을 내놓았다. '나는 예수님을 믿고 섬기며 평생을 살아갈 사람입니다. 첫째로 나의 아내 또한 예수님이 원하시는 길로 가는 사람이어야 합니다. 두 번째는 나의 부모님을 잘 섬겨줄 사람이 필요합니다. 또 한 가지는 내가 공부를 할 동안 생활비를 벌어오지 못하더라도 살림을 꾸려갈 수 있어야 합니다.' 장 박사는 그런 조건을 내걸고 장가가겠다는 것은 너무도 뻔뻔한 일이지만 상황을 솔직히 제시하지 않고서는 결혼할 수 없었다고 말했다. 그렇지 않으면 얼마 가지 않아 불화할 것이 뻔하기 때문이었다. 설자는 형기와의 결혼을 수락하면서 장기려 박사의 청혼 조건을 자기에게 주어진 것으로 받아들였다. 두 사람은 나란히 팔짱을 끼고 어스름이 깔리는 길로 양수역을 향해 걸어가고 있었다. 서산으로 넘어간 해가 내일도 다시 떠오를 것을 생각하니 감사함이 넘쳤다.

5

성탄절 오후 두물머리에서 설자에게 사랑을 고백하고 돌아온 백형기는 밤10시 서울역에서 그녀를 전송했다. 형기는 그날 밤 새벽녘이 되도록 잠을 이루지 못했다. '그렇다! 사월 초파일 다음날이지.' 형기는 설자 생일을 소홀히 한 것이 이제야 생각났다. 축하할 기회가 없었기 때문에 기억조차 나지 않았던 것이다. 결혼문제와 목회지 결정은 그의 인생에 가장 큰 과제였다. 이제 주어진 과정을 밟아 가면 새 가정은 이루어질 것이지만 목회지는 달랐다. 신학생들은 가끔 목회지 선정도 시험을 쳐서 합격 여부가 판가름 나면 좋겠다고 말하곤 했다. 목회자의 자녀이거나 현장의 목회자와 잘 알고 있는 사람들은 인간관계를 통해서 적절한 목회지로 이끌림을 받았다. 형기에게는 지금 교육전도사로 일하는 교회 외에는 가까운 목회자 선배가 거의 없었다. 선배들에게 목회지를 부탁해도 잘 성사되지는 않았다.

백형기는 결혼 허락을 받기 위해 새해 연휴에 고향을 다녀온 이후 마음은 더욱 바빠졌다. 임지가 확정되었다면 설자와 데이트라도 하고 싶었지만 그럴 여유가 없었다. 새해 들어 둘째 주일 오후에 담임목사는 백형기를 목양실로 불렀다.

"부모님은 다 평안하시던가?"

담임목사는 고향 안부를 먼저 물었다.

"예, 이번에 가서 성탄절에 우리 교회에 왔던 아가씨와의 결혼을 허락받았습니다."

"잘 됐군! 그 아가씨는 무슨 일을 하는가?"

"간호사입니다."

"간호사라면 목회에도 도움이 될 거야. 목회는 환자를

돌보는 것 못지않은 정성과 사랑이 필요한 거니까."

"아직 목회지가 결정되지 않아 마음이 복잡합니다."

"그 일 때문에 부른 거야. 서울 화평교회 친구가 수원 신도시 지역에 교회를 개척하면서 좋은 목회자를 추천해 달라는 부탁을 했어. 백 전도사가 좋을 것 같아 뜻을 물어보는 것이야."

"신도시 지역은 목회자들이 모두 선호하는 곳이지요. 교회가 밀집한 지역이 아니면 좋겠습니다."

"그 교회 관계자를 연결해 줄 테니, 현장을 둘러보도록 하게."

백형기는 이튿날 화평교회 선교부장과 함께 수원의 교회 개척 후보지를 둘러보았다. 이미 그 지역은 교회 십자가가 여기저기 많이 세워져 있었다. 화평교회가 선정한 곳 맞은편 상가건물에도 개척교회가 입주해 있고 몇 집 떨어진 곳에도 교회 종탑이 보였다. 동행한 선교부장은 가까운 곳에 여러 교회가 세워져 있어도 교단이 다르기 때문에 상관할 것이 없다고 말했다. 좋은 자리라서 충분한 예산을 들여 교회당을 건축하기만 하면 우리 교단의 교세 확장에도 보탬이 될 수 있을 것이라 덧붙였다. 그때는 교단마다 교세 확장에 열을 올리고 있었다. 대부분의 개척

교회가 상가건물이나 지하층에서 시작하는 경우와는 달리 처음부터 완전한 건물을 신축한다는 것은 목회자에게는 여간 좋은 조건이 아니었다.

"우리 교회 당회장 목사님으로부터 백 전도사님이 좋은 분이라는 말씀을 들었습니다. 전도사님만 좋으시다면 추진하도록 하겠습니다."

선교부장은 백 전도사의 뜻을 물었다.

"장로님, 감사합니다. 제가 보기에도 좋은 지역입니다. 우리 교회 목사님을 통해 연락을 드리겠습니다."

그때는 적절한 곳에 교회를 세우기만 하면 자립은 염려할 필요가 없었다. 그러나 '내가 그리스도의 이름을 부르는 곳에서는 복음을 전하지 않기를 힘썼다'는 사도 바울의 말씀이 그를 붙잡고 있었다. 큰 교회가 개척교회를 시작하면서 작은 교회들의 틈을 비집고 들어가는 것을 받아들이기 어려웠다. 기숙사로 돌아와 채플 실에서 기도를 계속하며 생각해 보았다. 그는 모든 것을 버리고 아프리카로 건너간 슈바이처를 생각하며 교회끼리 경쟁하는 자리에 끼어들고 싶지 않았다.

"어떻게, 마음에 들던가?"

그다음 주일 오후에 담임목사가 물었다.

"예, 개척 후보지로서는 좋은 지역이고 지원하는 교회도 처음부터 완전한 건물을 세워서 출발하도록 하겠다는 애기를 들었습니다. 다만 바로 맞은편과 옆으로 가까운 곳에 타 교단에서 개척한 교회들이 몇 개 보였습니다."

"무슨 말인지 알겠네! 한곳에 교회가 많다고 하지만 1개 교회가 있는 한적한 시골 마을에 비하면 대도시 지역은 같은 면적에 10개의 마을이 들어섰다고 생각하면 될 거야. 인구 밀집 지역에 교회가 많다는 것은 어쩌면 자연스런 현상이라 할 수 있지 않을까. 다만 목회자가 도시지역과 시골지역 가운데 어느 쪽을 선호하는가에 따라 선택이 달라지겠지. 자네를 설득할 마음은 없네! 내가 백 전도사를 잘 아니까. 다시 한번 생각해 보고 이번 주간에 가부를 결정해주면 좋겠네."

백형기는 담임목사의 배려에 답을 하지 못하고 며칠을 지냈다. 그러면서 나를 신도시 지역으로 보내는 것이 주님의 뜻이라면 나의 불순종이거나 인간의 의지를 너무 앞세우는 것이 아닌가, 하고 괴로워했다. 방학 중에 기숙사에 머물러 있는 신대원생은 모두 10여 명에 불과했기 때문에 낮에도 적막이 흐르고 있었다. 백형기가 내일 오후 부산에서 설자와의 약속을 생각하며 기숙사 로비에 혼자 앉아 이광희 전도사를 기다리고 있었다. 목회지 결정에 대한 그의 의견을 듣기 위함이었다. 이때 관리실 전화벨이 울렸다.

"여보세요. 신학교 기숙사입니다."

백 전도사가 전화를 받았다.

"여기는 부산인데요, 혹시 백형기 전도사님 계십니까?"

전혀 낯선 음성이었다.

"예, 제가 백형깁니다."

"저는 부산 대영교회 한승호 목삽니다. 전도사님이 1학년 때 한 학기 동안 옆방에 있었던 사람입니다."

"네, 한 목사님! 오랜만입니다. 언제 부산으로 가셨습니까?"

"졸업 후 바로 내려와 대영교회에서 안수를 받고 지금은 부목사로 일하고 있습니다. 백 전도사님은 어디로 목회지가 결정되었습니까?"

"아닙니다. 아직 기도하며 찾고 있습니다."

"우리 교회가 3년 전에 창립 50주년을 맞아 마산 개발지역에 기념교회를 세웠습니다. 그 교회 담임목사님이 갑자기 세상을 떠나시고 여건이 어렵기 때문인지 후임 교역자를 아직 구하지 못하고 있습니다. 그때 백 전도사님이 농촌교회에 관심을 보이던 생각이 나서, 아직 목회지를 결정하지 않았다면 어떨까 해서 전화를 걸었습니다. 어제저녁에도 전화 받은 분이 방송을 하더니만 전도사님이 안 계신다고 말했습니다."

"어제는 제가 외출했다가 밤 11시쯤 들어왔습니다."

"여전히 농촌목회에 뜻이 있으시면 그 교회로 안내해 드리겠습니다."

"저는 농촌목회를 희망하고 있습니다. 목회지를 가리는 것은 아니지만 한번 둘러볼 수 있으면 좋겠습니다."

"알겠습니다. 언제쯤 오실 수 있겠습니까?"

"마침 내일 저녁때 부산에서 약속이 있습니다. 오전 11시쯤 교회에 들리겠습니다."

"감사합니다. 기다리겠습니다."

이튿날, 백형기는 오전 11시 30분께 대영교회 담임목사를 만나 인사를 드리고 한승호 목사와 함께 마산으로 향했다. 시골 마을 창원을 벗어나 마산시에서 진해 쪽으로 산모롱이를 몇 개 돌았다. 남쪽으로 나지막한 산이 있는 들판에 조그만 마을 하나가 눈에 들어왔다. 다소곳한 초가집들 옆으로 현대식 슬래브 집들이 한창 들어서고 있는 마을은 과거와 현재가 공존하고 있었다. 산자락 쪽으로 공터를 끼고 자리한 부지에는 붉은 벽돌로 지은 아담한 교회당과 철골 종탑이 서 있고 '갈릴리교회'란 간판도 보였다.

"저 교회입니다. 아직은 불비한 것이 많습니다."

한 목사와 백 전도사는 승용차에서 내렸다.

"교회당이 참 아름답습니다!"

백 전도사는 시골교회라면 다 쓰러져가는 낡은 목조건물을 연상했다. 그의 고향교회는 윗마을 교회당을 신축하면서 헐어 낸 자재를 가져다 세웠기 때문이다. 갈릴리 교회당 옆으로 맑은 물이 흐르는 내가 있고 교회 뒤쪽에는 잔솔이 우거진 동산이 있었다. 용마산이라고 했다. 백 전도사는 한 목사를 따라 교회당 안으로 들어가 먼지가 자욱한 마룻바닥에 꿇어앉아 잠시 기도하고 예배당 안을 살펴보았다. 양쪽 벽면에는 덮개가 씌워진 선풍기가 2개씩 달려 있고 뒷벽 쪽에는 방석이 가득 쌓여 있었다. 음향시설도 잘되어 있다고 했다. 피아노가 놓여있는 강대상 쪽 옆문을 열어보니 교회당에 붙여 지은 서재 겸 사무실이었다. 크지는 않지만 아담한 사택과 화장실도 따로 세워져 있었다. 교회 앞에는 기존의 집들과 매립으로 조성된 택지에 띄엄띄엄 시멘트블록 집들이 들어서 있고,

나머지 땅은 논밭이었다. 백 전도사는 이처럼 조용한 시골 마을에 아름다운 교회당이 세워진 것에 감격하고 있었다. 그러나 교인들은 한 사람도 얼굴을 내밀지 않았다.

"전도사님, 교회를 둘러보니 어떻습니까?"

한 목사가 백 전도사의 의향을 물었다.

"목회자가 없는 곳이라니, 제가 바라던 곳입니다."

"우리 교회는 백 전도사님 같은 분을 찾고 있었습니다. 신대원 졸업생들은 지방으로 내려오지 않기 때문에 농어촌교회 교역자 청빙에는 더욱 어려움이 많습니다. 지난해부터 농어촌목회 지망자를 조기에 안수하여 파송하는 제도가 시행되고 있지만 그 효과는 별로 나타나지 않는 것 같습니다."

"그렇습니다. 올해 졸업생들 가운데도 농어촌교회 희망자는 전무한 상태입니다."

"우리가 교가 대신 불렀던 찬송가에서 '부름받아 나선 이 몸 어디든지 가오리다'란 고백은 이제 옛날이야기가 되었습니다."

"최근 일부 신학교 지망생들 가운데는 목회를 마치 일반 직장처럼 생각하고 있어요."

"어떤 분들은 신학생이 급증하는 현상을 두고 미래의

269

북한선교를 위한 하나님의 뜻이 계시는 것이라고 말하는 것을 들었습니다만…….”

“그날이 언제일지 모르는 상황에서 목회자 배출만 많아진다면 신학교 스스로가 목회자의 권위를 떨어트리는 결과를 불러오겠지요.”

“지금도 그런 현상이 나타나고 있습니다. 대도시교회에서 목회자 청빙 광고가 나오면 이력서가 100통이 넘게 들어온다고 하잖아요. 이제는 교인들이 청빙 하는 목회자의 면접시험을 보는 형국이 되었습니다.”

“그렇습니다. 이력서 심사를 통해 뽑힌 4~5명을 차례로 초청해 주일마다 설교를 들어보고, 비교해보고─. 한 차례 설교라면 누구나 잘 할 수도 있겠지요. 그러나 목회자를 가려서 뽑는다는 것은 문제가 있습니다.”

“그래서 의식이 있는 교회에서는 두루 존경을 받는 목회자들로부터 추천을 받고 그분이 목회하는 현장을 예고 없이 방문해서 말씀을 들어보고 결정하기도 합니다.”

“그런 것이 목회자를 청빙 하는 자세가 되어야겠지요. 저는 교회가 어떤 과정을 거치든 목회자의 이동은 하나님이 인도하신다는 것을 믿습니다.”

두 사람이 운전 중에 많은 얘기를 나누다 보니 어느덧

부산에 도착했다.

"전도사님, 오후에 약속이 있다는 곳은 어딥니까?"

한 목사가 북부산 톨게이트를 지나면서 물었다.

"해운대입니다. 이달 말 결혼식 준비를 위해 아내 될 사람과 만나도록 되어 있습니다."

"아이쿠, 축하드립니다! 날짜는 언제지요?"

"이달 28일 토요일 오후 2시입니다. 그저 알고 계시지요. 예식장은 포항교회입니다."

"예비 신부님이 농촌목회에 동의하셨습니까?"

"한두 차례 그런 뜻을 나누었습니다만 오늘 얘기를 할까 합니다."

"확정된다면 전도사님은 언제쯤 부임할 수 있겠습니까?"

"아무래도 2월 졸업식이 끝나야 되겠지요. 임박한 결혼식 날짜와 함께 일이 한꺼번에 몰려서 마음이 무척 바쁘네요."

"이번 일이 순조롭게 매듭지어지도록 함께 기도합시다."

"감사합니다. 목사님 오늘 수고 많았습니다."

한 목사는 당연한 수고라며 백 전도사를 해운대 세민병원까지 태워다 주었다.

백형기는 설자를 만나 목회지가 마산으로 결정될 것 같다고 말했다. 설자는 교회가 부산과 가깝다는 것만으로도 반가웠다. 그리고 신혼살림은 당분간 부산에서 하도록 설자 외삼촌과 의논을 했다. 백형기는 새로운 목회지를 소개받고 마음이 평안했고, 그가 서야 할 자리에 선다는 생각이 들었다. 그는 기숙사로 돌아온 이튿날 한 목사로부터 교회가 백 전도사를 받아들이기로 결정했다는 통보를 받았다. 형기와 설자는 두물머리 약속 이후 한 달 만인 1월 말에 결혼식을 올렸다. 그리고 3박 4일 제주도로 신혼여행도 했다. 신혼여행은 설자 외삼촌의 특별한 도움으로 이루어졌다. 백형기는 다시 한 달이 지난 22일 졸업식에서 최우수 논문으로 영예의 문교부장관상을 수상하고, 노회에서 목사안수도 받았다.

6

이틀 전에 이사하고 갈릴리교회에서 처음으로 맞는 주일 아침이다. 오전 9시, 주일학교 어린이 예배 시간이 되었는데도 예배당 안은 조용하다. 교사들도 보이지 않았다. 교회당 앞 공터에서 축구를 하고 놀면서 예배당으로 들어오는 아이는 한 사람도 없었다. 백형기 목사는 설자와 함께 아이들한테로 가서 교회로 들어오도록 불렀으나 오히려 멀리 달아났다. 그는 사무실로 들어와 오전 11시 어른 예배를 위해 설교 노트를 다시 한번 점검하며 붉은 볼펜으로 밑줄을 치기도 했다.

설자는 예배당 뒤쪽에 쌓여 있던 방석을 나란히 줄을 맞추어 깔았다. 예배 시간이 되었는데도 성도들은 한 사람도 보이지 않았다. 엊그제 이삿짐을 내릴 때 함께 도와 정리해주던 김성식 집사 부부도 얼굴을 내밀지 않았다. 언젠가 한 선배가 개척을 시작하면서 목사는 설교하고 아내는 교인으로 앉아 예배를 드렸다는 말이 생각났다. 그러나 이곳은 교회가 세워진 지 4년째를 맞고 있는데도 성도들이 보이지 않는 것이 이해되지 않았다. 피아노 반주할 사람도 없어 두 사람만으로 예배가 시작되었다. 묵도와 찬양과 교독문, 신앙고백에 이어 기도로 예배순서는 그대로 진행되었다.

백 목사가 본문 〈갈라디아서 6장 6절-10절〉 말씀을 읽고 찬송가 '예수 나를 오라하네'(324장)를 부를 때, 교회당 문이 열리면서 한 청년이 뒷자리에 들어와 앉았다. 백 목사는 「때를 기다리는 사람들」이란 제목으로 설교를 시작했다.

　─얼마 있지 않으면 우리는 모내기를 하게 될 것입니다. 땀 흘려 심고 가꾼 것은 가을이 되면 풍성한 열매로 우리에게 돌아옵니다. 세상에는 심지 않고 거두려는 사람들이 있습니다. 오늘 본문 7절에는 '스스로 속이지 말라 하나님은 업신여김을 받지 아니하시나니 사람이 무엇으로 심든지 그대로 거두리라' 말씀했습니다. 씨 뿌리지 않고 열매를 거두려는 사람은 자기를 속이는 것입니다. 행복한 미래를 꿈꾸는 사람은 뿌린 씨앗을 돌보며 부지런히 가꾸어야 합니다.

　성도들은 내일 세상이 끝날지라도 오늘 한 그루의 나무를 심는 자세를 가져야 할 것입니다. 세상이 끝난다는데 나무를 심어서 무엇 할 것입니까? 그러나 그러한 자세로 일하는 사람들에게 우리 하나님은 언제나 함께하십니다. 살아계신 하나님을 믿고 절망 가운데서도 포기하지 않는 의지, 끝내 소망을 버리지 않는 믿음, 이것이 인간의 역사를 만들어왔고 하나님의 교회를 세워왔습니다. 나무를 심는다는 것은 먼 장래를 내다보고 하는 일입니다. 오직 미래를 믿는 자만이 선을 행하고, 천국을 확신하는 자라야 작은 일에 충성할 수 있습니다. 기회는 부지런히 심고 가꾸는 자들에게 찾아오는 것입니다.―

　교회당은 마치 텅 빈 들판처럼 보이지만 한 그루 나무를 심는 마음으로 첫날 주일예배 설교를 했다. 잘 심고 가꾸면 멀지 않아 아름답고 탐스러운 열매를 맺을 것이라는 확신이 들었다. 그러나 마을 사람들을 위해 정성 들여 준비한 오늘 말씀은 허공을 치는 것 같았다. 백 목사는 예배를 마친 뒤에 낯선 청년에게로 다가갔다.

　"반갑습니다. 어디서 오셨습니까?"

　백 목사는 인사를 하며 악수했다.

　"저는 수출자유지역에서 일하고 있습니다. 지난 주간에 입사하고 가까운 교회를 찾다가 이곳에서 예배드리게 되었습니다. 저는 홍정기입니다. 말씀에 많은 은혜 받았습니다."

　청년은 자기를 소개했다.

　"감사합니다. 저도 지난 목요일 이사를 하고 오늘 처음 맞는 주일입니다. 아내와 두 사람이 예배할 줄 알았는데 홍 선생님이 함께하셔서서 귀한 시간이 되었습니다."

　설자도 청년에게 인사를 하고 나서 방석을 모아 정리해놓고 사택으로 건너갔다.

　"목사님은 어느 교회에 계시다가 오셨습니까?"

"저는 올해 창신대 신대원을 졸업하고 여기가 첫 목회지 입니다. 목회자들이 몰려드는 도시지역보다는 목회자가 없는 교회를 찾다 보니 하나님께서 저를 이곳으로 인도해주셨습니다."

"저도 이곳이 처음입니다만 참 아름답고 평화로운 마을이네요. 하지만 교인들이 없어서 목사님이 힘드시겠습니다."

"전임 목사님이 지난해 5월 갑자기 세상을 떠나시고 해가 바뀌었습니다. 이제 봄이 왔으니 잃은 양을 찾는 심정으로 쉬고 있는 성도들을 찾아 나서야겠지요."

"우리 회사에도 아마 크리스천들이 있을 것입니다. 신앙인이 객지에 와서 교회밖에 의지할 곳이 어디 있겠습니까."

백 목사와 청년은 뒤쪽에 놓인 긴 의자에 앉았다. 설자가 커피 두 잔을 받쳐 들고 왔다.

"부모님은 교회에 나가십니까?"

"아니에요. 우리 집에서는 저 혼자만 믿고 있습니다. 입대하기 전에는 주일학교 반사로 봉사했는데, 제대하고는 직장 따라 멀리까지 오게 되었습니다."

"저는 포항이 고향입니다. 홍 선생님은……?"

"목포입니다. 제가 듣기로는 호남지역에 교회가 더 많

276

다고 하던데요."

"그렇습니다. 부산·경남은 교인들의 분포가 아직 10%에도 못 미치고 있습니다. 통도사, 해인사의 영향 때문이겠지요."

— 식사하세요! —

설자가 점심식사가 준비된 것을 알렸다. 두 사람은 사택으로 가서 식탁에 둘러앉았다.

"차린 것은 없지만 많이 드세요. 다음에 잘해드리겠습니다."

설자는 컵에 물을 따르면서 말했다.

"잘 먹겠습니다. 저의 이모부님도 목사입니다. 안양에서 지하 1층을 얻어 개척한 지 3년 만에 교회를 지상으로 올리셨더군요. 제가 입대할 즈음에 개척을 시작했는데 제대하고 가보니 장년 교인이 100명에 육박하고 있었습니다. 여기도 이제 목사님이 부임하셨으니까, 하나님께서 자리를 채워주시겠지요."

"감사합니다. 대도시와는 다르겠습니다만 마을에 아이들이 많이 눈에 띄는 것을 보면 주일학교는 미래가 밝을 것으로 기대됩니다. 홍 선생님 같은 분의 도움이 필요하겠습니다."

"저가 뭘 할 수 있겠습니까. 힘닿는 데까지 도와드리겠습니다."

홍정기는 오늘은 일찍 회사로 들어가 봐야 한다며 일어섰다.

"그럼 다음 주일에 뵙겠습니다."

백 목사와 설자는 홍정기 청년을 버스 정류장까지 배웅했다.

7

"여보, 김성식 집사님 댁에 심방을 가볼까요. 아무런 연락도 없었는데, 무엇 때문에 교회에 못 나오셨을까?"

백 목사는 설거지하고 방으로 들어온 아내에게 물었다.

"글쎄요. 내 생각에는 저녁 예배 때까지 기다려 보는 게 좋지 않을까요."

설자는 김 집사 댁에 무슨 사정이 있는 쪽에 무게를 두었다.

"대영교회 한 목사님은 출석 교인이 20여 명은 된다고 하던데, 왜 약속이나 한 듯이 한 사람도 보이지 않을까?"

"오늘 아침 공터의 아이들 보세요. 우리를 보고 도망을 가던데, 교회에는 관심이 없는 것 같았어요."

"그야, 우리가 낯선 사람이니까 시골아이들이 그럴 수 있겠지요. 주일학교 교사라도 있으면 아이들에게 접근하기가 한결 수월할 텐데……."

"아무튼 지금은 좀 쉬세요. 당신은 요즘 너무 무리하는 것 같습니다."

"내가 하고 싶은 말입니다. 당신이야말로 좀 쉬세요. 주방 시설도 불편한데−."

백 목사는 아내가 쉬도록 자리를 펴주고 밖으로 나왔다.

"어딜 가세요? 같이 갑시다."

설자는 혼자 누워 쉴 수 없어 백 목사를 뒤따라 나왔다.

"아무래도 김 집사님을 만나봐야겠어요. 무슨 사정이 있는지?"

김 집사댁은 교회와 좀 떨어진 용마산 자락을 물고 있었다. 문패를 확인하고 안으로 들어갔으나 집안은 조용했다.

"김 집사님 계십니까!?"

큰 소리로 불러보아도 아무런 대답이 없었다.

돌아 나왔을 때 집 뒤로 농로처럼 산으로 오르는 길이 보였다. 백 목사는 산 위에 올라 마을을 조망하고 싶었다. 언덕길 양쪽엔 개나리가 노랑 커튼을 드리운 것처럼 화사하고 겨우내 벌거벗고 떨고 있던 관목들의 우듬지는 연두색 입술을 내밀고 있었다. 산을 오르는 중턱에는 민들레와 진달래도 피어있고 여기저기 분묘가 보였다. 나중에 안 것이지만 한때는 그곳이 공동묘지였다고 했다. 용마산 고개에 오르자 마산항 푸른 바다가 한눈에 들어왔다. "내 고향 남쪽 바다 그 파란 물 눈에 보이네……." 이따금 불러보던 '가고파'가 생각났다. 교회가 위치한 산호동과는 달리 반대편 회원동, 합포동 쪽은 딴 세상이었다. 높은 빌딩은 없어도 시가지는 도시 형태를 갖추고 있었다. 산마루에는 잔솔에 둘러싸여 엎드려 기도하기 좋은 너럭바위가 하나 있었다. 백 목사는 눈을 돌려 갈릴리교회당이 있는 쪽을 내려다보았다. 신개발지 같은 마을 옆으로 펼쳐진 논밭엔 벌써 거름을 내는 농부의 모습이 보였다. 그런 지역에 빨간 양철지붕의 교회당과 하얀 십자가 종탑은 한 폭의 그림 같았다. 산자락에 가려 한쪽 끝만 보이는 산호 초등학교와의 거리는 제법 멀었다. 백 목사는 빈들을 바라보며 텅 빈 교회당을 생각하고 있었다. 그는 설자의 손을 잡아끌어 마른 잔디 위에 나란히 앉았다. 바다 쪽에서 불어오는 차가운 바람이 머리카락을 날렸다.

"여보, 당신에겐 무어라 할 말이 없구료."

백 목사는 묵묵히 교회당을 내려다보고 있는 설자에게 미안한 마음이 들었다.

"혹시, 너무 감격한 것이 아닌가요! 난 당신이 이처럼 아름다운 곳에서 목회자로 첫발을 내딛는 모습이 너무 감사합니다. 우리도 저 농부처럼 지금부터 부지런히 거름을 내야겠지요."

설자는 산을 오르면서 내내 한마디 말이 없던 형기의 무거운 마음을 추슬렀다.

"그렇게 말해주니 고마워요. 당신이 용기를 주지 않았다면 내가 이 자리까지 올 수 있었을까, 하는 생각이 듭니다."

"나는 형기 씨가 해바라기처럼 세상을 쫓아가는 요즘 젊은이들과 다르다는 데서 긍지를 느낍니다. 하나님 마음에 합하게 살아가면 하나님께서도 우리와 함께해주시겠지요."

"주님께서 약속하신 말씀이 그것입니다. '그러므로 너희는 가서 모든 민족을 제자로 삼아 아버지와 아들과 성령의 이름으로 세례를 베풀고, 내가 너희에게 분부한 모든 것을 가르쳐 지키게 하라. 볼지어다. 내가 세상 끝날까지 너희와 항상 함께 있으리라.'(마태복음28:20) 예수님은 이 말씀을 하시고 제자들이 쳐다보고 있는 데서 하늘로 올라가셨습니다. 지금 생각하면 신학교의 3년은 구름 위를 걸은 것 같은 생각이 드는군요. '나를 따르라'는 주님의 말씀만 따라가면 어떤 황무지도 푸른 초장으로 만들 수 있을 것이라는 자신감이 있었습니다. 그런데 텅 빈 교회를 대하니 이제 꿈을 깨는 것 같습니다."

"예수님의 제자들은 주님이 승천하시는 순간까지 꿈에서 깨어나지 못했는데, 잃어버린 한 마리 양을 찾듯, 드라크마 하나를 찾아내듯 부지런히 찾으면 잠자고 있는 성도들을 다 일깨울 수 있겠지요."

"당신이 어떻게 성경 말씀을 그렇게 많이 알고 있나요!?"

백 목사는 설자의 말이 놀라웠다.

"간호학교에서 믿음을 얻고 세례를 받고 나서부터는 1년에 한 번씩 성경을 열심히 읽고 목사님의 설교 말씀을 받아 적었습니다."

"어떤 목표라도 있었나요? 성경을 부지런히 읽는 사람들 가운데는 소원을 한 가지씩 갖고 있다는 데……."

"흔히 어머니들이 자녀들의 대학입시를 위해, 병 낫기 위해, 또는 남편의 사업 성공을 위해 1년에 성경을 몇 독씩 하고 있다는 얘기를 들은 적이 있습니다. 내가 무슨 목표를 갖고 성경을 부지런히 읽었는지 알아 맞춰보세요."

"글쎄요. 혹, 좋은 신랑감을 만날 수 있도록, 하하하."

"비슷하게 알아맞혔으나 정답은 아니에요. 만약, 내가 사모가 된다면 어떻게 그 역할을 잘 할 수 있을까, 생각했습니다."

"미안합니다. 당신은 미리부터 사모의 준비를 잘했는데, 나는 아직 목회자의 자세가 제대로 안 된 것 같네요."

"완전한 준비는 누구에게도 기대할 수 없겠지요. 베드로는 예수님을 직접 따라다니며 위대한 신앙고백을 하고서도 '사탄아, 내 뒤로 물러가라!'(마태복음16:23)는 책망을 받았고, 변화 산에서는 초막 셋을 짓고 그곳에 살고 싶어 했으나 예수님은 제자들을 이끌고 산 아래로 내려오셨잖아요."

바람은 더욱 싸늘해지고 서쪽으로 기울어진 해는 한 뼘밖에 남지 않았다.

"우리도 산 아래로 내려가 봅시다!"

저녁예배 시간에도 교인들은 한 사람도 모습을 드러내

지 않았다. 백 목사와 설자는 교회당 마룻바닥에 방석을 깔고 마주 앉아 가정예배를 드리듯 말씀을 나누고 교회와 보이지 않는 성도들을 위해 마음을 모아 기도했다.

8

"김 집사님 계십니까?"

이튿날 오전 백형기 목사는 설자와 함께 심방을 갔다.

"예, 목사님, 사모님, 어서 오십시오."

김 집사는 들에 나가고 아내인 조정숙 집사가 백 목사 내외를 맞이했다.

"어제는 무슨 일이 있었습니까? 두 분 다 교회에 오시지 않아서⋯⋯."

"한동안 주일마다 고향교회에 나갔습니다. 이세 복사님도 오셨는데, 죄송합니다."

"고향이 어딥니까?"

"진해입니다. 주일날에는 외가에서 중학교에 다니는 아들딸도 만나보고 저녁에 돌아옵니다."

"왜, 마을에 교회를 두고 멀리까지 가십니까? 어제는 수출자유지역에서 근무한다는 청년 한 사람만 예배에 참석했습니다."

"마음은 있어도 교회에 나올 수 없어 쉬고 있는 교인들이 많을 것입니다."

"이유가 무엇인지 궁금하네요?"

"우리는 처음 이곳에 교회당이 세워질 때 너무도 기쁘고 감사했습니다. 그때까지 우리 가족은 역사가 오랜 문창교회에 출석하고 있었습니다. 교회를 세운 부산의 대영교회 담임목사님이 사흘 밤 동안 교회 개척기념 전도집회를 인도할 때 우리 가족이 맨 먼저 등록했습니다. 그때 초대 교역자로 부임하신 유동준 전도사님은 사랑과 열정이 참으로 많았습니다. 지금은 교회당 안팎이 완전히 정돈되었습니다만 그때는 건물만 세워졌고 화단 하나 조성되지 않았습니다. 유 전도사님이 청년들과 함께 냇가에 굴러있는 자연석을 주워다가 교회당 주변에 미화 작업을 했습니다. 그럼에도 불구하고 처음에는 교역자 가족의 사택은 준비되지 않은 상태였습니다. 사모님과 아이들은 토요일에 교회에 왔다가 월요일 첫차로 부산으로 갔습니다. 사모님은 부산에서 피아노 학원을 운영하셨고 주중에는 전도사님이 손수 끼니를 해결하며 지냈습니다. 그래도 교인들은 한 사람씩 늘어나고 마을의 아이들도 차

285

츰 교회로 몰려들었습니다.

전도사님은 신 불신 가정을 가리지 않고 날마다 산호 마을 구석구석을 누볐습니다. 부임 1년도 안 되어 이 지역에서 유동준 전도사님을 모르는 사람은 아무도 없을 정도였습니다. 언덕 너머 관음사를 찾아가서 스님들과도 대화를 나누었습니다. 때로는 교회 앞 버스 종점에서 시장을 보아오는 아낙네나 할머니들의 장바구니를 집에까지 들어다 주기도 했습니다. 이 마을 사람들은 대부분 교회에 호감을 보였습니다. 그분은 참으로 선한 목자로 살았습니다. 오래도록 유교나 불교문화에서 살아왔던 노인들도 자기들은 나오지 않아도 아이들은 교회에 보냈습니다. 1년이 지나서는 대영교회의 도움으로 사택도 건축했습니다. 유 전도사님이 지난해 봄에 목사안수를 받을 때는 어른 교인들이 70명이 넘게 모였습니다. ……."

쉼 없이 이야기를 계속하던 조 집사는 목이 마른 모양이었다.

"……아이고 내 정신 좀 봐! 목사님 내외분이 오셨는데 물도 한잔 내놓지 않고……."

조 집사는 일어나서 주방으로 갔다.

"여보, 우리가 너무 오래 앉아 있는 거 아니에요?"

설자는 이다음에 조 집사를 사택으로 초청해서 얘기를 듣자는 뜻을 비쳤다.

"이것보다 더 좋은 심방이 어디 있겠어요. 집사님의 가슴에 쌓인 얘기를 다 털어놓도록 조용히 기다려 봅시다."

백 목사는 미안해하는 아내를 다독였다.

잠시 후에 조 집사는 소반에 커피 두 잔과 사과를 차려 왔다.

"목사님, 첫 심방인데 아무런 준비가 없습니다. 드시지요. 사모님은 시골에 오셔서 불편한 점이 많겠습니다."

조 집사는 사과를 깎으면서 사모를 염려했다.

"이리 주세요. 사과는 제가 깎겠습니다. 집사님은 하시던 이야기를 계속하세요."

"괜찮습니다. 커피나 드시지요. 깎으면서도 이야기할 수 있습니다. 하하하."

조 집사는 이야기를 계속했다.

"우리 집 대문 앞에 나서면 왼쪽으로 비스듬히 마주 보이는 기와집이 하나 있습니다. 돌아가신 그 집 영감님은 전통 한옥이나 목조주택을 짓는 대목수였습니다. 일반주택 외에도 사찰, 팔각정, 기념관 등 이 지역에서 이름 있는 집들은 그분이 다 건축하고 돈을 많이 벌었습니다. 자기 집도 저렇게 잘 지어놓았지요. 그는 아들도 일찍부터 목수로 만들려고 데리고 다니며 일을 가르쳤습니다. 집 짓는 일거리가 없을 때는 아들과 함께 고기 상자를 만들어 마산 수산시장이나 다른 지역 어시장에도 납품했습니다.

아버지는 인격자이시고 돈도 있었기 때문에 생활이 넉넉지 않은 사돈댁에 상당한 도움을 주기로 하고 아들과 그 집 딸을 결혼시켰습니다. 처녀 집은 예수 믿는 집안이었습니다. 처녀 부모는 사위 될 사람에게 신앙을 마지막 조건으로 내 세웠습니다. 대목 집 아들은 결혼하면 꼭 예수 믿겠다고 단단히 약속하고, 몇 차례 처녀가 다니는 교회에 나가기도 했기 때문에 결혼은 성사되었습니다. 아들을 결혼시키고 얼마 후에 그의 아버지는 노환으로 세상을 떠났습니다. 그러자 아들은 교회에 발걸음하지 않을 뿐만 아니라 아내도 멀리 있는 교회에 나가지 못하게 했습니다. 아내는 남편과 계속 다툴 수도 없어서 부득불 오래도록 교회를 쉴 수밖에 없었지요. 게다가 남편은 술 마시고 놀음하며 때로는 아내에게 손찌검하기도 했습니다.

우리 마을에 갈릴리교회가 세워진 것은 3년 전이었습니다. 김 집사님과 저가 그 집으로 가서 첫날부터 권유하고 그 후 전도 부흥 집회를 계기로 그 아내(정신자)가 우리와 함께 교회에 출석하게 되었습니다. 남편은 아내가 멀리 있는 교회에 가는 것을 반대하던 이유가 사라졌기 때문에 마지못해 허락한 것입니다. 부흥회 마지막 날 저녁 정신자 씨는 '돌아온 탕자'의 설교 말씀을 듣고 소리 없이 눈물 흘리는 것을 보았습니다. 그리고 한 일 년 동안은 주일 낮 예배에만 참석했습니다. 아내는 온갖 정성을 다해 전보다 더욱 남편을 잘 섬겼습니다. 그분은 이듬해 집사 직분도 받았습니다. 정 집사는 자기의 믿음을 되찾게 된 것이 너무 감사해서 처음 얼마동안은 유 목사님 댁에 밑반찬을 챙겨다 드리기도 했습니다. 그때는 아직 사택이 없어서 사모님이 이사 오지 못했습니다.

그러다가 주일 저녁 예배와 수요일 밤 예배에도 참석하고 새벽기도회에도 나오면서 문제가 생겼습니다. 남편은 아내가 밤에 오래도록 밖에 나가는 것을 참지 못했습니다. 주일 저녁이나 수요예배를 마치고 함께 집으로 돌아올 때 보면 남편은 교회 가까이, 골목 어귀까지 나와 어슬렁거리며 아내를 기다렸습니다. 때로 주일 저녁 예배를 마친 뒤 아내가 공단에서 출석하는 청년들을 배웅하며 친절하게 인사하는 모습을 보면 남편은 낯선 남자들과 다정하게 인사한다고 시비를 걸었습니다. 그분의 남편은 거의 매일 어디서 누구와 마시는지 술에 취해 있었습니다. 그리고 아내가 교회에 열심히 나가는 것은 남편보다 목사를 더 좋아하기 때문이라며 괴롭혔습니다. 아내는 이 모든 사정을 우리 집에 와서 털어놓았습니다. 그분이 할 수 있는 것은 기도밖에 없었습니다. 그해 고난주간을 맞았을 때 시어머니에게 말씀드리고 남편에게도 허락을 받아 성금요일 밤에는 성도들과 함께 철야기도를 했습니다. 그분은 남편과의 어려운 문제를 기도로 해결 받고 싶었습니다. 그날 밤 한잠도 자지 않고 뜬눈으로 아내를 기다리던 남편은 '목사와 어디서 잤느냐?'고 시비를 걸며 못살게 굴다 집을 나갔습니다.

저녁에는 남편이 술에 취해 들어와서 지난날 목사댁에 밑반찬을 챙겨준 것까지 문제 삼으며 아내를 무자비하게 폭행했습니다. 늙은 어머니가 매달려 말려도 소용없었습니다. 남편은 널브러진 아내를 내버려 두고 집을 나가버렸습니다. 칠순이 넘은 시어머니가 지팡이를 짚고 헐레벌떡 우리 집으로 와서 그 사실을 알려주었습니다. 김 집사와 내가 함께 달려가 보니 정 집사는 코피가 터지고 온 얼굴이 시퍼렇게 멍들었고 몸을 가누지도 못했습니다.

정 집사의 얘기로는 결혼한 지 얼마 안 되어서부터 친척 남자와도 정답게 얘기하거나 함께 있는 것을 보면 늘 타박했다고 합니다. 우리는 그분을 경남의료원에 입원시키고 창원 친정집에 급히 연락했습니다. 동생의 일을 늘 염려하던 대구 오빠가 그 소식을 듣고 내려와서 그날로 정 집사를 동산병원으로 옮겼습니다.

아내가 모습을 감추자 술 취한 그 남편은 교회로 유 목사님을 찾아가서 '내 아내를 내놓으라!'고 행패를 부렸습니다. 그의 노모는 목사님을 괴롭히는 것을 보다 못해 김 집사와 내가 며느리를 입원시켰다고 아들에게 사실대로 말했습니다. 찾아간 병원에서는 그 남편이 횡설수설하는 말을 듣고 환자가 퇴원한 뒤 어디로 갔는지 알지 못한다고 대답했습니다. 그날 밤에는 낫을 들고 와서 우리를 위협하며 아내를 찾아내라고 분탕을 쳤습니다. 중학교 1, 2학년인 우리 딸과 아들도 날마다 두려움에 떨었습니다. 그뿐만 아니라 열심을 다 하던 교인들에게도 아내를 찾아내라고 협박했습니다. 주일 아침이면 일찍이 교회로 들어가는 길목에서 어린아이들까지 예배에 참석하지 못하게 방해했습니다. 그래서 우리 아이들은 진해로 전학을 시켰습니다.

한 사람 의처증 환자의 행패로 인해 교인들은 뿔뿔이 흩어지고, 유 목사님은 거의 매일 밤 그 남자에게 시달려야 했습니다. 경찰을 부르려고 몇 차례나 생각을 거듭했으나 목사님은 차마 그를 고발할 수 없었습니다. '악한 자를 대적하지 말라.' '너희 원수를 사랑하며 너희를 박해하는 자를 위하여 기도하라.' ……산상보훈 말씀(마태복음5장~7장)을 외면하지 못했습니다. 목사님은 매일 밤 용마산 기도바위를 찾아 자정을 넘기며 기도했습니다. 그러던 어느 날 목사님은 새벽녘이 되어도 집으로 돌아오지 않았습니다. 그날 아침 목사님은 기도바위에서 숨진 채로 발견되었습니다. 시신의 입에 피가 조금 고여 있었으나 타살 흔적은 찾지 못했습니다. 사인은 심장마비로 밝혀졌습니다. 의처증 남자의 괴롭힘 때문에 목사님이 죽었다는 소문이 이웃 교회에까지 퍼졌습니다. 어떤 이들은 의처증 남자의 말을 그대로 믿고 유 목사가 정 집사를 범했다는 소문을 퍼뜨리기도 했습니다. 그 때문에 교회는 1년 가까이 후임 목회자를 모시지 못했습니다. 그 남자는 여전히 의처증 술주정뱅이로 남아있고 교회당은 빈집이 되었습니다. ……"

이때 들에 나갔던 김성식 집사가 돌아왔다.

"목사님 오셨습니까. 우리가 먼저 찾아뵈어야 할 텐데, 죄송합니다."

김 집사는 백 목사 내외에게 머리를 깊이 숙였다.

"아니에요. 봄 농사를 준비하시려면 이제 바빠지겠습니다."

백 목사 내외는 일어서며 마주 인사했다.

"여보, 점심때가 다 되었는데 그렇게 앉아 있으면 어떡해요?"

김 집사가 방으로 들어오며 말했다.

"벌써 시간이 이렇게 되었네요. 지난 일을 얘기하느라 시간 가는 줄 몰랐습니다."

조 집사가 벽시계를 쳐다보며 일어섰다. 백 목사 내외는 점심식사 권유를 사양하고 교회로 돌아왔다. 유동준 목사가 기도바위에서 숨진 채 발견된 그날 밤 일은 아무도 몰랐다. 의처증 남자는 매일 밤 용마산에 올라가 기도에 몰두하고 있는 유 목사를 발견했다. 그는 준비해간 망치로 유 목사의 뒤통수에 고기 상자를 만들 때처럼 단번에 작은 못을 깊이 박았다. 유 목사는 이튿날 아침 그를 찾아간 김성식 집사에 의해 피 한 방울 흘리지 않고 숨진 의문의 주검으로 발견되었다. 그는 이름도 없이 이 어두운 땅에 순교의 피를 뿌린 것이다. 의처증 남자는 한동안 마을에서 자취를 감췄다. 며칠씩 모습이 보이지 않을 때도 있었기에 누구도 그를 의심하지 않았다.

9

김성식 집사 댁 심방은 큰 충격이었다. 백 목사는 목회 현장이 순교지라는 생각이 들었다. 그 후로 설자는 교인 심방에 대한 말을 꺼내지 않았다. 백 목사는 어떻게 다음 심방을 이어갈까 고심하다 교적부를 뒤져보았다. 등록된 교인 수는 100여 명이나 되었다. 교적부에서는 학습, 세례, 직분을 확인할 수 있었다. 출석부도 비치되어 있고, 그동안의 주보도 한 권씩 제본되어 있어 지난날 교회의 일들을 참고하는 데 큰 도움이 되었다. 전임자가 목회의 흔적을 이렇게 자료로 남긴 것은 참으로 고마운 일이었다.

처음 부임한 목회자에게 급선무는 교인들의 가정을 일제 심방하는 것이다. 그러나 백 목사는 어디서부터 어떻게 시작할지 막막했다. 아내와 둘이서 무작정 골목을 헤맬 수도 없고 의처증 남자가 일으킨 소동을 생각하면 조정숙 집사와 동행하는 것도 아직은 바람직하지 않다고 판단했다. 사도 바울은 흩어져있는 교회들에 편지를 썼다. '그렇다! 교인들의 가정으로 편지를 보내자.' 백 목사는 그때까지 비교적 교회에 열심히 출석했던 사람들을 중심으로 우선 50여 명의 주소록을 만들었다. 그리고 부임 인사와 함께 그간의 안부를 묻는 편지를 썼다.

OOO님, 그동안 평안하셨습니까?

주님의 이름으로 문안드립니다.

저는 지난 3월 1일 갈릴리교회에 부임한 백형기 목사입니다.

3년 전 주님의 손에 이끌려 광나루 선지동산에 올라 섬김의 훈련을 받고 이곳으로 보냄을 받았습니다. 도시이든 시골이든 땅끝까지 목회자가 가야 할 곳은 많지만 저는 흙과 더불어 살아가는 농촌교회를 위해 오래도록 기도했습니다.

1960년대에 들어와서 우리나라가 발전을 거듭했지만 농촌은 여전히 낙후된 지역으로 남아있습니다. 저는 일제 강점기에는 항일운동을 하며 조국의 독립을 위해 싸웠고, 해방 후에는 농촌 재건을 위해 헌신한 고 배민수

목사님의 삼애정신을 본받고 싶었습니다. '삼애정신'이
란 하나님 사랑, 농촌 사랑, 노동 사랑입니다.

주님은 가장 연약한 우리들을 찾아오셨고 주님의 이
름으로 세워진 교회는 그늘진 땅에 빛을 비추는 사명을
감당해야 할 것입니다.

예수님은 우리들에게 "너희는 세상의 빛이라" 말씀
했습니다.

우리는 하나의 작은 빛입니다. 작은 빛이라도 모이고,
또 모이면 아무리 어두운 세상이라도 환하게 밝힐 수
있을 것입니다.

주님은 그늘진 곳을 비추는 사람들에게 세상 끝날까
지 함께 하시겠다고 약속하셨습니다.

우리 주님의 평강이 OOO님의 가정에 늘 함께하시기
를 기도드립니다.

1973년 3월 XX일
담임목사 백형기 올림

백 목사는 편지를 다 부치고 나서부터 새벽기도회 때
는 그들의 이름을 하나하나 부르며 기도했다. 김성식 집사 댁을 심방한 다음날부터 그들 부부가 새벽기도회에 동참했다. 첫 주일에 세 사람이 예배했는데 새벽기도회에는 네 사람으로 늘었다. 백 목사에게는 한 사람의 교인이 큰 교회 열 사람보다도 더 귀하게 보였다. "죄인 한 사람이 회개하면 하나님의 사자들 앞에 기쁨이 되느니라."(누가복음15:10) 는 말씀이 생각났다. 그러나 어떻게 마을 사람들에게 전도해야 할지는 엄두가 나지 않았다. 농번기가 시작되는 지금부터는 마을 사람들과 한가하게 얘기를 나눌 시간도 잘 얻을 수 없을 것이었다. 설자도 김 집사 댁에서 교회의 지난 일들을 듣고부터는 여러 가지 염려를 하지 않을 수 없었다.

"여보, 집 안에 있지 말고 바람을 쐬면 좋겠네요. 마산항 구경이라도 해봅시다."

"그러지요. 우리도 복음을 전할 지역을 돌아봅시다. 여호수아와 갈렙은 이스라엘 백성들이 여리고 성을 점령하려 할 때 먼저 그 땅을 정탐했잖아요."

백 목사와 설자는 교회를 나섰다. 지난번에는 용마산에 올라 마을을 조망했지만 오늘은 용마산을 왼쪽으로 끼고 마을을 돌아보기로 했다. 산자락에는 허름한 목조 건물들이 줄지어 서 있고 바다로 흘러드는 회원천 옆으로 상남초등학교도 보였다. 합포동사무소에서 다시 왼쪽으로 돌아 용마산 남쪽 자락을 쳐다보며 걸었다. 용마산은 산이라기보다는 도심의 동산이나 공원 같았다. 산 아래쪽에 용마고등학교와 합포초등학교가 나란히 자리하고 있는 마을은 용마산 북쪽과는 딴판이었다. 회원동과 합포동에 비하면 교회가 있는 산호동 쪽은 그늘진 땅이었다. 그런 곳에 창립50주년 기념교회를 세운 대영교회를 다시 생각하게 했다. 교회를 빨리 성장시키는 것보다 어렵게 살아가는 백성들에게 먼저 구원의 손길을 내밀었기 때문이었다.

백 목사는 이사야선지의 말씀을 떠올렸다. "……옛적에는 여호와께서 스불론 땅과 납달리 땅이 멸시를 당하게 하셨더니 후에는 해변 길과 요단 저쪽 이방의 갈릴리를 영화롭게 하셨느니라. 흑암에 행하던 백성이 큰 빛을 보고 사망의 그늘진 땅에 거주하던 자에게 빛이 비치도다."(이사야9:1-2) 오래전에는 용마산 북쪽 산호동 일대는 버려진 땅이었다. 옛 마을과 논밭을 제외하고는 모두가 늪이나 자갈밭이었고, 마산수출자유지역 플랜으로 바다를 매립할 때 산호동 지역도 함께 택지가 조성되었다. 그 후에 갈릴리교회가 세워졌고, 1970년에 수출자유지역이 열리면서 1만여 명의 근로자들이 일하는 곳이 되었다. 오늘의 허당로를 따라 마산항으로 나왔을 때는 29만 평의 거대한 수출자유무역지역이 눈앞에 펼쳐졌다. "골짜기마다 돋우어지며 산마다, 언덕마다 낮아지며 고르지 아니한 곳이 평탄하게 되며 험한 곳이 평지가 될 것이요."(이사야40:4) 백 목사는 미래를 밝혀가는 목회자의 자부심을 새롭게 다졌다. 마산항 선착장에는 작은 어선들이 나란히 정박해있고 부둣가에는 여기저기 횟집과 술집들이 즐비했다.

두 번째 주일에는 다섯 사람이 예배에 참석했다. 백 목사 부부 외에 지난 주일에 참석했던 홍정기 청년이 또 한 사람의 동료를 데려왔고, 조정숙 집사가 처음으로 주일 예배에 참석했다. 남편 김 집사는 다음주일부터 모 교회로 돌아간다는 뜻을 전하기 위해 진해 장복교회에 갔다고 했다.

백 목사는 〈요한복음 21장 15절–17절〉 말씀으로 「나를 더 사랑하느냐」 라는 제목으로 설교했다. 주님을 사랑하지 않는 성도는 한 사람도 없을 것이지만 '네가 이 사람들보다 나를 더 사랑하느냐'라는 베드로를 향한 질문은 백 목사의 마음을 그때마다 새롭게 했다. 오늘 설교는 원고를 다듬어 정리한 것이 아니라 백 목사의 가슴속에 젖어 있는 말씀을 전하는 것으로 감동을 더 했다. 백 목사는 다음 주일이 부활주일이라고 광고했다. 예배 후 조정숙 집사는 청년들과 인사를 나누었다.

"조 집사님 오랜만입니다."

박진태 선생이 먼저 인사를 했다.

"박 선생님, 그동안 평안하셨습니까? 전도사님, 이분은 전에 우리 교회에 나오셨던 청년입니다."

조 집사는 백 목사에게 박 선생을 소개했다.

"박 선생님 반갑습니다. 홍 선생님도 한 주간 동안 평안하셨습니까?"

백 목사는 두 청년과 악수하며 인사를 나누었다.

"김 집사님은 오늘 안보이네요."

박 선생은 조 집사에게 남편의 안부를 물었다.

"이제 백 목사님이 오셨으니까 우리도 본교회로 돌아와야지요. 오늘은 다니던 교회에 고별인사차 가셨습니다."

조 집사는 주방으로 가서 점심 식사 준비를 도왔다.

"그저께는 아내와 함께 수출자유무역지역을 둘러보았습니다. 오래전 뉴스를 통해 들은 적이 있습니다만 굉장히 큰 단지로 보였습니다."

백 목사는 그저께 나들이했던 일을 얘기했다.

"자유무역지역은 10여 년 전에 외국인 투자유치와 수출 진흥을 위해 국내에서 처음으로 조성된 지역입니다. 설립 초기에는 기계, 장비제조업, 섬유, 의복 등이 주종을 이루었으나 차츰 가공식품, 화장품, 피혁제품, 반도체, 정밀기계 등으로 확대되었습니다. 현재 1만여 명의 근로자들이 일하고 있습니다."

"혹, 단지 안에 신우회 조직이 있습니까?"

"아직 없습니다. 특근이 있을 때 교회에 나오는 사람들은 약간의 불이익을 감수해야 합니다."

"저는 유 목사님이 갑자기 돌아가시기 전에 교회학교에서 1년 동안 교사로 봉사한 적이 있습니다. 한때 가득 찼던 교회당이 이렇게 텅 비어서 목사님이 힘드시겠습니다."

"지난날 교회의 얘기는 조 집사님으로부터 자세히 들었습니다. 교회학교에는 앞으로 박 선생님과 홍 선생님의 도움이 크게 필요할 것 같습니다."

"예, 시간을 내어서 교회에 나왔던 아이들을 찾아보겠습니다."

"오늘 아침에도 아이들이 교회 앞 공터에서 놀고 있었는데 교회로 들어오지는 않았습니다."

두 청년은 점심식사 후에 마을을 한 바퀴 둘러보고 저녁때 회사로 들어갔다. 저녁에는 김 집사 내외가 함께 예배를 드렸다. 백 목사와 설자는 자유무역지역에서 교회에 나오는 두 청년과 본교회로 돌아온 김성식 집사 내외가 하나님이 보내신 특별한 일꾼으로 생각되었다.

10

<제2신>

○○○님께

오늘은 무엇을 기다리고 계십니까? 살아간다는 것은 바다에 쳐놓은 그물을 끌어당기는 일입니다. 고기 한 마리 들지 않아도 사람들은 다시 그물을 내립니다. 그것 때문에 일찍 일어나고 새벽하늘을 쳐다봅니다.

어느 날은 우리의 기다림에 친구의 전화처럼 반갑게 응답하지만 어떨 때는 바닷가에 서서 외친 소리처럼 메아리도 없이 사라집니다. 그러나 기다리는 마음은 우리를 더 좋은 곳으로 이끌어 줄 것입니다.

비가 오나 눈이 오나 집을 나간 아들을 기다리는 아버지가 있었습니다. 아들을 기다리는 것이 그분의 삶이었습니다. 그분은 오래 기다렸지만 오늘도 기다리고 계십니다. 아직도 돌아오지 않은 아들딸이 있기 때문입니다.

전능하신 하나님은 만물을 지으시고 일곱째 날에 쉬심으로 우리에게 쉼의 지혜를 가르쳐주셨습니다. 할 일이 많고 갈 길이 멀수록 그때그때 쉼은 더욱 필요해지는 것입니다. 주님께서는 부지런히 복음 사역에 임하던 제자들에게 "너희는 한적한 곳에 가서 잠깐 쉬어라"고 말씀했습니다. 영과 육이 함께 쉴 수 있는 한적한 곳-갈릴리교회가 여러분을 기다리고 있습니다.

지난 주일에는 김성식 집사 내외분이 다니던 고향교회에 고별인사를 하고 본교회로 돌아오셨고, 공단에서 근무하는 청년 두 사람이 함께 예배에 참석했습니다. 박진태 청년은 우리 교회에서 아이들을 지도했던 분입니다.

주님과 함께 우리는 여러분을 기다리고 있습니다. 기다림은 아름다운 내일을 꽃피우는 작업입니다. 주님의 크신 은총이 늘 함께하시기를 기도합니다.

1973년 3월 XX일

담임목사 백형기 올림

백 목사는 보이지 않는 성도들에게 '기다림'에 대한 편지를 썼다. 첫 번째 편지에는 아직 아무런 답이 없었지만 주님의 크신 사랑을 담아 두 번째 편지를 발송했다. 그리고 혼자서 용마산 마루에 올랐다. 바다 쪽에서 불어오는 바람은 싸늘하고 사람들의 왕래가 없는 교회주변 마을은 아직도 조용하다. 백형기는 신학교에 입학하여 처음 맞은 수유리 영락 기도원에서 개최된 봄수련회를 생각했다. 그때 강사 목사가 「누가 우리를 위하여 갈꼬」(이사야 6:1-8)라는 제목으로 선포했던 말씀은 아직도 기억이 생생하다.

이사야가 부름 받은 그때는 제10대 유다 왕 웃시야가 죽던 해였다. 웃시야는 유능한 지도자였지만 하나님의 은혜를 잊어버렸다. 그리고 사람을 의지하며 그의 마음은 극도로 교만에 빠졌다. 마침내는 제사장만이 할 수 있는 분향하는 일을 하려고 욕심을 내다가 그의 이마에 나병이 생기는 징벌을 받았다. 하나님은 그때 말씀하셨다. "내가 누구를 보낼까? 누가 우리를 대신하여 갈꼬?" 이 사야는 "내가 여기 있나이다. 나를 보내소서."라고 대답하고 나섰다. 날로 발전하는 도시의 높은 그늘에 가려 농어촌은 더욱 헐벗고 굶주리며 어두워져 있었다. 강사 목사는 선지동산에 오른 신학생들에게 강하게 질문을 던졌다. "누가 이 시대의 소외된 지역으로 자원하여 갈 것인가?" 주님이 일꾼을 보내시기를 원하는 곳은 늘 외면당하고 있었다. 백형기는 마음속으로 슈바이처를 생각하며 '아무도 가지 않는 그곳으로 나를 보내소서!' 대답했다.

그랬다! 백형기는 그때부터 대부분의 목회자가 기피하는 농촌으로 들어가야 한다고 다짐했다. 그는 교인들이 모두 흩어지고 없는 갈릴리교회로 보냄을 받았다. 사람들을 떨게 하는 소문이 두루 퍼져 1년 동안이나 비어있던 교회, 그와 같은 소명감을 가진 사람이 없었다면 교회는 언제까지나 빈들처럼 남아있었을지도 모른다. 그런 곳에 그를 보내신 것은 분명히 하나님의 크신 뜻이 있을 것이라 믿었다. 그는 기도바위에 엎드려 간절히 기도했다.

- 일찍이 죗값을 치를 수밖에 없는 인생을 오래 참으

시고 사랑하신 아버지 하나님,

외롭고 괴로울 때 찾아와 친구가 되어 주시고, 어두운 영혼에 주님의 빛을 비춰주심을 감사드립니다. 그 크신 은혜와 사랑을 전하며 살아가기로 서원하고도 방황하던 종을 소명의 길로 이끌어 훈련받게 하시고 갈릴리교회의 목회자로 세워주셨습니다. 사랑의 주님, 자기를 사랑하는 자리를 벗어나 양들을 위해 목숨을 버리는 선한 목자가 되게 하소서. 생명의 하나님 안에 살면서 죽음을 두려워하고, 능력의 하나님 안에서 절망에 허덕이고, 기쁨의 하나님을 떠나 슬픈 자리에 머물러 있는 것은 아닙니까. 연약한 믿음에 새 힘을 부어주셔서 주님이 원하시는 것을 내가 원하게 하시고, 주님이 기뻐하시는 것을 내가 기뻐하게 하옵소서. 전능하신 하나님, 주님이 성취하시고자 하는 일에 몸 바쳐 최선을 다하게 하시고, 아름다운 열매를 거두게 도와주옵소서. 주님, 저는 아무것도 아닙니다. 그럼에도 불구하고 하나님은 독생자를 내어주셨습니다. 주님은 우리가 기뻐할 때뿐만 아니라 우리의 고통 중에도 함께 하십니다. 부요한 자뿐만 아니라 가난한 자에게도 함께 하십니다. 우리가 기쁠 때 하나님께 찬양하는 것과 한가지로 환란 가운데서도 주님을 찬양하게 하옵소서. 어저께나 오늘이나 변함없으신 하나님 아버지, 우리의 마음은 아침저녁으로 변하며 자주 흔들립니다. 주님, 우리에게 세상에 유혹당하지 않는 굳건한 믿음을 주옵소서. 우리의 염려나 욕심으로 무엇을 할수 있을 것입니까. 너희는 잠깐 보이다가 없어지는 안개니라 말씀했습니다. 내게 생명 있을 동안, 건강 있을 동안에 주님을 더 사랑하게 하소서. 참으로 하나님 아버지를 찾을만한 때에 찾게 도와주소서. 세상 사람들은 예수 믿는 우리들이 무언의 전도자가 되어 줄 것을 기대하고 있지만 우리는 저들에게 무엇 하나 나누지 못하고 있습니다. 말씀과 성령의 능력으로 우리가 변화되게 하시고, 날마다 하나님 마음에 합당한 자로 새로 태어나게 하옵소서. 잃은 양을 찾아 나서는 나의 발걸음이 하나님의 길위에 서게 하시며, 내가 주님과 함께 걸을 때 더욱 크신 권능의 손으로 붙들어주옵소서. 사랑의 주님, 나의 지난한 주간이 누구만을 위한 수고였습니까. 주님의 사업을위해 세운 목표에 우리의 열망을 더 하게 하시고 당신의뜻이 이루어지게 더욱 기도하게 하소서. ......

11

두 번째 편지를 띄우고 한 주일이 지나갈 무렵 누가 목양실 문을 노크했다. 문을 열자 40대 초반으로 보이는 낯선 여인이 서 있었다.

"안녕하십니까. 새로 오신 백 목사님이시지요?"

여인은 아는 사람을 대하듯 반갑게 인사했다.

"예, 어떻게 오셨습니까?"

백 목사는 첫인상에 그녀가 본 교회 교인으로 보였다.

"저는 이경순 집삽니다. 목사님의 편지를 받고 진작 찾아뵙지 못해 죄송합니다."

"아닙니다. 제가 먼저 가정을 찾아 심방해야 하는데, 우선 편지로 여러분을 만날 기회를 찾고 있었습니다. 들어오시지요."

백 목사는 이 집사를 목양실로 맞아들였다.

"우리는 이 마을에 갈릴리교회가 세워지고부터 믿음을 얻고 교회를 중심으로 살았습니다. 아시다시피 뜻밖에 유 목사님이 돌아가시고, '의처증 남자'의 행패가 연약한 여인들에게도 미쳤기 때문에 우리는 초대교회 핍박받던 성도들처럼 흩어졌습니다.

부임 초기부터 유 목사님은 3년 동안 제자훈련을 통해

먼저 믿은 우리를 각 구역의 리더로 세워주셨습니다. 목사님이 돌아가신 뒤에도 5개 구역이 자체적으로 모여 예배를 드렸고, 지금도 3개 구역은 정기적으로 구역예배를 드리고 있습니다. 초대교회의 사랑을 그대로 실천하려고 애쓰다 보니 교인들은 자기 가족 친지보다 더 깊은 교제를 나누는 공동체로 성장했습니다. 한동안 주일에는 교회를 설립한 부산 대영교회에서 이곳까지 부 교역자를 보내주셨습니다. 그리고 우리는 신앙의 연륜이 깊은 김 집사님 내외를 중심으로 수요예배를 드렸습니다.

그런데 의처증 남자는 부산에서 오시는 목사님까지 괴롭혔습니다. 주일 저녁예배를 인도하고 밤늦게 집으로 돌아가실 때는 앞을 가로막고 '내 아내를 찾아내라'며 행패를 부렸습니다. 의처증 남자는 우리가 수요예배를 마치고 집으로 돌아갈 때도 술에 취해 성도들을 괴롭혔습니다. 부산의 교회에서는 후임자를 구하고 있다고 말했고, 부 교역자 파송은 중단되고 말았습니다. 교회에 다니는 여인들은 어두워지면 집 밖을 나가지도 못했습니다.

때로는 다른 교회 은퇴 목사님들이 주일예배를 인도하기 위해 파송되었으나 의처증 남자의 위협을 견딜 수가 없었습니다. 우리는 마치 지하실에 숨어서 예배하는 북한의 성도들과 같았습니다. 어려움이 닥쳐도 '제자의 믿음'은 식지 않았습니다. 주님의 재림을 기다리던 믿음의 선진들처럼 서쪽 하늘 붉은 노을을 바라보며 기도의 손을 모았는데, 백 목사님의 부임 소식을 전해 들었습니다. 그러나 우리는 선뜻 교회로 나올 수 없었습니다. 악몽 같은 지난 일들이 떠올랐기 때문입니다. ……."

이 집사는 손수건을 꺼내어 흐르는 눈물을 닦았다.

"집사님, 그 '의처증 남자'는 어떻게 지내고 있습니까?"

백 목사는 그들이 겪은 일들이 자기에게 닥친 것 같았다.

"요즘은 눈에 띄지 않고 노모의 모습만 보였습니다. 얼마 전 그의 숙부가 정신요양원에 보냈다고 들었습니다. 사람들은 그를 정신병자라고 말하지요."

"하나님께서 이곳에 교회를 세우시고 우리를 세상에서 불러내심은 마침내 젖과 꿀이 흐르는 가나안 복지로 인도하려는 뜻이 있을 줄 믿습니다. 또한 주님은 부족한 저에게 여러분과 함께 고난받으며 생명의 길을 걸어가도록 사명을 주셨습니다. 힘을 모아 어두운 이 골짜기를 밝혀 가십시다. 그리고 집사님, 이번 주일은 부활주일입니다. 구역 식구들이 모두 교회에서 만날 수 있으면 좋겠습니다."

백 목사가 기도한 뒤 이 집사는 부활절에 교회에서 만

날 것을 약속하고 돌아갔다.

이튿날 토요일 오후 백 목사가 설교 준비를 마무리하고 있을 때 교회당 안에서 사람 소리가 들렸다. 지난주일 수출자유무역지역에서 교회에 나왔던 두 청년이 교회당을 쓸고 닦고 청소를 하고 있었다. 그들은 마당도 깨끗이 쓸어놓고 마을로 아이들을 찾아 나섰다. 산호초등학교 운동장에 놀고 있는 아이들에게 사탕을 나눠주고, 교회에 열심히 나왔던 친구들을 데리고 이 마을 저 마을을 아이들을 찾아 내일은 부활절이라고 말하며 손가락을 걸고 약속했다.

"선생님! 내일 교회에 가면 빵도 줍니까?"

아이들은 오랜만에 만난 박진태 선생에게 매달리며 어리광을 부렸다. 특별한 놀이가 없는 마을 아이들에게 지난날의 교회 생활은 그리움으로 되살아났다. 교회 이름이 찍힌 티셔츠를 하나씩 받아 입고 소리 높여 즐거운 노래를 불렀고, 선생님들이 지도하던 게임도 참으로 재미있었다. 아이들은 박 선생과 홍 선생의 뒤를 따라 이 골목 저 골목을 누비며 친구들을 찾아냈다. 한 부락에서는 여 청년 한 사람을 만났다.

"손미영 선생님, 오랜만입니다."

박 선생이 반갑게 인사했다.

"어머! 오늘 어떻게 이곳까지? 정말 오랜만입니다."

손 선생은 따라다니는 아이들과도 손을 맞잡고 인사했다. 시청에 근무하는 그녀는 교회학교 교사와 어른 예배 반주를 맡아 했었다.

"목사님 새로 부임하셨다는 소식 들었지요?"

"예, 한차례 '편지'를 받은 적이 있습니다만 아직 찾아뵙지 못했습니다."

"인사하세요. 이분은 나와 함께 회사에 근무하는 홍정기 선생입니다. 외삼촌이 목사님이지요."

"처음 뵙겠습니다."

둘은 서로 인사를 나누었다.

"내일은 부활절입니다. 우리 모두 교회에서 만납시다. 아이들이 우리를 보고 저렇게 좋아하잖아요."

"그럽시다. 얘들아! 내일 오전 9시, 교회에서 만나자. 꼬—옥!"

손미영은 아이들과 약속을 확인했다.

"친구인 최유경 선생에게도 연락해서 함께 나오세요."

박진태 선생이 손미영에게 부탁했다.

오늘의 발걸음은 마치 여름성경학교를 앞두고 아이들

에게 전도하러 마을을 돌아다닐 때와 같은 생각이 들었다. 박 선생은 교회로 돌아와 교회학교 아이들 심방 결과를 백 목사에게 알리고 아이들에게 나눠줄 빵도 함께 준비하면 좋겠다고 말했다. 그리고 김성식 집사를 만나서는 아침 일찍 1톤 트럭으로 멀리 있는 아이들을 태워 오도록 부탁했다. 지난날도 여름성경학교 때는 아이들을 실어 날랐고, 유 목사가 멀리 순회 구역예배에 참석할 때는 김 집사가 트럭을 운전하여 동행했다. 설자와 조정숙 집사는 내일 부활절에 아이들에게 나눠줄 달걀을 삶고 지난해와는 달리 올해는 떡 대신 빵을 주문했다. 박진태, 홍정기 선생은 교회당 벽장에서 지난해 사용했던 부활절 글자판을 찾아 강대상을 장식하고 늦게 돌아갔다.

12

구름 한 점 없이 파란 하늘, 부활절 아침의 기쁨은 하얀 파도처럼 밀려들었다. 언제나 조용하던 교회 마당은 제비처럼 조잘거리는 아이들의 소리로 넘쳐났다. 그 소리는 교회당 안으로 빨려들어 즐거운 찬송 소리로 변했다. 예배 후에 아이들은 무지개 색깔로 칠한 달걀과 빵을 두 손에 받아들고 썰물처럼 교회당을 빠져나갔다. 백 목사는 아이들의 머리를 일일이 쓰다듬으며 축복했다. 잠시 후에 어른 예배가 시작되었다. 백형기 목사는 「의미 있는 인생」(마태복음 28장 1절–10절)이란 제목으로 설교했다.

　태어나고 늙고 병들고 그리고 죽는 것, 이것이 인생입니다. 사람이 죽으면 장례를 치르고 사흘이 지나서 묘소를 둘러보고, 그리고 일상으로 돌아가서 늙고 병들거나, 병들고 늙어갑니다. 조상들이 하던 어제의 일들을 오늘 부모님들이 그대로 이어받고, 부모님들의 일을 자식들이 따라 하면서 인생은 강물처럼 흘러갑니다. 흘러가는 강물! 그것을 생각하는 사람들에게는 하나의 낭만일 수도 있겠지만 그저 흘러가는 것만으로는 아무런 의미가 없습니다. 강물은 댐을 만나 전기를 일으키고, 식수와 농·공용수가 되어 가정으로, 공장으로 공급될 때 더 큰 의미를 갖게 될 것입니다.
　오늘 본문에 나타난 막달라 마리아와 다른 마리아는 예수님의 시신을 보러 갔다가 뜻밖에 부활하신 예수님을 만나 새로운 인생의 의미를 발견하고 있습니다. 엊그제는 한식과 식목일이 겹치는 주말이어서 조상의 무덤을 찾는 사람들과 주말을 즐기려는 차량의 물결로 도로는 북새통이었습니다. 아마 우리나라 사람들만큼 무덤을 열심히 찾는 사람들도 없을 것입니다. 사람들은 무덤을 소중히 여기고 거기에 인간의 생사화복이 달린 것처럼 생각합니다.

무덤 속에서 예수님을 찾으려는 여인들에게 천사는 "그가 여기 계시지 않고 살아나셨느니라." 일러주었습니다. 그리스도인들도 조상의 무덤을 찾아갑니다. 그리고 언젠가는 우리도 죽게 될 것입니다. 그러나 예수님은 "나는 부활이요 생명이니 나를 믿는 자는 죽어도 살겠고 무릇 살아서 나를 믿는 자는 영원히 죽지 아니하리라"(요한복음11:25) 말씀했습니다. 인생의 의미는 살아있는 자에게서만 찾을 수 있습니다.

오늘이 끝이 아니라 내일이 있다는 소망, 이 믿음이 의미 있는 역사를 이어오게 했습니다. 하나님의 말씀은 인생을 의미 있게 만들어주십니다. 바울은 고린도 교회에 말씀했습니다. "너희가 만일 내가 전한 그 말을 굳게 지키고 헛되이 믿지 아니하였으면 그로 말미암아 구원을 받으리라"(고린도전서15:2) 주님은 성경 말씀대로 죽으시고 그 약속대로 사흘 만에 다시 살아나셨습니다. 예수 부활의 소식을 전하는 것은 믿는 자의 사명입니다. 요한 웨슬레는 "사명이 있는 자는 죽지 않는다"고 말했습니다.

사랑하는 성도 여러분, 예수님은 두 여인에게 부활의 소식을 전하라고 말씀하셨습니다. 그리고 두려워 떠는 제자들에게는 갈릴리에서 만날 것을 미리 약속하셨습니다. 갈릴리는 복음 전파의 출발점입니다. 오늘의 갈릴리는 우리들의 교회입니다. 부활하신 주님을 만나고 말씀 따라 사명을 감당함으로 의미 있는 인생을 살아가는 복된 성도들이 되십시다.

예배 후에 백 목사는 20여 명의 성도들과 일일이 악수하며 인사를 나누었다.

"반갑습니다!"

"많은 은혜 받았습니다!"

"감사합니다!"

부활의 기쁨을 서로 나누는 성도들의 눈시울은 젖어 있었다. 특별히 성도들은 설자를 둘러싸고 많은 얘기를 하고 있었다. 인사를 나누는 동안 김성식 집사 부부와 이경순 집사는 밖으로 나가고, 박진태 선생을 비롯한 교회학교 교사들이 포마이카 식탁을 펼쳤다. 예배당 밖으로 나갔던 조정숙 집사와 이경순 집사는 김 집사 차로 음식을 실어 왔다. 이것은 어제저녁 때 조 집사와 이 집사가 오늘 부활절을 위해 준비해 놓은 것이다. 백 목사와 설자는 성도들의 점심 식사를 걱정하고 있었으나 모든 것을 직분자들이 스스로 해결하고 있는 것이 놀라웠다. 성도들도 오늘까지 믿음을 지키며 기도한 것에 대한 응답으로 하나님이 백 목사를 보내주신 것을 감사드렸다.

다행히 팀장과 구역원들은 30~40대의 젊은 분들이었다. 그동안 그들이 지켜온 믿음과 열정은 어떤 일도 감당할 수 있을 것이라는 생각이 들었다. 어느 교회에나 마찬가지 현상이지만 오늘 남자들은 아무도 보이지 않았다. 그러나 백 목사는 구역별로 아내들이 때를 따라 모여서 예배할 수 있는 환경을 허락해준 남편들도 멀지 않아 교회에 합류할 것이란 생각이 들었다. 부활절과 함께 교회는 다시 살아났다. 백 목사와 설자도 새 힘을 얻었다. 저녁예배에도 10여 명이 모여 예배를 드렸고, 이튿날 새벽 기도회에도 5~6명이 모였다. 교회학교도 어른 예배도 지난날의 모습을 서서히 회복해가고 있었다.

이튿날 신문은 서울의 부활절 연합예배 소식을 다음과

같이 전하고 있었다.

「1973년 4월 22일 부활주일 새벽 5시, 서울 남산야외음악당에서 6만여 명의 신도가 모인 가운데 부활절 예배가 거행되었다. 진보세력을 대표하는 한국기독교교회협의회(KNCC)와 보수세력 연합체인 대한기독교연합회(DCC)가 자리를 함께한 것은 부활절 연합예배를 개최한 지 17년 만에 처음 있는 일이었다. 해 뜰 무렵 예배를 마친 신도들은 사방으로 흩어져 남산을 내려갔다. 그때 회현동 쪽으로 내려가던 군중 속에서는 몇몇 청년들이 유신반대 글귀가 인쇄된 전단지를 나눠주었다. 군중들은 대부분 돌아갔으나 청년들은 전단지 수백 장씩을 배포한 뒤 각자 귀가했다. 유신반대 운동은 곳곳에서 이어지고 있었다.」

백 목사는 6월에 접어들면서 잃은 양을 되찾고 지역 복음화의 소명을 다하기 위해 대구에서 개최되는 목회자세미나에 참석했다.

"또 네가 많은 증인 앞에서 내게 들은 바를 충성된 사람들에게 부탁하라. 그들이 다른 사람들을 가르칠 수 있으리라."(디모데후서2:2)

백 목사는 세미나에서 들었던 말씀이 늘 머릿속에 맴돌았다. 그리고 유 목사가 충성된 사람들에게 부탁한 제자훈련이 교회의 그루터기로 남아있다는 것을 잊지 않았다. 그는 김 집사와 함께 결혼식이 있는 가정이나 초상집을 빠짐없이 찾아가서 축하하고 위로했다. 설자는 조정숙, 이경순 집사와 함께 몸이 불편한 노인들의 가정이나 경로당을 찾아 그들의 일을 돕고 건강을 보살피는 일을 계속했다. 교인들은 하나님이 요구하시는 사명을 깨달음으로 큰 기쁨을 느끼고 서로의 믿음이 서로를 일으켜 세우며 교회는 조금씩 성장했다. 게다가 얼마 전부터는 창원지역에 신도시가 건설된다는 기쁜 소식도 들려왔다.

13

들판에는 벼 베기가 시작되었다. 백형기 목사는 주중에 몇몇 청년들과 가을걷이에 일손을 보탰다. 갈릴리교회 추수 감사 주일에는 그동안 교회를 쉬고 있던 성도들이 모습을 드러냈다. 씨를 뿌리고 열매를 거두어들이는 일보다 더한 기쁨이 있을까? 백 목사는 은혜가 넘치는 감사의 찬양을 올리고 있었다. 저녁예배를 마치고는 성도들을 교회 앞 큰길에까지 전송했다. 돌아와서는 교회당의 불을 끄고 사택으로 들어가려는데 그의 앞에 한 남자가 불쑥 나타났다.

"누구세요? 어떻게 오셨습니까?"

백 목사는 낯선 분에게 친절히 인사하며 물었다. 그는 술 냄새를 확, 풍겼다.

"당신이 새로 온 목사인가!?"

그는 대답 대신 담임목사인지를 확인했다.

"예, 제가 백형기 목사입니다. 안으로 좀 드시지요."

백 목사는 그를 목양실로 안내하려 했으나 듣지 않았다.

"난 정신자 집사 남편이야! 내 아내를 찾으러 왔어!"

그는 백 목사에게 다짜고짜로 시비를 걸었다. 술 취한 그의 눈은 창에서 비치는 불빛에도 살기가 등등했다. 백 목사는 그가 '의처증 남자'란 것을 직감했다. 그는 백 목사의 멱살을 잡고 흔들며 계속해서 "내 아내를 찾아내라!" 소리를 질렀다. 백 목사가 그의 손을 뿌리치자 그는 땅바닥에 쓰러졌다.

"목사가 사람을 쳤어!!"

그는 다시 일어나 백 목사의 옷자락을 잡고 늘어졌다.

"교회당엔 아무도 없습니다. 성도들은 예배를 마치고

다 돌아갔습니다."

백 목사는 그의 손을 잡고 알아듣게 또박또박 말했으나 그는 내 아내를 어디로 빼돌렸어!? 다그치며 달려들었다. 그와는 대화가 되지 않았다. 뿌리치면 일어나 달려들고, 넘어지면 '목사가 사람을 쳤다'고 소리 질렀다. 의처증 남자는 얼마 전 정신요양원에서 퇴원했다. 마침 교회 앞을 지나던 마을 사람이 그 고함소리를 듣고 들어왔다.

"한동안 안 보이더니만 왜 또 교회에 와서 행패를 부리나? 목사님은 우리 마을을 위해 오신 분이야."

그는 의처증 남자를 그의 집으로 끌고 갔다. 의처증 남자의 행패는 그것으로 끝나지 않았다. 낮에는 온종일 집 안에 들어박혀 모습을 드러내지 않지만 어두워지면 술에 취해 교회를 찾아와 백 목사를 괴롭혔다. 그는 전임자 유 목사가 그의 아내를 어디다 숨겼고, 후임 백 목사도 여자들을 유혹하는 공범이라는 생각에 빠져있었다. 의처증 남자가 어두워지기만 하면 날마다 백 목사를 찾아와 괴롭힌다는 것을 설자 외에 아는 사람은 아무도 없었다. 백 목사는 심한 강박증에 시달렸다. 이런 상태가 지속된다면 목회를 계속할 수 없을 것 같았다. 그는 시간을 내어 용마산 기도바위에 올라가 엎드렸다.

이런 고통을 당하고 있을 즈음에 백 목사는 창신대에서 보낸 공문을 받았다. 해마다 최우수 졸업논문상 수상자에게 주어지는 특전이 올해에는 이제야 결정되었다는 것이었다. 그것은 미국 프린스턴 대학원에서 3년간 박사 과정을 공부할 수 있도록 모든 것을 지원하는 프로그램이었다. 백 목사는 상경해서 이영빈 학장을 찾아뵙고 본인이 원한다면 내년 새 학기부터 공부할 수 있다는 것을 확인했다. 학장은 한 달 후에는 그 여부를 확답해달라고 말했다. 학교에서는 백 목사와 같은 일꾼을 시골에 묻어두는 것이 아쉬웠다. 이 학장은 백 목사가 그 특전을 받아들이기만 하면 미래의 후학들을 위해 모교에서 크게 기여할 수 있을 것으로 기대하고 있었다. 백 목사는 돌아와서 그 사실을 설자에게 알렸다.

"여보, 잘 됐어요! 이렇게 어려운 형편에 처한 당신을 위해 하나님이 새로운 길을 예비하고 계신 것 같아요!"

설자는 '성경 필사'를 하던 손길을 멈추고 남편을 쳐다보았다.

"글쎄요. 이곳으로 보냄을 받았을 때 우리는 하나님의 뜻이라고 생각했어요. 지금 어려움을 당한다고 해서 어찌 하나님의 뜻이 아니라고 말 할 수 있겠어요?"

"하나님이 당신을 더 크게 쓰시기 위해 이런 시련으로 훈련하실 수도 있잖아요."

"하나님의 훈련은 짧은 기간에 끝나는 것이 아닙니다. 바로의 공주의 아들이었던 모세는 미디안 광야로 도망하여 40년을 죽어지냈지요. 그러다 어느 날 떨기나무 불꽃 앞에서 하나님의 부름을 받았습니다."

"아무튼 당신이 잘 생각하고 한 달 후에는 학장님께 미국 유학을 받아들이겠다는 답을 드리면 좋겠어요."

"아무도 가지 않으려는 '땅끝'을 찾아왔던 백형기가 세워주신 교회에서 1년도 견디지 못하고 도망갔다는 말을 내가 어떻게 참을 수 있을 건가요."

백 목사는 기도 외에는 답을 찾을 길이 없었다. 그는 용마산 기도바위에 올라 기도를 계속했다. 사방으로 잔솔이 둘러싸인 너럭바위는 마치 하인리히 호프만의 유화 〈겟세마네 정원에서의 그리스도〉에서 보이는 바위모양 같았다. 백 목사는 한 달간 그곳에서 기도한 후 가부를 결정하기로 마음먹고 매일 저녁 '기도의 동산'으로 올라갔다. 11월 하순의 용마산 기온은 제법 싸늘했다. 그는 자정 무렵까지 이마에 땀이 흐르도록 간절히 기도했다.

의처증 남자는 어두워지면 일상처럼 교회로 찾아왔으

나 백 목사를 만날 수 없었다. 설자는 혹, 의처증 남자가 자기에게 행패를 부릴까 두려워했으나 백 목사가 없으면 그냥 돌아갔다. 그다음 날 저녁에도 그 남자는 교회에 나타났다. 그때는 백 목사가 이미 기도의 동산으로 올라간 뒤였다. 며칠 후 의처증 남자가 조금 일찍 교회로 발걸음을 옮기고 있을 때 백 목사가 저만치 앞서 용마산으로 올라가는 뒷모습을 보았다. 의처증 남자는 멀찌감치 백 목사를 미행했다. 백 목사는 기도바위에 엎드려 방언으로 기도하고 있었다. 발소리를 죽이며 다가간 의처증 남자는 그의 이상한 기도 소리가 무슨 말인지 알아들을 수 없었다. 그는 백 목사에게 시비를 걸 수 없는 어떤 두려움을 느꼈다.

의처증 남자는 지난해 5월 기도바위에서 저질렀던 일을 떠올리고 백 목사도 같은 수법으로 헤치우고 싶었다. 그는 다음날 밤 못과 망치를 준비하고 용마산으로 올라갔다. 백 목사는 바위에 엎드려 신학교 때 '까치동산의 일'을 떠올리며 어려움을 극복하기 위해 꿈꾸듯이 간절히 기도하고 있었다. 이날 의처증 남자는 술에 취하지 않았다. 날마다 술을 마시는 것은 술 힘으로 백 목사를 괴롭히려는 하나의 수단이었다. 이제 그는 새로 온 목사가 그의 아내를 범한 당사자로 보였다. 의처증 남자가 기도하는 백 목사의 뒤통수에 못을 조준하고 망치로 내려치려는 순간, 백 목사는 갑자기 두 손을 번쩍 들고 "아멘! 아멘!……" 잇달아 큰 소리로 부르짖었다. '형기야! 형기야! 내가 너와 함께 있느니라.' 그의 귀에는 주님의 음성이 뚜렷이 들려왔다. 의처증 남자가 머리에 박으려던 못은 두피를 스치며 빗나가고, 백 목사는 깜짝 놀라 뒤를 돌아보았다. 한사람이 무엇을 치켜들고 그를 내려치려는 실루엣이 하늘에 비쳤다. 재빨리 몸을 굴려 피했다. 어둠 속의 남자는 백 목사에게 망치를 휘둘러 머리와 어깨를 무차별 강타하고 산 아래로 달아났다. 백 목사는 그가 의처증 남자라는 것을 알았다.

14

백 목사는 병실 침대에서 어젯밤 일을 돌이켜보았다. '……내가 세상 끝날까지 너희와 항상 함께 있으리라.' 살아계신 주님의 약속이 나의 생명을 지켜주셨다! 그러나 이런 괴롭힘이 계속된다면 내가 어떻게 목회를 이어갈 수 있을까? 그는 로뎀나무 그늘에 앉아서 죽기를 구하던 엘리야의 모습을 떠올렸다. 엘리야는 바알 선지 450명과 싸워 통쾌한 승리를 하고서도 아합왕후 이세벨로부터 생명의 위협을 받고는 광야로 도망하여 "여호와여 넉넉하오니 지금 내 생명을 거두시옵소서."(열왕기상19:4) 하고 엎드렸다. '내가 왜 이런 어려움을 당하는 것일까?' '내가 무엇을 잘못하고 있을까?' 그가 어려움을 당할 때마다 하던 생각이 다시금 밀려왔다. 그의 마음에 화인처럼 남아있는 흔적은 말끔히 태워버린 '마지막 일기장'의 그림자이다. 교회를 위해 부지런히 일할 때는 모두 잊어버리고 있었으나 병상에 누워있으니 지난날의 영상들이 하나하나 되살아났다. '마음을 어지럽히는 이 모든 것들은 내 몸이 쇠약하기 때문이야!' 그는 하루라도 빨리 그 병상을 벗어나고 싶었다.

의처증 남자는 어젯밤 선창가 횟집에서 술을 퍼마시고 겨우 집을 찾아갔다. 다음날은 아무것도 먹지 못하고 온종일 몸이 불덩이처럼 뜨거워져 혼수상태에 빠졌다. 하루가 지난 다음 날 아침 그의 노모는 아들의 상태를 보다 못해 김성식 집사 댁에 알렸고, 경남의료원에 입원시켰다. 그리고 김 집사는 같은 병원에 입원하고 있는 백 목사를 문병했다.

"목사님, 좀 어떻습니까?"

김 집사는 의자를 당겨 앉으며 물었다.

"예, 한결 좋아졌습니다. 집사님, 오늘은 이렇게 일찍 웬일입니까?"

백 목사는 그저께 자기를 입원시킨 김 집사가 오늘 아침 또 병원을 찾은 이유를 물었다.

"정신자 집사 남편을 입원시켰습니다. 오늘 새벽 그의 노모가 아들이 몹시 아프다고 알려왔기 때문입니다."

"……노모님이 참 고생이 많겠습니다!"

백 목사의 뇌리에는 의처증 남자의 환영이 되살아났다. 그는 머리와 어깨를 무참히 얻어맞아 피를 많이 흘렸고 몸을 제대로 가누지 못했다. '젊고 건강해도 죽을 수 있겠구나!' '이 몸서리칠 상황을 어떻게 이겨낼 수 있을까?' 날마다 그에게 찾아와 행패를 부리고, 용마산 바위에서 기도하던 그의 생명을 노리던 의처증 남자가 퇴원 후에도 계속해서 그를 괴롭힐 것을 생각하니 끔찍스러웠다. 병원 복도에는 하루 한두 번씩 통곡 소리가 들린다. 입원환자가 운명하고 그 시신이 지하 영안실로 옮겨질 때 유족들이 우는 소리이다. 백 목사는 살아있는 것이 이처럼 괴로움을 안겨주는 경험을 한 적이 없었다. 갈릴리교회 성도들은 오랜 칩거 믿음에서 벗어나 이제 교회의 참모습을 찾아가고 있는데 목사는 이렇게 병원 신세를 지고 있으니……, 그는 밤새 한잠도 이루지 못했다. 할 수 있으면 하루라도 빨리 교회로 돌아가고 싶었다.

"어떻습니까? 언제쯤 퇴원할 수 있겠습니까?"

백 목사는 머리와 어깨 상처를 드레싱 하는 간호사에게 물었다. 그의 머리와 이마는 스물세 바늘이나 꿰맸었다.

"상처가 낫기까지는 시간이 좀 걸리겠습니다."

간호사는 안정이 더 필요하다고 말했다. 몸이 부자유한 병상의 하루하루는 갑갑한 마음들이 소용돌이치는 여울 같았다. 어린 형기는 소를 놓아두고 풀밭에 누워 서쪽 하늘에 떠 있는 하얀 반달을 쳐다보고 있었다. 어릴 적 고향의 모습이다. 귀에는 '그 귀한 세월 보내고 이제 옵니다' 찬송가 한 소절이 되풀이되고 있었다. 이날 오후엔 이경순 집사와 조정숙 집사가 야생화 한다발을 안고 문병 왔다. 백 목사는 그들과 교회를 위해서 간절히 기도했다.

다음 날 오후 김 집사가 백 목사의 병실을 찾았다. 그는 머리에 붕대를 감고 잠들어 있는 백 목사의 손을 가만히 잡았다.

"집사님, 매일 이렇게 오시지 않아도……."

백 목사는 눈을 뜨고 쳐다보았다.

"조금 전 정 집사 남편이 위독하다는 연락을 받고 달려 왔습니다. 패혈증이라고 합디다."

슈바이처는 진찰실이나 식당에 잘못 들어와 그물망에서 퍼덕이는 모기나 파리 한 마리도 유리컵으로 받아 종이로 덮어 밖으로 날려 보냈다. 백 목사는 사경을 헤매는 의처증 남자를 위해 기도하고 싶었다.

"집사님, 정 집사 남편을 문병할 수 있을까요?"

백 목사는 몸을 일으켜 앉으면서 물었다.

"그는 중환자실에 있습니다. 목사님 몸도 불편하신데……."

백 목사는 김 집사의 부축을 받으며 중환자실로 천천히 발걸음을 옮겼다. 정 집사 남편은 맨 안쪽 병상에서 혈액 투석 장치와 수액주사를 주렁주렁 달고 산소마스크를 하고 있었다. 심장 모니터에는 혈압, 심박수, 혈중 산소포화도 그래프가 조금씩 떨어지고 있었다. 김 집사가 그의 손등을 쓰다듬자 겨우 눈을 힘없이 뜨고 함께 온 백 목사를 쳐다보았다. 그리고 입술로 무슨 말을 중얼거리다 다시 눈을 감았다. 백 목사는 그의 머리에 손을 얹었다. 김 집사도 함께 그의 손을 잡고 고개를 숙였다.

"전능하신 아버지 하나님, 히스기야의 생명을 15년이나 연장하신 사랑의 하나님, ……."

백 목사는 그의 회복을 위해 간절히 기도하고 병실로 돌아왔다.

저녁때 김 집사가 다시 백 목사의 병실을 찾아왔다.

"정 집사 남편이 조금 전에 숨을 거두었습니다!"

"예!? 그 병이 그렇게 빨리……."

백 목사는 몸을 반쯤 일으키다 다시 누웠다.

"급성 패혈증은 3~4일을 넘기지 못한다고 합니다. 요즘 어패류를 날로 먹으면 위험하지요."

김 집사는 노모에게 알리기 위해 서둘러 집으로 돌아갔다.

의처증 남자의 죽음은 자기의 모든 허물을 쓸어가고 애처로움만 남겨놓았다. 백 목사는 길 잃은 양을 제대로 품지 못한 좁은 가슴이 원망스럽고, 누구보다 주님을 더 사랑한다는 고백이 부끄러웠다. 그는 상처 진 몸보다 가슴이 더 아팠다. 한때는 '내가 땅끝을 찾아가면 그곳 사람들은 얼마 가지 않아 변화될 것'이라 생각했다. 그러나 그늘진 그 마을에는 사랑도 봉사도 통하지 않을 때가 많았다. 처음에는 '땅끝'을 찾아가는 사람이 자기 혼자뿐이라는데 자부심도 가졌다. 그러나 엠마오로 가던 제자들처럼 주님이 동행하시는 줄을 비로소 깨달았다. '모두 주를 버릴지라도 나는 결코 버리지 않겠나이다!' 그는 베드로처럼 수없이 다짐했으나 약속을 제대로 지키지 못했다. 돌아보면 '서원'에 매여 끌려온 것이었다. 믿음이란 약속을 기다리는 그에게 겨자씨만큼 남아있는 힘이었다. 그가 약속을 지킨 것이 아니라 주님의 약속이 흔들리는 그를 지켜주신 것이다. 크리스마스를 며칠 앞두고 백 목사는 퇴원하여 갈릴리교회로 돌아왔다. 그리던 성도들과 함께 감격의 성탄절 예배를 드리고 소망이 피어나는 새해를 맞았다.

15

백형기는 새해 첫날 아침 신문을 펼쳤다. 신선한 잉크 냄새는 언제나 새로운 기대감을 불러일으킨다. 그러나 창간기념일이나 새해 특집은 그럴듯한 제목과는 달리 내용은 그 바람을 채워주지 못했다. 그가 새해 신문에서 가장 주목하는 것은 신춘문예, 특히 소설에 관심이 많았다. 그는 대학교 때부터 시작해 출판사의 일을 하면서도 꾸준한 습작으로 등단의 꿈을 키웠다. 신학생이 되고 나서는 일단 그 꿈을 접었다. 작품을 구상하거나 쓸만한 정신적 시간적 여유가 없었기 때문이다. 그럼에도 불구하고 새해 아침이면 몇 개의 신문을 구입하여 당선작품을 읽어보는 것을 오랜 습관처럼 하고 있었다.

C 신문의 '신춘문예' 타블로이드판 앞면 사진에는 당선의 영광을 안은 각 장르의 남녀 여덟 명이 공원의 나목을 배경으로 환하게 웃거나 미소 지으며 행복한 표정으로 포즈를 취하고 서 있다. 낯익은 얼굴은 하나도 없었다. 언젠가는 그들 가운데 한사람이 되어볼 것이라는 꿈을 꾸던 시절이 있었다. 그것은 아직도 먼 미래의 이야기로 남아있을 뿐이다. 한 장을 넘기자 〈시〉와 당선 소감이 보이고, 그다음 페이지에는 〈소설〉이 몇 개의 색조 삽화를 곁들여 5페이지에 걸쳐 실려있다. '단편소설 「완행열차」 – 박정아'. 동명이인인가? 다시 표지 사진의 얼굴들을 하나하나 뜯어보았다. 오른쪽에서 두 번째 모습, 그린 색깔 코트를 입고 두 손을 포켓에 찌르고 살짝 웃는 여자의 얼굴이 어딘가 눈에 익은 것 같았다. 아니, 정아가 틀림없

었다! 가슴이 잠시 분주하게 뜀박질했다. 백형기는 제목을 보면서 십여 년 전 여름방학 때 귀향 열차에서 만났던 단발머리 여학생을 떠올렸다. 아무에게도 그때 일을 드러낸 적 없으나 그 모습이 언뜻언뜻 생각의 옷자락을 잡아끌 때가 있었다.

　─독일 유학생인 여자주인공은 겨울방학을 이용해 친구와 함께 주네브 행 테제베를 타고 스위스 종교개혁의 발자취를 탐방하러 가는 길이다. 그녀는 중학교 여름방학 때 친척 집을 찾아가면서 옆자리에 앉았던 한 대학생과의 대화를 불러내어 지난 일을 회고하고 있다. "……삶이란 혼자서 완행열차를 타고 먼 길을 가는 여행이야. 여러 사람이 거쳐 가는 옆자리는 채워졌다가는 다시 비기 마련이지. 돌아보면 나는 많은 것을 잃어버렸어! 내가 만약 인생의 어떤 전환점에 놓여있다면 그것은 내가 얻은 것 때문이 아니라 잃어버린 것 때문일 거야[7]……." 두 사람은 레만호반의 벤치에 나란히 앉아 이야기를 이어가고 있다. "나는 그 선생님의 권유로 이때까지 부르던 '하느님'을 '하나님'으로 바꾸기까지 했는데……." 화자는 존

---

7)　알베르 카뮈 『작가수첩 I 』(김화영 역, 1998, 책세상) p.90

경하던 그분이 여자의 마음을 헤아릴 줄 모르는 사람으로
묘사하고 있다.

　병상에서 어른거리던 '마지막 일기장'의 잔상은 퇴원할
때 환자복과 함께 미련 없이 벗어버리고 왔는데 그 그림
자는 새해 아침 신문에서 다시금 모습을 드러냈다. 시상
식 자리에 참석해서 언젠가 소설을 써보고 싶다던 정아의
모습을 먼발치에서라도 한번 보고 싶다. '부르심'의 소리
가 들리지 않을 만큼 정아를 사랑하던 마음으로 '여자의
마음을 헤아릴 줄 모르는 사람'을 변명이라도 하고 싶다.
은행잎이 수놓은 길로 우산을 함께 받으며 툇마루가 달
린 이모 집까지 걸어가 처음부터 이야기를 다시 할 수 있
다면……. 체육 시간 평균대 위에서 실족하여 코끼리 다
리처럼 부풀어 오른 다리로 병상에서 외로움을 앓던 그녀
에게 한 장의 편지도 할 수 없었던 병영의 상황을 자세히
설명하고 싶다. 제복을 벗은 홀가분한 마음으로 하회마
을을 돌아보며 입속에서만 맴돌던 '사랑한다'는 말을 그
윽하게 내보내고 싶다.
　그러나 '사랑'은 두 팔을 벌려 그를 가로막았다. '모든
강물은 다 바다로 흐르되 바다를 채우지 못하며…….' 사

랑은 뒤쫓아가서 붙들어 맬 수 있는 것이 아니다. 새장에 기르던 새를 창공으로 훨훨 날려 보내듯 참사랑은 자유롭게 놓아주어야 한다. 일기장을 불태웠으나 사랑은 태울 수 없었다. 태울 수 없는 사랑도 사노라면……. 누구나 오늘을 붙잡아 둘 수는 없다. 내일의 기쁨은 오늘의 기쁨이 자리를 내어줌으로 누릴 수 있는 것이다. 하나의 물결이 아름답게 굽이치는 것은 바로 그 앞의 물결이 자리를 비켜주기 때문이다. 저마다 꽃은 모름지기 열매를 위하여 시들고, 그 열매가 떨어져 죽지 않으면 새로운 꽃은 피어날 수 없다. 그래서 봄은 겨울로 인해 더욱 화려하게 빛난다. 과거에 집착하는 우리의 마음이 얼마나 많은 아름다운 미래를 잃어버리고 있는 것인가?[8]

백형기는 마지막 일기장을 불태우던 제의를 떠올렸다. 사람들은 누구나 자기 그림자를 잊어버리고 산다. 그러나 빛을 등지고 돌아서면 그림자는 언제나 그 자리를 지키고 있다. 자기 그림자로부터 자유로울 사람은 아무도 없다. 그는 어쩌다 뒤따라오는 그림자를 돌아보고 싶을 때가 있었다. 그때마다 '손에 쟁기를 잡고 뒤를 돌아보는

---

8) 앙드레 지드 『지상의 양식』(김화영 역, 2009, 민음사) p.254

자는 하나님의 나라에 합당하지 아니하니라!'—음성이 조용히 울렸다. 소명의 길이란 자기가 원하여 가는 길이 아니며, 하고 싶다고 할 수 있는 일도 아니다. '귀 있는 자'가 가는 길이며 '부름받은 자'가 해야 할 일이다. 한 굽이 돌면 또 한 굽이, 산 너머 산이 가로막아도 돌아설 수 없는 길! 백형기는 은혜의 길목에 '소금기둥⁹⁾'을 세우고 싶지는 않았다.

아침나절은 아무 일도 손에 잡히지 않았다. 마치 처음 이곳에 부임했을 때처럼 모든 것이 낯설어 보였다. 목양실 앞 화단에는 벌써 매화 몽우리가 입을 열기 시작했다. 늦어진 새해 목회계획을 세우려고 책상 앞에 앉았으나 지난날의 기억들만 되살아났다. 설자가 머그잔에 따끈한 한방차를 내왔다. "여보, 너무 무리하지 마세요!" "나, 괜찮아요." 미소를 짓는 그를 물끄러미 쳐다보다 방을 나가는 그녀의 뒷모습을 바라보았다. 아내의 등에 지워진 십자가가 더 커 보였다. 차를 마시며 흐트러진 마음을 가다듬자 '자기를 부인하고 자기 십자가를 지고 나를 따르라'는 말씀! 그는 목회란 주님보다 앞서는 것이 아니라 주님

---

9) 소돔에서 나온 롯의 아내는 천사의 경고를 무시하고 뒤를 돌아다보다가 소금기둥이 되었다.(창세기19:26)

의 뒤를 따라가야 한다는 것을 새삼 되새겼다. '눈물을 흘리며 씨를 뿌리는 자는 기쁨으로 거두리로다.' 주님의 음성이 들렸다. 하지만 백형기는 분명히 알고 있었다. 이제막 비아돌로로사[10]의 입구에 들어섰다는 것을!

---

10) 예수가 빌라도 법정에서 골고다까지 십자가를 지고 걸어간 '고난의 길 (Via Dolorosa)'.

* 박창환(전 장신대학장)의 미간행 회고록 『하나님의 넘치는 축복 속에 걸어온 나의 삶』을 참고했다.

신앙(信仰)의 실천을 향한 여로(旅路)

송명희(문학평론가, 부경대 명예교수)

안유환 작가는 10여 년 동안 언론인으로 일하다 장로회신학대학원을 졸업하고 예장통합 목사로서 23년간 목회활동을 했다. 그가 소설집『둥근별』,『그는 언제나 맨발이었다』에 이어 첫 번째 장편소설『주네브행 열차』를 발간한다며 원고를 보내왔다. 매체를 통해 여러 장르에 걸친 그의 글들을 이미 읽어왔기에 선뜻 해설을 쓰겠다고 답변을 했다.

작품을 읽어보니,『주네브행 열차』는 작가의 상상력이 빚어낸 허구적 작품이기보다는 전기적 성격의 소설로 보였다. 정확히 자신의 삶을 그린 자전적 성격의 소설인지, 타인의 삶을 다룬 전기적 성격의 소설인지 알 수 없었지만 나는 그 의문에 대해 작가에게 질문하지 않았다. 자신의 삶을 모델로 삼았든 타인의 삶을 그려냈든 나는 이 작품을 하나의 소설로만 읽으려고 하고, 읽은 대로 솔직하게 글을 쓰려고 생각했기 때문이다.

자서전 연구에 평생을 바친 필립 르죈(Philippe Lejeune)에 의하면 자서전이 되기 위해서는 저자와 화자와 주인공 간의 동일성이 성립해야 한다. 반면 소설은 저자와 화자와 주인공이 동일하지 않으며, 이야기의 내용이 허구의 텍스트이다. 프랑스의 구조주의 문예이론가 제라르 쥬네트(Gerard Genette)의 『서사담론』에 의하면 시간의 범주는 순서, 지속, 빈도로 도식화된다. 그는 형식의 측면에서 스토리의 시간과 플롯의 시간을 살핀다. 스토리에서 사건이 일어나는 순서와 플롯에서 사건이 일어나는 순서(order)는 어떻게 다른가, 둘 사이에서 사건이 지속(duration)되는 시간의 길이는 어떤가, 둘 사이에서 사건이 일어나는 빈도(frequency) 수는 어떤가, 하는 것을 살핀다.

이 가운데 순서는 스토리 시간과 플롯 시간의 불일치 문제를 다룬다. 즉 서사 구성에서 사건들의 시간적 논리를 변조시킴으로써 계기적 질서를 혼란시키고 이야기를 낯설게 만드는 문제가 순서이다. 시간 변조에는 소급제시(회상), 사전제시(예상)가 있다. 『주네브행 열차』는 순차적 시간 구성 대신 시간순서의 불일치에서 오는 낯설게 하기의 효과를 위해 작품의 서두를 경험적 시간, 즉 스토리 시간과는 다른 플롯 시간을 구성하고 있다.

선한 목자로 칭송받던 담임목사는 용마산 산마루에서 밤새워 기도하다 숨졌다. 목자를 잃은 양 무리는 뿔뿔이 흩어지고, 교회당은 해가 바뀌도록 먼지 쌓인 빈집으로 남아있었다. 마을 사람들 사이에는 '목사가 여 집사를 범했다'는 말이 나돌았다. 소문은 꼬리에 꼬리를 물고 이웃 마을로 번져갔다. 신학교 졸업을 앞두고 잡초 우거진 '땅끝'만을 찾다가 후임으로 부임한 백형기도 오늘까지 살아있는 것이 꿈만 같았다. 며칠 전 퇴원하고 돌아와 마음을 추스르고 늦어버린 새해 목회계획을 세우려고 책상 앞에 앉았으나 생각나는 것은 지난 일들뿐이었다. 백 목사는 아직도 트라우마에서 벗어나지 못하고 있었다. (6쪽)

작품의 서두는 마치 르와르 영화의 첫 장면처럼 충격적인 긴장감을 불러일으킨다. 이 서두는 스토리 시간에서는 끝부분에 와야 할 대목이다. 그런데 작가는 시간순서의 아나크로니(변조)를 통해 이야기를 낯설게 만들고 있다. 전임 목사의 죽음과 관련된 스캔들로 불리어질 만한 소문과 후임 목사로 온 백형기가 살해당했을지도 모를 충격적 사건이 서두에 배치됨으로써 독자들은 흥미진진한 관심을 갖지 않을 수 없다. 일단 작품의 서두는 독자들의 강렬한 호기심을 불러일으켰다는 점에서 성공적이다.

이 작품의 서두는 마치 추리소설처럼 누구에 의해 그런 충격적 사건이 발생했는가, 라는 의문을 불러일으킨다. 추리소설은 시몬스(J. Symons)에 의하면 '문제의 제출'과 '탐정의 논리적 추론에 의한 해결'이라는 두 가지 요소를 전제로 한다. 즉 '수수께끼의 제출→논리적 추론에 의한 조사→수수께끼의 해결'이라는 형식적 틀에 기초한 플롯으로 구성된다. 하지만 『주네브행 열차』는 결코 추리소설이 아니다. 살인사건 또는 살인미수 사건과 같은 범죄가 존재하고 이를 충족시키기 위한 희생자와 범인은 존재하지만 사건을 해결하는 탐정의 존재나 논리적 추론에 의해 사건의 수수께끼를 해결한다는 플롯은 존재하지 않기 때문이다.

그러면 작품의 서두에서 제시된 살인사건과 살인미수

사건의 의문은 논리적 추리 없이 어떻게 풀리는가? 작품은 제3부 13장에 오면 서두에서 제기된 의문이 저절로 풀리도록 플롯이 구성되어 있다. 물론 이 의문은 탐정의 논리적 추론에 의해 풀린 것은 아니다. 신앙소설은 신앙심을 높이고, 종교에 대한 배경지식이나 교리를 이해시킬 목적으로 지은 것이다. 따라서 서두의 충격적 사건도 주인공의 신앙과 연관된 의미로 제시된 것이라 추측할 수 있다.

좀 더 넓은 개념으로 말하자면 『주네브행 열차』는 신앙적 성숙을 다룬 일종의 성장소설, 또는 교양소설이라고 할 수 있다. 교양소설(Bildungsroman)은 주인공이 그 시대의 문화적·인간적 환경 속에서 유년시절부터 청년시절에 이르는 사이에 자기를 발견하고 정신적으로 성장해 나가는, 이를테면 내면적으로 성숙해 나가는 과정을 묘사한 소설이다. 이때 교양이란 단순히 지식이나 기술을 익히거나 기성 사회의 질서나 규범을 습득한다는 의미가 아니라, 스스로 인간으로서 갖추어야 할 모습으로 형성하는 것을 의미한다. 이 작품은 한 명의 인간으로서 갖추어야 할 교양이 아니라 목회자로서 굳건한 신앙적 토대를 갖춰 나가는 성숙을 지향하고 있다는 점에서 기독교적 성장소설이라고 할 수 있을 것이다.

스토리의 시발점은 포항 영일만을 배경으로 한 한적한 농촌이다. 그 고향마을에 세워진 교회가 주인공의 눈을 밝혔고 마침내 닫혔던 길이 열린다. 주인공이 겪는 신앙의 여로는 고향으로부터 시작된다. 그리고 그 여로의 종착역은 '땅끝'이다. 이 소설에서 땅끝은 "복음이 전해지지 않은 곳, 복음이 찾아오기를 기다리는 그곳"이다. 그곳은 일반적으로는 목회자들이 기피하는 험지를 의미한다. 그러나 주인공은 신학대학원 졸업을 앞두고 일부러 험지를 선택한다. 이미 서두에서 드러났듯이 전임 목사가 죽어 소문이 흉흉하고 교회당도 비어 있는, 지극히 열악한 상태의 교회에 자원하여 부임하였던 것이다. 그 험지는 결국 목숨까지 위협받는 상황으로 주인공을 몰아가고, 그 위기 속에서 그는 새로운 신앙체험을 하게 된다.

그러나 주인공은 곧바로 소명감을 따라 행동하지는 못했다. 방학 때 경험한 '사랑의 추억'에 붙잡혀 대학을 졸업하고도 몇 년 동안 출판사의 편집 일을 하고 있었다. 그러던 어느 날 교회의 부흥집회에 참석했다가 "자는 자여 어찜이뇨!"라는 말씀에 깨달음을 받아 '마지막 일기장'을 불태우고 신학대학원에 진학하여 목회자의 길로 접어

든다.

　소명의 길이란 자기가 원하여 가는 길이 아니며, 하고 싶다고 할 수 있는 일도 아니다. '귀 있는 자'가 가는 길이며 '부름 받은 자'가 해야 할 일이다. 한 굽이 돌면 또 한 굽이, 산 너머 산이 가로막아도 돌아설 수 없는 길! (중략) '자기를 부인하고 자기 십자가를 지고 나를 따르라'는 말씀! 그는 목회란 주님보다 앞서는 것이 아니라 주님의 뒤를 따라가야 한다는 것을 새삼 되새겼다. '눈물을 흘리며 씨를 뿌리는 자는 기쁨으로 거두리로다.' 주님의 음성이 들렸다. (336-337쪽)

　위의 인용문은 작품의 결말 부분이다. 주인공은 소명의 길이란 자기가 원하거나 하고 싶다고 할 수 있는 일이 아니라 주님의 부름을 받은 자가 해야 할 일이며, 산 너머 산이 있어도 결코 돌아설 수 없는 길이라는 인식에 다다른다. 그리고 부름을 받은 자는 주님보다 앞서 나가는 것이 아니라 주님의 뒤를 따르는 자라는 인식은 그가 의처증 남자로부터 생명의 위협을 받는 위기를 겪고 난 후 새삼스레 깨닫고 있다.

생명을 위협받는 큰 위기를 겪은 주인공의 트라우마를 서두에서 배치한 이유는 이 위기가 주인공의 신앙적 성장에 얼마나 중요하게 기여하는가를 하나의 암호처럼 미리 제시한 것이다. 전임 목사를 죽이고, 후임 목사인 주인공(백형기)마저 죽음의 위기로 몰아넣은 남자는 바로 정신요양병원을 들락거리는 의처증(부정망상)이 있는 사람이었다. 그는 전임 목사가 자신의 아내를 어디에다 숨겼다고 오해함으로써 살인을 저질렀고, 후임인 백 목사도 여자들을 유혹하는 공범이라는 망상과 의심에 빠져 살해하려고 했던 것이다.

의처증의 망상에서 헤어 나오지 못하는 남자는 후임 목사인 백형기에 대해서도 전임 목사에게 가졌던 것과 동일한 망상에 빠져 날이 어두워지기만 하면 백 목사를 찾아와 괴롭혀 왔다. 이로 인해 "백 목사는 심한 강박증에 시달렸다. 이런 상태가 지속된다면 목회를 계속할 수 없을 것 같았다. 그는 시간을 내어 용마산 기도바위에 올라가 엎드렸다." 하지만 밤늦은 시간의 용마산 기도바위에서 혼자서 기도하는 상황은 의처증 남자로 하여금 전임 목사에 이어 백 목사를 살해할 기회를 제공하게 된다.

의처증 남자는 어두워지면 일상처럼 교회로 찾아왔으나 백 목사를 만날 수 없었다. 설자는 혹, 의처증 남자가 자기에게 행패를 부릴까 두려워했으나 백 목사가 없으면 그냥 돌아갔다. 그다음 날 저녁에도 그 남자는 교회에 나타났다. 그때는 백 목사가 이미 기도의 동산으로 올라간 뒤였다. 며칠 후 의처증 남자가 조금 일찍 교회로 발걸음을 옮기고 있을 때 백 목사가 저만치 앞서 용마산으로 올라가는 뒷모습을 보았다. 의처증 남자는 멀찌감치 백 목사를 미행했다. 백 목사는 기도바위에 엎드려 방언으로 기도하고 있었다. 발소리를 죽이며 다가간 의처증 남자는 그의 이상한 기도 소리가 무슨 말인지 알아들을 수 없었다. 그는 백 목사에게 시비를 걸 수 없는 어떤 두려움을 느꼈다.

의처증 남자는 지난해 5월 기도바위에서 저질렀던 일을 떠올리고 백 목사도 같은 수법으로 해치우고 싶었다. 그는 다음날 밤 못과 망치를 준비하고 용마산으로 올라갔다. 백 목사는 바위에 엎드려 신학교 때 '까치동산의 일'을 떠올리며 어려움을 극복하기 위해 꿈꾸듯이 간절히 기도하고 있었다. 이날 의처증 남자는 술에 취하지 않았다. 날마다 술을 마시는 것은 술 힘으로 백 목사를 괴롭히려는 하나의 수단이었다. 이제 그는 새로 온 목사가 그의 아내를 범한 당사자로 보였다. 의처증 남자가 기도하는 백 목사의 뒤통수에 못을 조준하고 망치로 내려치려는 순간, 백 목사는 갑자기 두 손을 번쩍 들고 "아멘! 아멘!......" 잇달아 큰 소리로 부르짖었다. '형기야! 형기야! 내가 너와 함께 있느니라.' 그의 귀에는 주님의 음성이 뚜렷이 들려왔다. 의처증 남자가 머리에 박으려던 못은 두피를 스치며 빗나가고, 백 목사는 깜짝 놀라 뒤를 돌아보았다. 한사람이 무엇을 치켜들고 그를 내려치려는 실루엣이 하늘에 비쳤다. 재빨리 몸을 굴려 피했다. 어둠 속의 남자는 백 목사에게 망치를 휘둘러 머리와 어깨를 무차별 강타하고 산 아래로 달아났다. 백 목사는 그가 의처증 남자라는 것을 알았다. (323-324쪽)

지난해 5월, 기도바위에서 전임 목사를 살해한 의처증 남자는 후임 목사도 똑같은 수법으로 해치우려고 못과 망치를 준비하고 용마산으로 올라가 홀로 기도하는 주인공을 공격했던 것이다. 다행히 기도 중인 백형기는 '형기야! 형기야! 내가 너와 함께 있느니라'라는 주님의 음성을 들음으로써 살해당할 위기를 모면했다. 하지만 그가 휘두른 망치에 머리와 어깨를 무차별 강타당해 병원에 실려와 수술을 받아야만 했다. 백 목사가 죽음 직전의 위기에서 살아남은 것은 다름 아닌 신앙의 이적이었다. 위기는 존재했지만 이 위기를 작가는 기독교적 이적으로 풀어냄으로써 하나님의 약속은 언제나 변치 않는다는 것을 증언하고 있다.

백 목사는 김 집사의 부축을 받으며 중환자실로 천천히 발걸음을 옮겼다. 정 집사 남편은 맨 안쪽 병상에서 혈액투석 장치와 수액주사를 주렁주렁 달고 산소마스크를 하고 있었다. 심장 모니터에는 혈압, 심박수, 혈중 산소포화도 그래프가 조금씩 떨어지고 있었다. 김 집사가 그의 손등을 쓰다듬자 겨우 눈을 힘없이 뜨고 함께 온 백 목사를 쳐다보았다. 그리고 입술로 무슨 말을 중얼거리다 다시 눈을 감았다. 백 목사는 그의 머리에 손을 얹었다. 김 집사도 함께 그의 손을 잡고 고개를 숙였다.

"전능하신 아버지 하나님, 히스기야의 생명을 15년이나 연장하신 사랑의 하나님, ..."

백 목사는 그의 회복을 위해 간절히 기도하고 병실로 돌아왔다.

저녁때 김 집사가 다시 백 목사의 병실을 찾아왔다.

"정 집사 남편이 조금 전에 숨을 거두었습니다!" (329-330쪽)

목숨을 잃었을지도 모를 백척간두의 위기에서 살아남은 사람이라면 자신을 공격한 의처증 남자(정 집사 남편)를 증오해야 하는 것이 마땅하다. 그럼에도 불구하고 주인공은 같은 병원에 패혈증으로 입원하고 있는 범인을 찾아가 그의 건강 회복을 위해 간절히 기도하므로 그리스도의 사랑을 실천하는 목회자로서의 좌표를 재확인하고 있다.

백 목사는 병실 침대에서 어젯밤 일을 돌이켜보았다. '……내가 세상 끝날까지 너희와 항상 함께 있으리라.' 살아계신 주님의 약속이 나의 생명을 지켜주셨다! 그러나 이런 괴롭힘이 계속된다면 내가 어떻게 목회를 이어갈 수 있을까? 그는 로뎀나무 그늘에 앉아서 죽기를 구하던 엘리야의 모습을 떠올렸다. 엘리야는 바알 선지 450명과 싸워 통쾌한 승리를 하고서도 아합왕후 이세벨로부터 생명의 위협을 받고는 광야로 도망하여 "여호와여 넉넉하오니 지금 내 생명을 거두시옵소서." (열왕기상19:4) 하고 엎드렸다. '내가 왜 이런 어려움을 당하는 것일까?' '내가 무엇을 잘못하고 있을까? 그가 어려움을 당할 때마다 하던 생각이 다시금 밀려왔다. (325-326쪽)

머리에 스물세 바늘이나 꿰매는 큰 상처를 입은 주인공은 트라우마에서 벗어날 수 없었다. "살아계신 주님의 약속이 나의 생명을 지켜주셨다! 그러나 이런 괴롭힘이 계속된다면 내가 어떻게 목회를 이어갈 수 있을까?" 목회자로서의 사명감이 흔들리며 주인공은 심각한 갈등에 사로잡힌다. '내가 왜 이런 어려움을 당하는 것일까?' '내가 무엇을 잘못하고 있을까?'와 같은 갈등과 회의에 빠진 주인공은 마치 구약성서에 등장하는, 로뎀나무 그늘에 앉아서 죽기를 갈구하던 선지자 엘리야와 자신을 동일시하게 된다. 그는 인간의 나약함에서 자유로울 수 없었다.

백 목사의 뇌리에는 의처증 남자의 환영이 되살아났다. 그는 머리와 어깨를 무참히 얻어맞아 피를 많이 흘렸고 몸을 제대로 가누지 못했다. '젊고 건강해도 죽을 수 있겠구나!' '이 몸서리칠 상황을 어떻게 이겨낼 수 있을까?' 날마다 그에게 찾아와 행패를 부리고, 용마산 바

위에서 기도하던 그의 생명을 노리던 의처증 남자가 퇴
원 후에도 계속해서 그를 괴롭힐 것을 생각하니 끔찍스
러웠다. (327쪽)

그는 주님의 은총으로 죽음의 위기에서 살아남았으나
트라우마로부터 헤어 나오지 못하고 있었다. 의처증 남
자로부터 공격을 받은 후 그는 정확히 의학적 용어로 표
현하자면 외상 후 스트레스 장애(post-traumatic stress
disorder)에 시달려 왔다. 외상 후 스트레스 장애는 심각
한 외상에 직접 관련되거나 또는 보고 들은 말로 인해 불
안 증상이 지속적으로 나타나는 것을 말한다. 이때 심각
한 외상이란, 죽음이나 신체적 손상을 초래하는 충격적
인 사건, 즉 전쟁, 자연 재앙, 사고, 폭력 등을 의미한다.
살해당할 수도 있는 위기 상황에서 그는 겨우 목숨을 건
졌지만 몸서리치는 끔찍한 상황은 그를 외상 후 스트레스
장애에 빠뜨렸고, 목회자의 역할에 대한 회의 속으로 몰
아갔다.

의처증 남자의 죽음은 자기의 모든 허물을 쓸어가고
애처로움만 남겨놓았다. 백 목사는 길 잃은 양을 제대로

품지 못한 좁은 가슴이 원망스럽고, 누구보다 주님을 더 사랑한다는 고백이 부끄러웠다. 그는 상처 진 몸보다 가슴이 더 아팠다. 한때는 '내가 땅끝을 찾아가면 그곳 사람들은 얼마 가지 않아 변화될 것'이라 생각했다. 그러나 그늘진 그 마을에는 사랑도 봉사도 통하지 않을 때가 많았다. 처음에는 '땅끝'을 찾아가는 사람이 자기 혼자뿐이라는 데 자부심도 가졌다. 그러나 엠마오로 가던 제자들처럼 주님이 동행하시는 줄을 비로소 깨달았다. '모두 주를 버릴지라도 나는 결코 버리지 않겠나이다' 그는 베드로처럼 수없이 다짐했으나 약속을 제대로 지키지 못했다. 돌아보면 '서원'에 매여 끌려온 것이었다. 믿음이란 약속을 기다리는 그에게 겨자씨만큼 남아있는 힘이었다. 그가 약속을 지킨 것이 아니라 주님의 약속이 흔들리는 그를 지켜주신 것이다. 크리스마스를 며칠 앞두고 백 목사는 퇴원하여 갈릴리교회로 돌아왔디. 그리던 성도들과 함께 감격의 성탄절 예배를 드리고 소망이 피어나는 새해를 맞았다. (330-331쪽)

자신을 죽이려 했던 의처증 남자가 죽은 뒤 주인공은 "길 잃은 양을 제대로 품지 못한" 회한에 빠지는가 하면 땅끝을 찾아가 사랑과 봉사를 펼치면 그곳 사람들이 변화될 것이라는 한때의 자만심을 회개한다. 그리고 "그가 약속을 지킨 것이 아니라 주님의 약속이 흔들리는 그를 지켜주신 것"을 깨닫고 교회로 복귀하며 소망이 피어나는 새해를 맞는다. 주인공은 목숨을 위협받는 위기의 경험으로부터 목회자로서 보다 겸손하고 굳건한 신앙의 경지를 터득함으로 그리스도의 제자 자리로 더 깊이 들어간다.

주인공은 계속되는 의처증 환자의 위협으로 한창 갈등하고 있을 때 모교인 신학대학원 측으로부터 한 통의 공문을 받는다. 그것은 미국 프린스턴 대학원에서 3년간 박사과정을 공부할 수 있는 지원 프로그램으로 최우수 졸업논문상 수상자에게 주어지는 특전이었다. 하지만 주인공의 목표는 그와 같은 인간적 성공이 아니기에 이 작품은 그가 어떤 결정을 내리게 되었는지에 대해서는 말하지 않는, 즉 열린 결말로 남겨둔다.

그리고 아내가 아닌 다른 여성, 즉 그가 대학생 때 기차 안에서 만나 사랑의 감정을 공유하다 멀어졌던 박정아라는 여성에 대한 감정을 확실하게 정리하는 것으로 끝이 난다. 퇴원하여 집으로 돌아온 그는 새해 신문에서 신춘문예 소설의 당선작을 쓴 작가가 박정아라는 것을 발견한다. 그녀는 그가 대학생 때 중학교 3학년 여학생이었다. 그녀에 대한 미련은 오랫동안 그의 마음에 남아 그에 대한 감정 정리는 또 하나의 신앙적 목표가 되어 있었다. 그는 병상에 있는 동안 가졌던 그녀에 대한 감정을 퇴원할 때 환자복과 함께 미련 없이 버리고 왔다고 생각했는데, 신문에서 그녀의 이름을 발견하자 다시금 마음이 흔들린다. 더욱이 그녀의 작품 속에는 자신으로 추정되는 인물이 여자의 마음을 헤아릴 줄도 모르는, 존경과 원망의 양가적 대상으로 그려진 것을 보게 되자 한마디 변명이라도 하고 싶고, 수상식에 가서 먼발치에서라도 그녀를 한번 보고 싶다는 간절한 욕망에 사로잡힌다.

하지만 그는 여기에서 멈춘다. '모든 강물은 다 바다로 흐르되 바다를 채우지 못하며…….' 사랑은 뒤쫓아가서 붙들어 맬 수 있는 것이 아니다. 새장에 기르던 새를 창공으로 훨훨 날려 보내듯 참사랑은 자유롭게 놓아주어야 한다는 인식에 다다르면서 마음의 흔들림으로부터 벗어난다. 그는 한 사람의 남성으로서 에로스적 욕망의 갈등을 떨어버리고 신앙의 평정심을 회복하게 된다. 소돔과 고모라 성이 멸망할 때 롯의 아내는 도망치다가 천사의 경고를 무시하고 뒤를 돌아보았다가 소금기둥이 되었듯이 그는 그녀를 뒤돌아보며 은혜의 길목에 '소금기둥'을 세우고 싶지는 않았던 것이다. 그것은 목회자로서 바른길이 아닐 뿐만 아니라 승려의 딸로 태어났음에도 목사의 아내가 되어 자신을 위해 헌신하는 아내 설자에 대한 사랑과 신의를 지키는 길이기도 했으므로……

자전적 글쓰기가 어려운 이유는 작가 자신이 작품과의 거리두기가 쉽지 않기 때문이다. 소설에서 거리두기란 작가—화자—독자와의 관계에서 논의된다. 그리고 여기에 서사 내용의 주체이자 핵심적 기능이라는 의미에서 등장인물이 거리 발생의 한 요소로 추가된다. 작품에서 미학적 거리를 적절히 유지하는 것은 소설적 성공에 있어 매우 중요한 요소이다. 그뿐만 아니라 허구와 직접 경험 사이의 줄타기를 잘 유지해야 독자들에게 공감을 불러일으킬 수 있다. 서사적 박진감을 위해서는 경험적인 원 이야기에다 허구적 사건들을 결합시키는 데 작가는 주저하지 말아야 한다는 것이다. 작가는 이런 점을 섬세하게 잘 조화시키고 있다.

『주네브행 열차』에 면면히 흐르는 주제는 믿음과 행위의 두 바퀴를 바로 세우려는 사랑의 발걸음이다. 지난날 일부 기독교인들은 세상 사람들로부터 '말은 잘한다'는 소리를 들었다. 주인공은 신학교에서도 이런 현상을 통감하면서 '행동하는 경건'이라는 주제로 졸업논문을 썼다. 그리고 그는 슈바이처와 같은 믿음의 실천을 위해 끝까지 그늘지고 소외된 땅끝을 찾아간다. 행함이 부족하다는 비판은 한때 한국기독교의 현주소였는지도 모른다. 제목에 들어간 '열차'는 이런 상황을 뛰어넘기 위해 신앙의 열정을 품고 목적지를 향해 달려가는 주인공의 은유로 보인다.

한편으로 신앙소설의 경우라면 경험적 자아에다 허구적인 외적 서사의 결합보다는 신앙에 따른 내적 갈등 묘사에 치중했더라면 좋았을 것이다. 또한 목회자가 되기까지 인간적 희로애락에 대한 욕망과 이에 따른 신앙적 갈등과 심리 묘사를 좀 더 깊이 있게 파고들었다면 오히려 더 큰 감동으로 다가갈 수 있었을 것이라고 본다. 하지만 이러한 바람은 어디까지나 한 사람의 독자로서 갖는 나의 욕심일 뿐이다. 허구적 소설로서의 성공을 목표로 할 것인가? 과거를 솔직하게 드러냄으로써 자신의 인생을 정리하고 치유할 기회를 가질 것인가? 이 선택은 결국 작가가 결정할 몫이다.

작가의 말

　하나님의 음성을 듣고 그 크신 사랑의 손길에 붙들린 한 소설가는 20년 동안의 소설 쓰기를 내려놓고 수도 생활에 들어갔다고 했다. 나는 20여 년의 목회 생활을 마치고 비로소 소설을 쓰기 시작했다. 얼핏 내가 길을 잘못 든 것은 아닐까, 하는 생각도 들었다. 삶이란 언제나 새로운 자리로 옮아가는 발걸음인가? 10년 가까이 단편과 몇 편의 중편을 쓰면서 언제쯤 장편을 하나 쓸 수 있을까, 이따금 생각했다. 2019년 재의 수요일(Ash Wednesday)에 긴 펜을 들었다. 굳이 사순절이 시작되는 날, 첫발을 내디딘 것은 중간에 주저앉지 않고 완주하려는 나름의 각오였다. 이듬해 부활절이 다가왔을 때 한편의 장편을 마무리했다. 그러나 여러 차례 '퇴짜'를 맞으면서 퇴고에 퇴고를 거듭했다. 또 한 해가 흘러갔으나 퇴짜는 귀한 독선생이었다. 그동안 소설 제목은 '소금기둥'에서 '생수의 강'으

로, 그리고 '주네브행 열차'로 바뀌었다. 세 번째 사순절
을 맞으면서 마침내 대단원의 막을 내렸다.

크고 작고, 높고 낮은 모든 집은 땅 위에 세워진다. 소
설의 집을 세우는데도 땅이 필요하다. 작가는 누구나 자
기만의 터전을 지니고 있다. 그 터전이 작가에게는 소설
의 주춧돌을 놓을 수 있는 자리이다. 장편소설『주네브행
열차』는 나의 고향에서 출발한다. 내 고향은 영일만을 배
경으로 한 아름답고 한적한 농촌이었다. 그 마을에 세워
진 교회가 주인공의 눈을 밝혔고, 그는 비로소 '사랑'을
펼치려는 확실한 꿈을 꾸게 된다. 그것은 가루 서 말 속
에 갖다 넣은 누룩처럼 부풀어 올랐다. 그러나 그 마을엔
동양 최대의 제철단지가 들어서면서 사람들은 모두 실향
민이 되어 흩어지고 말았다. 그의 소명감 중심에는 언제
나 '땅끝'이 자리하고 있었다.

문학의 나무는 어디까지 자랄 수 있을까? 나의 문학은
달팽이처럼 조금씩 기어올랐다. 자라는 것은 무엇이나
생명을 지니고 있다. 풀 한 포기, 나무 한 그루—, 동물도
식물도 생명이 있는 것은 모두 자란다. 문학의 체질은 꺼

지지 않는 생명력이기에 그 세계를 끊임없이 키워간다. 아무도 그 높이와 깊이와 폭을 한정할 수 없다. 그것은 하늘 끝까지, 바다의 깊은 골짜기까지 상상의 나래를 펼친다. 서사문학은 야곱의 사닥다리이다. 우리는 그 사다리를 통해 도저히 오를 수 없는 곳을 오르고, 아무도 내려갈 수 없는 자리에까지 내려간다. 땋은 머리처럼 엮어진 한편의 이야기는 고통이 피워낸 환희이다. 느지막이 밀짚모자를 쓰고 텃밭을 가꾸던 재미를 아직도 잊을 수 없다. 다른 사람들이 수확을 끝내는 산수의 여명에 씨앗을 뿌리다니! 내일 아침 독자들의 가슴에 정답게 돋아날 새싹을 그리며, 언제나 중심이 될 수 없는 땅끝으로 사랑의 긴 편지를 띄운다.

반세기를 손잡고 걸어온 생의 동반자에게 새삼 무슨 변명으로 위로를 전하랴. 오는 12월이면 금혼(金婚)을 맞는 사랑하는 아내 순자에게 이 책을 바친다.

2021년 부활절에

白餘 안유환

주네브행 열차

안유환 지음

발 행 처 · 도서출판 청어
발 행 인 · 이영철
영   업 · 이동호
홍   보 · 천성래
기   획 · 남기환
편   집 · 방세화
디 자 인 · 이수빈 | 김영은
제작이사 · 공병한
인   쇄 · 두리터

등   록 · 1999년 5월 3일
(제321-3210000251001999000063호)

1판 1쇄 발행 · 2021년 6월 20일

주   소 · 서울특별시 서초구 남부순환로 364길 8-15 동일빌딩 2층
대표전화 · 02-586-0477
팩시밀리 · 0303-0942-0478

홈페이지 · www.chungeobook.com
E-mail · ppi20@hanmail.net
I S B N · 979-11-5860-638-1(03810)